世界探偵小説全集

IV

名探偵登場

ENTER THE DETECTIVES

早川書房編集部編

POCKET HAYAKAWA BOOKS

A HAYAKAWA
POCKET MYSTERY BOOK

目次

装幀　上村経一

逃げる弾丸

ジョン・ロード

「ところで先生、夕刊に先生の興味を引きそうなことが出てますよ」とハンスリト警部が、話しながら手に持つていた新聞をさし出して言つた。「ホラ、これです。『当市の著名な商人の死体発見さる。』読んでごらんなさい……まつたく興味がありそうです」

プリーストリイ博士は眼鏡をなおしてその一段を読みはじめた。この教授と、二年間教授の助手をしている筆者ハロルド・ミアーフィールドとは、或るお天気のいい六月の夕方食事の後で、ウエストボーン・テラスのプリーストリイ博士の書斎に腰をおろしていた。その時ハンスリト警部が来たという知らせを受けた。警部はわれわれの昔からの友人で、教授が犯罪を数学的に看破する趣味があるのを利用して、たまたま調査中の問題があるといつも論じにくるのであつた。今もごく最近の盗難事件で、警察もさじを投げてしまつた事件の大略を教授に話し終つて、帰ろうとして立ち上つたのだが、その時新聞の記事が頭に浮んだのであつた。

「こりやあ特に興味を引くようなことでもなさそうだ」と教授は言つた。「これは、今日の午後三時二十分の列車がチルベリー駅に着いて、駅員が車輛をしらべていると、後でファーカースン氏だと身元のわかつた男の死体が一等車の片隅にころがつているのを見つかつたというだけのことだ。このファーカースン氏なる人物は頭の横を一撃されて死んだらしいが、そんな打撃を与えるような兇器は今までのところ発見されていないというのだね。わしに言えることは、もし事実がこの報告どおりなら、これに当てはまる仮説は少くとも一ダースくらい有り得るということだけさ」

「たとえば？」とハンスリトはためしに言つてみた。

教授は顔をしかめた。「警部、きみはわしがあらゆる推測を最も強く排撃しているのをよく知つているはずじやないか」と彼は手きびしい返事をした。「徹底的な事実の調査による裏付けのない推測は、あらゆる時代を通じて人類が犯した誤りの半ば以上に対して責任がある。だがわしのいう意味をはつきりさせるために、報告されているだけの事実に当てはまる二つの仮説を略説してみよう。ファーカースン氏は襲撃者になぐりつけられたのかもしれない……その男は列車がチルベリーに着く前に逃げ出して、兇器をなんとか処分してしまつたのだ。もう一つは、氏は窓から乗り出していて、線路のそばの何物かにぶつかつたのかもしれない……あるいはそれは、氏が車の右側に乗つていて、列車の進む方向を見ていたとすれば、すれちがう汽車にぶつかつたのでさえあるかもしれない。もちろん、わしは強調しておきたいが、この短い一段にのつていることだけではなく、すべての事実がわかつたら、こんな仮説はどつちもだめになるだろうね」

ハンスリトは微笑した。彼は今までの経験で教授が事実に熱心で推測をひどくこわがることを十二分に承知していた。

「いや、この事件はわたしの受け持ちにはなるまいと思います」と彼はドアのほうへ行きながら言つた。「ですがもしそうなつたら、どんなことが出てくるかお知らせしましよう。一日二日のうちにすつかりようすがわかつても不思議はなさそうです。ごく簡単なようですからね。では、お休みなさい、先生」

教授は警部の出て行つた後で玄関のドアが閉まるまで待つていた。「わしはいつも批評してやるが、ハンスリトがむずかしいという問題は比較的解決が容易なのに、簡単な問題だといつたやつはきつとあの男の推理力では見当のつかないものだからねえ。またすぐにあの男から知らせがあつてもわしは驚かないね」

いつものように教授の言つたとおりだつた。ハンスリトの最初の訪問は土曜日の夜だつた。次ぎの火曜日、およそ同じ時間に、警部は特に勝ち誇つたような表情を顔に浮べて、またやつてきた。

「あのファーカースンの問題をおぼえてますでしよう、先生?」と彼は前置きなしに話しはじめた。「いや、あれがけつきよくわたしの受け持ちになりましたよ。エセックス（ロンドン東北部の州）の警察がロンドン警視庁へ頼んできたので、わたしがそれにまわされました。わたしは四十八時間たたないうちに全部解決しました。悪くない仕事でしよ、ええ？ ファーカースン氏を殺したのは――」

プリーストリイ博士は抗議するように片手を上げた。「ねえ警部、わしはそのファーカースン氏を殺した犯人には全然興味が持てないよ。何度もきみに言つたことのあるとおり、わしのこういう問題に対する興味は純粋に理論的なものだから、推理の過程だけにかぎるのだ。きみの話のはじめ方はあべこべだ。わしに耳をかたむけさせたければ、まずすつかり事実を話して、それから一歩一歩きみの調査の筋道を説明しなきやいかんよ」

「わかりました、先生」とハンスリトは、やや元気をくじかれて、返事をした。「最初にわたしが知つたのは、ファーカースンがどういうふうにして死んだかということでした。最初見たときは長柄の戦斧のような兇器でひどくなぐりつけられたらしいようすでした。頭の右側に二インチほどの傷がありました。ところが、検屍すると、その傷口はふつうの軍隊銃の弾丸によるものだということがわかりました。弾丸が頭の中に食いこんでいました」

「ほう！」と教授は言つた。「たしかに、ちよつと珍らしい殺人道具だね？ 死体は、発見されたとき、車の中のどんな位置にあつたかね？」

「ああ、右手の隅で、機関車に向いていたと思います」とハンスリトはイライラしたように答えた。「だけどそんなことはどうでもいいということが、すぐわかりますよ。次ぎに打つ手は、いうまでもなく、ファーカースンの身辺の事情と、彼を殺そうとするほどの動機を持つた者がいるかどうかを見つけ出すことでした。動機の発見はこういう調査では大へん大きな助けになります。ファーカースンは、チルベリーとサウスエンドの中間の線路に沿うた、スタンフォード・ル・ホープという土地の附近のかなり大きな家に娘と二人で暮していました。先週の土曜日、彼は、フェンチャーチ町駅の近くにある、自分の事務所を一時頃出ました。すぐそばの食堂で昼食をして、フェンチャーチ町発二時十五分に乗りました。これはあの死体の発見された列車ですから、こういう事実をわたしが発見するまでの調査についてはあまりくわしく申し上げるまでもありません」

教授はうなずいた。「その点はいつでもきみの言葉を信用してる」

「けつこうです。サア、動機に移りましょう」とハンスリットは続けた。「ファーカースンは甥のロバート・ハリデイという、かなり乱暴な若い男と一緒に事業をしていました。この青年の母親はファーカースンの姉で、その事業に多額の金を投じていて、息子がファーカースンの死後も事業をやつて行けるようになるのを一生の望みにしていました。この女は二年前に死んで、かなり妙な遺言状を残しました……それによると彼女の金は全部弟の事業に残すことになつていて、弟が死んだ場合だけ彼女の息子に返すことになつていました」

教授は両手をこすりあわせた。「ほう、欠くべからざる動機が出てきかけた!」と彼は、皮肉な笑みを浮べて、叫んだ。「きつときみはもうそれ以上の事実はいらないと思つてるんだろうね、警部。もちろん、その若いハリデイが金を手に入れるために叔父さんを殺したということになるさ。きみはその甥を乱暴な若者だと説明したつけな? 実際、それだけの証拠があれば、まずのつぴきならないね!」

「わたしのことをお笑いになるのはそりやけつこうですよ先生」とハンスリットはプリプリして答えた。「わたしはあなたのおかげで、自分の力でわからないことについて、ずいぶん度々、なんとか手掛りをさずけていただいたことは認めますよ。しかしこの事件では、何が起つたかという点についてはまるきり疑う余地がないんです。現にハリデイが叔父の死体が発見されたのと同じ列車に乗つていたと申し上げたら、あなたはどう言われるつもりですか?」

「事実について十分な知識のないままでいえば、それはむしろ彼の無罪を証明するのに役立つと言いたいね」と教授は厳粛に言つた。

ハンスリットは心得顔にウインクしてみせた。「へえ、だけどそいつはとてもそれだけじやないんですよ」と彼は答えた。「ハリデイは国防義勇軍の一員で、土曜日の午後は軍服姿でライフル銃を持つてロンドンを出て行きました。あの男は大へん鋭い男ですが、射撃は驚くほど下手で、時々パーフリート射撃場へ練習に出かける無器用な連中の仲間です。パーフリートはロンドンとチルベリーの中間の駅です。ハリデイはそこで降りて、何回か一斉射撃をしてから、夕方ロンドンに帰りました」

「やれやれ、その青年はきのどくだな」と教授は感想を述べた。「まず第一に動機があるし、それから機会がある。もちろん、彼は叔父さんと同じ車に乗りこんで、相手の頭に自分のマスケット銃を向けて、恐ろしい傷を負わせて逃亡した。オヤ、全体のつながりに一つも弱い所がなさそうじゃないか」

「そいつがそれほど簡単じゃなかったんです」とハンスリトは辛抱強く答えた。「奴はちようどその朝叔父さんと猛烈なけんかをしたものですから、同じ車に乗らなかったことはたしかです。ファーカースンはかなりやかましいオヤジだったので、甥のやり口が気に入らなかったのです。甥のほうもたいして悪い所は見当りませんが、なんといっても血気さかんな年頃ですから、叔父のほうではそれが気に入らなかったのです。奴は、三等に乗っていたし、叔父が同じ汽車に乗っていることは知らなかったと誓っています」

「ああ、きみはもうその男に面会したのだね？」と教授は静かに言った。

「会いました」とハンスリトは言った。「彼の話では、あやうくあの汽車に乗りおくれそうになって、ほとんど発車寸前に飛び乗ったということです。バーキングの先きあたりから一人きりになっていたそうですが、奴がわたしに話したのはそれだけです。わたしが奴に、ダゲナムとレイナムのあいだで列車の外の踏段を渡っていたのは何をしていたのか――ときくと、奴は大へんうろたえましたが、窓から首を出したら二三輛先きに無器用組の仲間がいるのが見えたので、そこへ行く気になったのだと、説明しました。その男の名前も話しましたし、わたしがその男に会ったときも、ハリデイの話を裏書きしていました」

「まったくきみのやり方は心得たもんだね、警部」と教授は言った。「どうして彼が踏段に立っていたのがわかったのかね？」

「線路工事の男が、ライフル銃を背中にしよって立っている軍服の兵隊を見たんです」とハンスリトは勝ちほこったように答えた。

「そこできみはすぐにその男がハリデイに違いないと結論したわけだね」と教授は解説した。「じや、たまには当て推量が真相を射当てることもあるに違いないだろうさ。その犯罪に対するきみの仮説は正確にいうとどうなるんだね？」

「ごくはっきりしてるようです」とハンスリトは答えた。「ハリデイは叔父が列車に乗りこむのを見はつていて、それからすぐそばの車に飛び乗りました。あらかじめ決めておいた地点で、弾込めしたライフル銃を持つて車の外を伝わり窓から一発射ちこみました……それから、疑いをそらすために、これも同じ列車に乗りこむところを見ておいた、もう少し先きにいた友人の仲間入りをしました。これはわたしには火を見るより明らかです」

「そうらしいね」と教授は冷淡に言つた。「これからどんな手を打とうというのかね？」

「わたしは検屍審問が終決したらハリデイを逮捕することにします」とハンスリトはまんぞくしたように答えた。

教授は数秒間なんとも答えなかつた。「きみがそうする前に、もう一度わしに相談してくれたら、みんなのためになるだろうと思うな」と彼はやつと言つた。

ハンスリトの顔にチラリと雲がかかつた。「それが何かの役に立つとお考えになるのでしたら、そうしましよう」と彼は答えた。「でもわたしにはどんな陪審員でも納得させるだけの十分な証拠があるということはそつちでもわかつてもらいたいんですがね」

「それがわしの心配の種さ」と教授はすばやく言い返した。「ふつうの陪審員にきみ以上の頭があるとは思えないからねえ、そうだろう。約束してくれるね？」

「よござんすとも、お望みならね」とハンスリトはどうやらムッとしたように答えた。彼はふいに話題を変えたが、間もなく立ち上つて出て行つた。

いつものきまつた雑用をしているうちに、わたしはファーカースン氏の死をまつたく忘れてしまつた。その問題が再び頭に浮んだのは、やつと翌日の午後、小間使いのメリイが書斎へ入つてきて、ミス・ファーカースンとおつしやる方がお見えになつてすぐ先生にお会いしたいそうですと、報告したときであつた。

「ミス・ファーカースン！」とわたしは叫んだ。「オヤ、そりや先日殺された男の娘に違いない。ハンスリトがあの男には娘があると話してましたね？」

「プロバビリティからいつてまず尤もらしい説だね」と教授はシンラツな返事をした。「ウン、会つてみよう。ミス・ファーカースンをご案内してくれたまえ、メリイ」

ミス・ファーカースンが入つてくると、教授はいつものようにていねいに挨拶した。「どんなご用件でおいでくださいましたのでしようか？」と彼は尋ねた。

ミス・ファーカースンは返事をする前にちよつとためらつた。彼女は背が高く金髪で、正式の喪服を着ていたが、どことなくきれいで、少くともわたしにはひじように魅力があるように思えた。そして彼女が話をしないうちに、もうわたしは、教授の質問に彼女が顔を赤らめたようすで、どうやら事情がのみこめた。

「とんでもないおじやまをして申しわけございません」と彼女はやつと言つた。「実はボブ――いいえ、わたくしのいとこのハリデイさんがあなたのおうわさを伺つて、ぜひお会いしてくるように、わたくしに頼んだものですから」

教授は顔をしかめた。彼は自分が引き受けた調査の仕事に関連して名前を知られるのが大きらいだつたが、いくら努力しても彼のこの道楽は多くの人に知られるようになつてきていた。ミス・ファーカースンは、彼が顔をしかめたのを不賛成のしるしだと思つて、抑えきれない哀願の口調で話を続けた。

「わたくしがお伺いしたのはほんとに最後の頼みの綱だからですわ」と彼女は言つた。「あんまり恐ろしくて死にものぐるいになりますわ。わたくしの父が、先週の土曜日に家へ帰る途中、列車の中で死んでいたのをチルベリーで発見されたことはご存じでいらつしやいますわね？」

教授はうなずいた。「その事実はいくらか承知していま す」となんともつかずに答えた。「くりかえしていただくまでもありません。しかしどうしたらあなたのお役に立てるのでしようか？」

「とても恐ろしいことです！」と彼女はすすり泣きながら叫んだ。「警察はボブが父を殺したと疑つています。そうは言いませんが、ボブに恐ろしい質問ばかりしたんです。ボブの考えではたぶんあなたならなんとかできやしないか……」

教授がまたたきもせずに見つめていたので、彼女の声は希望を失つたようにかすれてしまつた。

「ねえお嬢さん、わしは魔法使いじやありませんよ」と彼は答えた。「わしがハンスリット警部に会つたことはお話ししたほうがいいかもしれない……あの男は、あなたのいとこに不利な事件だと思いこんでいますよ」

「でもあなたはそうは思つていらつしいませんわね、プリーストリイ博士？」とミス・ファーカースンは夢中になつて口を出した。

「わしは警部が話したままの報告を受け入れただけです」と教授は答えた。「あの男が話してくれたこと以外は、事件についてなんにも知りません。たぶんあなたに一つ二つ質問をさせていただいてもかまわんでしような？」

「もちろんですわ！」と彼女は叫んだ。「知つてることなら何でも申し上げます」

教授は頭をかたむけて感謝の身振りをした。「お父様はいつも土曜日の午後フェンチャーチ町から二時十五分の汽車でお帰りになる習慣でしたか？」

「いいえ」とミス・ファーカースンはキッパリ答えた。「事務所でふだんよりおそくなつたときだけです。いつもの習慣はおそめの昼の食事に家へ帰ることになつていました」

「なるほど。ところで、お父様といとこの方とのけんかの原因をお話しくださいますか？」

こんどはミス・ファーカースンの返事がすぐには出なかつた。彼女は、われわれには顔が見えないほどうなだれて、しばらく無言でいた。それから、まるでやつと心を決めたかのように、ふいに話し出した。

「申し上げても別にさしつかえないと存じます。実はボブとわたくしは長いあいだおたがいに愛し合つていました。そしてボブは土曜日の朝父に話すことに決めました。父はかなり古風なほうで、あまりボブが気に入りませんでした。あの人のしたことに不都合があつたわけではないんですが、父には若い人の遊ぶ気持がのみこめなかつたのです。ボブが父に話をすると、大騒ぎになりました……そして父は、いわばボブが行いを改めるまではそんなことには一さい耳を貸さないと言つて、拒絶しました。でもあの人が父を殺したりしないことはわかつています」と彼女は嘆願するように話を結んだ。「ボブを知つてる人ならだれだつて、あの人にそんなことができようとは思やしません。あなたもそうはお思いになりませんでしよう？」

「ええ、そうは思いません」と教授はゆつくり答えた。「もしこれが、あなたやハリデイさんの慰めになるのでしたら、あなただけにナイショで言つておきますが、わしは一度もそうは思いませんでしたよ。検屍審問はいつですか？」

深い感謝の表情が彼女の顔にひろがつた。「わたくし、なんとも申し上げようのないほどありがたいと思つてますわ、プリーストリイ博士」と彼女は熱心に言つた。「検屍審問ですか？　土曜日の午後です。お出かけなさいますか？」

教授は首を振つた。「いや、わしは参りません」と彼は答えた。「ホラ、これはわしの仕事じやありませんよ。ですが、わしはその前に、或る調査をやつてみることにします。あなたにでたらめな希望を持たせたくはありませんが、どうやらハリデイさんの容疑をそらすことはできるかもしれません。それ以上は申し上げられません」

感謝の涙が彼女の眼に浮んだ。「それでボブやわたくしがどんな気持になれるか、申し上げようがありませんわ」と彼女は言つた。「あの人はひどく悩んでいます。万事があの人にとつて不利で真暗だということをよく承知しているんです……それでいて父を殺したいなどと思つた者がだれなのか、あの人には見当もつかないんです。父は世界中に一人の敵もありませんでした、きのどくなお父さん……」

「それはたしかですか？」と教授は言つた。

「たしかですとも」と彼女ははつきり答えた。「わたくしは父の生活は何でもよく知つていました。父はどんな小さなことでも隠しませんでした」

そして、それからまたたいして重要でない話をちよつと取りかわしてから、彼女は別れを告げた。

教授は彼女が出て行つてから数分間無言でいた。「かわいそうに！」と彼はやつと言つた。「父親があんな悲劇的な死をとげた上に、こんどは自分の愛している男が父を殺したといつて責められるのを見てるんだからなあ！　なんとかあの娘を助けてやれる方法を考えてやらなきゃならんね、ハロルド。ロンドン、チルベリー間の六千分の一の地図とサウスエンド行列車の時間表を手に入れてくれたまえ」

わたしは急いで言われたとおりにした。すると彼は一時間以上も穴のあくほど地図を見つめながら、定規と分度器で何かやっていた。その時間が過ぎると、彼は目を上げてだしぬけに言った。

「こいつは、最初考えついた以上に、ひどくおもしろいぞ。大急ぎでレイナムとパーフリートのはいっている千分の一の測量図を買ってきてくれたまえ。そいつが必要になりそうだ」

わたしは彼の望んでいた地図を買って、それを持って帰った。彼はその日の後の時間はそれで忙しそうにしていた。そしてまたわたしに話しかけたのは、やっと夜おそくなってからであった。

「まったく、きみ、この問題はわしの興味をそそり出したぞ」と彼は言った。「明らかに見当のつかない所がたくさんある。あの地方の現場をしらべなければなるまい。ウム、明日の朝十時三十分にパーフリート行の汽車があるな」

「何か意見がきまりましたか、先生?」とわたしは熱心に尋ねた。ミス・ファーカースンのおもかげと、彼女がいとこの潔白を信じているようすが、わたしにはよい印象を残していた。

教授はにがい顔をしてみせた。「事実がすべてを決定するんだということを何度言わなきやならんのかね?」と彼は答えた。「明日の旅行は事実をたしかめる目的だ。それがわかるまでは、想像をたくましくするのは時間のむださ」

彼は、翌朝われわれがパーフリート行の列車に腰をかけるまで、二度とその話をしなかった。彼はすいた一等車をえらんで、自分で機関車に向かい合う右手の隅に席を取った。列車がかなりスピードを早めるまでは何も言わなかったが、やがてふいに話しかけた。

「きみはライフルの射撃が上手だったね?」と彼は尋ねた。

「かなりうまいほうでした……」とわたしはびっくりしながら答えた。「ですが戦後はライフルを手にしたことがないと思います」

「では、わしのステッキを取って、それをライフルみたいに持つてくれたまえ。サア、この車の向こうの端へ行つて、ドアによりかかるんだ……それでいい。ステッキをわしの右の目に向けて、ねらうまねをしたまえ。しばらくそうして立つているんだ。ありがとう、それでいい」

彼はわたしに背中を向けて、持参のケースから双眼鏡を取り出すと、座席の窓からあたりを眺めはじめた。列車がパーフリートにたどりついてわれわれがプラットホームに降りるまでそうしていた。

「ああ、いい天気だ！」と彼は叫んだ。「少しくらい散歩しても暑過ぎやしないな。まずパーフリート射撃場へ行つてみよう。おぼえているだろう、これはハリデイ青年が射撃をしに来た所だ」

われわれは射撃場へ出かけたが、運よく監視が家にいた。プリーストリイ博士はその気になれば、ごく愛想よく相手をあしらえるので、すぐ監視と景気よく話しはじめた。

「ついでだがね」と教授は熱心に尋ねた。「この日曜日の二時半から三時のあいだにここで射撃をやつていたかい？」

射撃場の監視は考え深そうな表情をしながら頭をかいた。

「はてな、サア、この土曜日の午後ね。土曜日の午後は国防義勇軍の一隊がここへ来てましたが、連中が着いたのは三時過ぎだつた。いやはや、あの連中の中にはとんでもないライフルの射ち方をするのがいましたぜ。三百ヤード離れたら、まるきりまとに当らないんですからねえ。いくら一所懸命やつても、あれじや射撃手になれませんよ」

「そんな乱暴な射撃をやらせたりしたらかなり危険じやないのかね？」と教授は言い出した。

「ご安心くださいよ、旦那、大丈夫ですとも」と射撃場の監視は答えた。「わたしがここへ来てから今まで一度も事故のあつたためしはありませんよ。そんなに標的をはずすはずはありませんし、はずしたとしても、射撃をやつているときは、だれも沼地へ入れないことになつています」

「そりやたしかに安心だな」と教授は言つた。「その連中は別として、他にはだれもいなかつたかね？」

射撃場の監視は首を振つた。「いいえ、旦那、あの日射撃場に来たのはあの人たちだけでした」

「弾薬を渡すのはきみの義務の一部だろうね？」と教授は尋

ねた。

「たいていそうでさあ。ですが、ちょうど来ていたあの特別の連中はいつも自分のを持ってくるんです」

教授はもう少し話を続けていたが、それから帰ろうとした。

「大へん迷惑をかけてすまなかった」と彼は握手しながら言った。「ときに、たしかどこかこの辺に別の射撃場があるはずだね？」

「そうでさ、旦那」と射撃場の監視が答えた。「アズチの先きの、ずっと向こうでさ。レイナム射撃場って、いうんです」

「沼地を渡ってそっちへ行ってもかまわないかね？」

「よござんすとも、旦那。今日は射撃はありません。アズチを通り過ぎたら、まっすぐ行きさえすりゃ、レイナムに着きますよ」

教授とわたしは長い道を歩きはじめた。教授は百ヤードごとくらいに立ち止まって、双眼鏡であたりを見まわしては、自分の位置を地図と引き合わせた。やっとレイナム射撃場に着いて、監視を見つけ出したが、この男もパーフリートの同僚とまったく同じようにすぐ教授の魅力に感化されてしまって、同じような調子で話しはじめた。

「先週の土曜日の午後二時半から三時のあいだね？」と監視は教授の尋ねに答えた。「ええと、旦那、射撃というほどのものじゃないんですがね。新しい軽機関銃を持ってウーリジから来た一隊がいましたよ……ルイス式みたいな機関銃です。ですが射撃したんじゃないんで、テストしただけでした」

「どこが違うんだね？」と教授はきいた。

「そうですね、旦那、テストの時はつまりそいつが動かないように金具で抑えつけておくんです。こいつは機関銃を正確に同じ方向に向けるようになってますから、人間が持ってるときのようにグラグラしないですむんです。それには特別の標的を使って、すんだときにそいつに当ったいろんな弾穴の距離をはかるんです」

「なるほど」と教授は答えた。「どうだろう、そいつを発射してたのはどこからだったか、教えてもらえないかしら？」

「ようがすとも、旦那、すぐそこでさあ」射撃場の監視はわれわれをすぐそばの発射地点に案内して、台座《スタンド》をすえつけてあつた場所を指してみせた。

「ここですよ、旦那。連中は向こうの十号標的を射つていました。一千ヤードありますが、その新しい機関銃はすばらしく正確らしかつたね。的を粉みじんに射つちまいましたぜ、ほんとに」

教授は返事もしないで、地図を取り出し、発射点からアズチへ一本の線を引いた。その直線を引き伸ばすと、わびしい沼地の上を通つて河へ流れこむ所へとどいた。

「この射撃場にはほとんど危険がないようだね」と教授は何か悩んでいるような口調で言つた。「万一弾丸がまるきり標的をはずれても、河へ落ちこむだけで、人の通る場所からは遠く離れている」

「そういうふうに作つてあるんでさあ」と射撃場の監視は答えた。「ホーラ反対側には家が一二軒あるでしよう……道路や線路はむろんですしねえ。流れ弾丸があつちへ飛んじやあいけませんからねえ」

「たしかにいけないなあ」と教授はぼんやり答えた。「地図で見ると、レイナム駅はこの射撃場の奥のすぐ向こうらしい。標的の先きへ歩いて行つてもかまわないだろうね?」

「かまいませんとも、旦那、射撃がないときは駅へ行く一番近道でさ。すみません、旦那、ちつともお役に立ちませんでした」

われわれは射撃場を歩きはじめたが、教授は当惑したように顔をしかめていた。数ヤードごとに立ち止まつて、双眼鏡であたりを眺めるか、あるいは地図を引き出して余念のない表情で見つめるかしていた。アズチへ着くまで彼は一言もいわなかつた……そして口をひらいたのは、われわれがアズチの頂上に登りついてからであつた。

「まつたく謎だ、まつたく!」と彼はつぶやいた。「もちろんなんとか説明がつくに違いない。事実を元にした数学的推理がまちがつてるはずはない。だが説明がつくようなものを発見できたらなあ」

彼は話しながら双眼鏡をのぞいていたが、ふいに正面の或る物に注意がそそがれた。わたしをうつちやりつぱなしにして、彼はアズチの急勾配の側面を急いで降りると、走るようにしてアズチの奥の二百ヤードほど離れた所に立っている一本の旗竿のほうへ急いだ。旗竿の根元にたどりつくと、彼は地図に二本の線を引き、旗竿のまわりを半まわりして、双眼鏡で熱心に見つめていた。わたしが追いついたときには、もう双眼鏡をケースにしまって、優しく微笑していた。

「次ぎの汽車でロンドンへ帰れるよ、きみ」と彼はきげんよく言った。「わしの知りたかったことはみんなたしかめたよ」

彼は列車がフェンチャーチ町駅へ走りこむまでなんにもいわなかった。それからふいにわたしのほうに振り向いた。

「わしは陸軍省へ行くつもりだ」と彼はぶつきらぼうに言つた。「きみは警視庁へ行つて、ハンスリト警部に会つて、できるだけ早くウエストボーン・テラスへ来るように話してくれたまえ」

わたしは、ちよつと手間どつてから、ハンスリトを見つけて、教授の言葉を伝えた。

「何かファーカースン問題と関係があることでしような？」と警部は答えた。「いや、先生が会いたいといわれるのなら、参りましよう。でもわたしは先生に助けてもらうまでもなくすつかり片づけたんですがね」

警部は約束どおりやつてきた。教授は愉快そうにほほえみながら、挨拶をした。

「今晩は、警部、よく来てくれました。明日の朝別に用はないかね？」

「別に用はありません、先生」とハンスリトはめんくらつたような声で答えた。「何かすることがあるんですか？」

「いや、もしきみがひまをさいてくれれば、ぼくはきみにファーカースンを殺した犯人をご紹介したい」と教授はなにげなく言つた。

ハンスリトは椅子にそりかえつて笑つた。「どうもありがたいことで、先生、ですがわたしはもうその男に会いましたよ」と彼は答えた。「そいつはあなたの時間をむだにするようなものじやありませんかしら」

「かまわないさ」と教授は、おうようにほほえみながら、言つた。「きみが午前中ぼくと一緒にいてくれたらそれだけのかいがあることは保証するよ。十時半にチャーリング・クロス駅の新聞売店のそばで会おうじゃないか?」

ハンスリトはちよつと考えこんだ。教授がでたらめな計画に人をさそうようなことは絶対になかつたし、ごきげんを取つておくだけのかいはあるかもしれなかつた。

「けつこうです」と警部はシブシブ答えた。「参りましょう。ですが警告しておきますが、なんにもなりませんよ」

教授は微笑したが、何も言わなかつた。ハンスリトが別れを告げて立ち去ると、教授はファーカースン事件のことはすつかり頭から追い出してしまつたようだつた。

われわれは翌日またチャーリング・クロス駅で会つた。教授はウーリジまでの切符を買つていた。われわれはそこで汽車を降りて、兵器庫の正門前まで歩いた。教授はポケットから一通の公文書を取り出して門衛に渡した。二三分するとわれわれは或る事務室に通されたが、そこにいた一人の若い士官が立ち上つて挨拶した。

「お早うございます、プリーストリイ博士」と士官は言つた。「カニンガム大佐が電話であなたのおいでを知らせてきました。新しい自動ライフルのテストに使うスタンドをごらんになりたいんですね? ちようどこの下の中庭にありますが、修繕中です」

「修繕中?」と教授はすばやくおうむ返しに言つた。「どうしたのかお聞かせねがえますか?」

「ああ、別にたいしたことじゃありません。先日それをレイナムで使いましたが、連続発射を終りかけていたとき締め金が折れたんです。百発のうち九十九発連続発射したとき銃口がスルッと上を向きましてね。最後の弾丸はどうなつたか知りません。どこか河の中へはいつたでしよう。いまいましい故障ですよ……これじゃ失敗で、またすつかりやりなおさなきゃならんでしよう」

「ああ!」と教授は、まんぞくしたように、叫んだ。「それで説明がつきます。だが、わたしがあなたでしたら、もう二度と十号標的は使いたくありませんな。そのスタンドを拝見できますか?」

「どうぞ」と士官は答えた。「おいでください」

士官はわれわれを中庭へ案内した。そこには頭の所に締め金のついた一種の三脚台が立つていた。教授はしばらく熱心にそれを見ていたが、やがてハンスリトのほうに振り向いた。

「ホラ、これがファーカースン氏を殺した犯人さ」と彼は静かに言つた。

もちろんハンスリトと、士官と、わたしまでが、彼に質問をあびせかけたが、彼が答えを拒絶したので、そのままわれわれはロンドンに帰つて教授の書斎に腰をおろした。それから教授は、天井に眼をそそぎ、指の先きを合わせながら、話しはじめた。

「だれでも頭のはたらく者なら、若いハリデイに叔父を射てるはずがないという理由が半ダースもあることは、完全にはつきりしていた。まず第一に犯人は車のどちらかの側からごく近距離で発射したに違いない。するとそんな近距離で発射したライフルの弾丸なら、当つたときに大へん大きな傷口を作ることはよくあるが、決して頭の中に残ることはない。速度がごくわずか減少するだけで、まつすぐに頭を突き抜ける。次ぎに、もしハリデイがともかく叔父を射つたとすれば、それは車の左側からだつたに違いない。もし右側から発射したとすれば、兇器の銃口がほとんど被害者にふれるくらいだつたから、傷口のまわりが焼けこげているとか、黒くなつているとかした跡ができたはずだ。こいつは認めるだろうね、警部？」

「もちろんです」とハンスリトが答えた。「わたしは最初から犯人は左側から発射したという説でした」

「けつこうだ」と教授はすばやく言つた。「さてハリデイは評判になるくらい射撃がごく下手で、そのためにパーフリートにかよつていた。反対にハロルド君は射撃がうまい。それでも昨日二人で遠征した途中、わしがハロルド君に頼んで、列車の進行中にステッキでわしの右の眼をねらわせた。わしはハロルド君が一秒間もステッキをうまく向けていられないのに気がついた。射撃の下手な者が踏段から発射して、そのために少くとも片手は支えに使つていなければならない場合に、車の反対側にいる男のこめかみに正確に当てるなどということは、こりや不可能だとわかつた」

教授は一息ついた。ハンスリトは疑わしそうに教授の顔を見た。

「大へん尤もらしいお話ですねえ、先生、ですが、もっとよく説明してくださるまでは、わたしはやはり自分の考えてるのが正しい犯人だと信じます」

「まったくさ、わしが調査にかかったのは自分の考えた仮説を証明するためだった。きみの話した傷口のようすから考えて、これは弾丸の飛距離のごく終り頃に当ったもので、そのために頭を突き抜けないで脳に食いこむだけの速力しか持っていなかったのだということが、わしには完全にはっきりしていた。そうするとこれは相当の距離から発射されたものということになる。地図を見ているうちに、わしは、ロンドン、チルベリー間の線路附近に射撃場が二つあるのを発見した。弾丸の出所はたぶんこの射撃場のどっちかだろうという気がしないわけにはいかなかった。いずれにしても、調べてみるだけの可能性はあった。

「しかしスタートでわしは征服できない反撃にぶつかった。わしは地図から推理した……後で現場を見てたしかめた推理だ……それは、どっちの射撃場でも標的に発射した弾丸はすべて線路とはかけ離れた方角へ向かうということだ。それからもう一つ発見したのは、ファーカースン氏の死体が発見された列車が射撃場を通過してるあいだに発射された唯一の射撃は、兵器庫から来た試験射撃隊の手によるものだということだった。この一隊は人間の手の不正確さを修正する特別の装置を使っていた。この点でわしの仮説は証明不可能だという気がしたが、それでもわしは自分の仮説が正しいという考えを固執していた」

教授が一息いれたので、ハンスリトは思い切って批評した。

「わたしにはまだわかりませんな……あの締め金の折れたのが原因だったなんてことをどうやって証明できますか」と警部は言った。「弾丸の方向は元のままでしたから、上向きになったのが影響しただけです。あなたがご自分で明らかにされたとおり、機関銃から発射した最後の弾丸は沼地か河へ落ちたに違いありません」

「わしにはよくわかっていたのさ……一見不可能なようだが、やはりそれがファーカースン氏を殺した弾丸に違いないよ」と教授はおちついて答えた。「わしは兵器庫の一隊がねらっていた標的のうしろのアズチに登った。するとそこにいるあいだに、一度に困難を解決してくれるようなおもしろい発見をした。十号標的と一直線で、やや離れたそのうしろに、一本の旗竿があった。さらに、この旗竿を検査すると、鋼鉄製だということを発見した。

「さて地図を見ると、この旗竿でそれた弾丸が列車に当る場合は、ほんの短い直線距離をへだてているだけだということがわかっていた。もしほんとにそういうことがあったとすれば、どこをさがせば跡が見つかるか、わしにはよくわかっていたから、最初に調べただけですぐそいつを見つけた。旗竿の高い所にかすり傷があって、そこのペンキがつい最近はげ落ちたばかりだった。わしの頭には、ファーカースン氏の死因は十分説明がついている」

ハンスリトはそつと口笛を吹いた。「いやあ、こりやそうかもしれん!」と彼は叫んだ。「あなたの説は、つまり、ファーカースンは旗竿に当ってそれた弾丸に射たれたというわけですね?」

「もちろんさ」と教授は答えた。「彼は車の右側に腰かけて、機関車のほうに向いていた。頭の右側を射たれていたのだから、弾丸が開いていた窓からはいつたという説を裏書きしている。こういうふうに方向をそらされた弾丸はたいていその後クルクルまわりながら飛んで行くから、それで傷口の大きさの説明がつく。何か反対の意見があるかね?」

「さしあたってありません」とハンスリトは用心深く言つた。「もちろんわたしは、事実を全部たしかめなければなりません。一つは、弾丸を兵器庫へ持って行つて、試験射撃隊が使つたのと同じものかどうかを調べなきやなりません」

「そうとも、何でもできるだけたしかめとくさ」と教授は答えた。「だがおぼえておきたまえ……きみを導いてくれるものは事実であつて、推測ではないんだよ」

ハンスリトはうなずいた。「おぼえときます、先生」と彼は言つた。そしてそのまま彼は立ち去つた。

二日後メリイがミス・ファーカースンとミスター・ハリデイの来訪を告げてきた。二人は部屋にはいつてきた……ハリデイがまつすぐに教授のそばに近づいて手を握りしめた。

「あなたはぼくのためにおよそ他人としてこれ以上はできまいと思うくらいつくしてくださいました、先生！」と彼は叫んだ。「ハンスリト警部が話してくれました……ぼくが叔父を殺したという疑いは一掃されましたし、それもまつたくあなたのご尽力のおかげです」

教授が答える間もないうちに、ミス・ファーカースンが駆けよつて発作的に教授にキスした。「プリーストリイ博士、あなたはすてきな方ですわ」と彼女は叫んだ。

教授は眼鏡の中から彼女を見て顔を輝かした。「まつたく、お嬢さん、あんたがこの若い方と結婚することになつているのは残念なような気がするくらいですよ」と彼は言つた。

（村崎敏郎訳）

ボーダー・ライン事件

マージェリイ・アリンガム

うだるように蒸し暑い夜だつた。わたしはスタジオの天窓を開けはなしたまま、ベッドの上に転がつていた。ロンドン名物の煤煙が、頭の上から舞い込んでくるのも覚悟の前で――むしろそれで、死んだように澱んだ空気が、チラッとでも動いてくれれば、まだしも幸せと、却つてそれを願つているような気持だつた。太陽はとうの昔に沈んでいたが、暑熱は減退するどころか、大都会は寝苦しい夜に喘いでいた……

その翌日も暑かつた。わたしはやはり、朝からスタジオに寝そべつて、動こうともしなかつた。三時頃になつて、夕刊が配達されたときも、ベッドに転がつたままで、眼を通していた。殺人事件の記事が、大きな見出しで載つていた。酷暑でぼんやりした頭脳には、どこかよその国の、縁遠い出来事のように思われて、インキの香の強い活字を、ただ漫然と眺めるだけだつた。

事件は簡単なものだつた。読みおわつてわたしは、その新聞を、アルバート・キャンピオンに投げてやつた。彼はちょうど、ひる御飯を一緒にしようと、スタジオに立ち寄ったのだつたが、この暑さで、やはり動くのが億劫になつたとみえて、そのまま、スタジオの片隅に、腰を落ち着けてしまつていたのだ。

新聞紙はそれを、石炭小路射殺事件と見出しで謳っていた。石炭小路というのは、ヴァケイション街を横に切れた狭い露地だつた。事実はこうである――真夜中の一時、ヴァケイション街を巡回中の巡査が、人歩《ひとあし》の途絶えた街頭で行き倒れを発見した。あまりの暑さに、うんざりしきつていた巡査は、その男の襟もとを弛めてやつただけで、ろくにあらためもしないで救急車を呼んだ。

自動車が到着してみて、男がすでに絶命していることを知つた。死体はそのまま死体置場に運ばれた。検屍の結果、肩胛骨の下部からの盲貫銃創が死因。創口は小さいが、弾は左肺から心臓を貫通して、肋骨の間に止まつていた。巡回中の巡査が、それらしい銃声を聞かなかつたところを見ると、射撃はごく近距離から、消音装置を付けたピストルで行われたものにちがいない。

キャンピオンは、格別面白くもなさそうな顔でその記事を読んでいた。なにぶんにもこの暑さのことだし、事件そのものも比較的平凡ときては、興味の湧かぬのも無理はなかつた。彼は床の上にじかに坐りこんで、長々と足を前に投げ出して、それでも一応、紙面だけは丁寧に眼で追つていた。

「人がひとり死んだつてわけですな。気の毒な男だ。蒸し殺されそうな暑さの最中で……この事件の現場ときたら、特別風通しがわるくて、暑苦しさこの上なしというところなんだ。マージェリイさん。あんた、あのヴァケイション街を御存知なかつたかしら?」

わたしは、口をきくのも大儀だつたので、答えもせずに黙つていた。何百万という人間の蠢いている大都会のことだ。この物凄い暑さでは、このくらいの不祥事なんか、あたり前のことかも知れないのだ。それにしても、死んだ人こそ災難だ。キャンピオンのいまの言葉ではないが、実際、気の毒なことであつた。

わたしたちは、それから間もなく、スタニスロース・オウツ警部の口から、事件の詳しい経過を知ることができた。四時ちよつと過ぎた頃、彼はキャンピオンの所在を訊ねて、わたしのスタジオまでやつて来た。よほどこの事件が気懸りとみえて、キャンピオンを相手に、しきりに彼の考えを述べ立てていた。キャンピオンは、度の強い近眼鏡の奥で、キラキラと輝く眼を見せながら、じつと耳を傾けていた。この二人は、一風変つた関係にあつた。頭脳のするどい素人探偵と謙虚な警察官との間には、ふだんはただ友情が支配しているだけだが、現在のように難事件が発生したとなると、こんどは公式に、当惑しきつた検察当局が、偏見にとらわれない公共の意見を代表するものとして、彼の言葉を聴取するということになるのであつた。

たしかにオウツ警部は興奮していた。

「事件は君の住居の近くで起つたんだ」腰を下ろすが早いか、彼ははや口に喋りだした。「一見簡単に見えるんだが、どうにも納得できぬところがある。不良同士の果し合いかなんからしい。君のように、犯罪のかげに異常な物語を探って喜んでいるような連中には、きわめてもの足りぬ事件とみえるが、犯人と覚しい男に、兇行の可能性が全然ないんだ。それに、もうひとつ気に懸ることがある。この事件の中心になつた女の言動が、僕の長い経験にまつたく相反しているんだ。こういつた場合、ああいうタイプの女は、絶対に嘘を云うはずがないと信じていたんだが——」

警部は、肚の底から困惑したように溜息をついた。

蒸し風呂に入つたようなスタジオの中央に、わたしたち二人は椅子をならべて、ジョセフィンというその女について の、警部の話に聞き入つた。わたしはその後、ついぞその女には顔を合わせる機会もなくて終つたが、そのときの話は、いまだにわたしの脳裡から消え失せずに残つている——

彼女はつまり、犯人ドノヴァンの情婦だつた。オウツ警部は、女の容姿をこんな風に説明した。痩せこけて、胸の平べつたい、黒い頭髪とくろい瞳で、ちようどロシアの画家が画いたマドンナのように、透きとおつた皮膚の持主だ。レイスの付いたブラウスを着こんで、細いくさりの先きに小さい十字架をぶら下げ、胸のところに安全ピンで止めていた。年齢《とし》は二十になつたばかりとのことだつた。

警部の説明はドノヴァンに移つた。彼は三十五、十年間を刑務所で過してきた。だからといつて、オウツは別に、前科者の彼の犯行だと断定しているわけではない。ただ、そういう兇暴な男だということを、事件の性質を明らかにする上に、一応の計算に入れているだけだつた。

男は女を、脅迫同様にして手に入れた。女はそのとき、十六だつた。それからずつと、虐待され通しで今日まできた。

警部はつづいて、ジョニイ・ギルチックのことを話した。ジョニイ・ギルチックは、殺された方の男だつた。オウツの説明は、事務的に簡潔で、必要以上に感傷に落ちこむのを極力避けていた。で、要点を掻いつまんでいうと、気紛れな悪魔が、ドノヴァンの情婦ジョセフィンとジョニイ・ギルチックの間で、微笑んだのだ。やくざ仲間のあいだに、荒れすさんではいるものの、それだけにまた、胸の痛むように、せつない恋愛が芽生えたのだつた。

「僕の死んだ伯母が、よくお説教のように云つていた。どんな荒んだ人間にも、心の底には気高い精神がひそんでいるものだつてね。その当時は、僕もまだ若かつたので、何を年寄りの寝言かつて哂つていたものだが、いまこうやつて、若い二人の恋愛を見ていると、ヒシヒシと思い当るふしがある。ふだんはただの街の不良なんだが、激しく感情が燃え上つたとなると、やつらの気持は、神さまのように純粋で、火のように美しい。僕はむしろ、やつらの恋愛にはげしい羨望を感じたね」

そこまで喋ると、彼はちよつと口淀んで、髭のない、色白の顔をクシャクシャにして笑つた。

「ところが、感心するのは早すぎた。僕も伯母も、両方とも間違つていたんだ。やくざなんてものは、やはりあれだけのものなんだね。こんどの事件で、ジョニイが死んで、死体置《モール》場《グ》に死骸が移されたとなると、ジョセフィンの純真な感情なんて、一ぺんにどこかへ吹ッ飛んでしまつた。こんどは、うつて変つた態度で、当然憎んでしかるべき、恋人の仇、兇暴な殺人犯のために、熱心にアリバイを主張し始めたんだ。むろん、容疑者の情婦の地位にある女の証言なんか、取り上げる価値に乏しいとは云えようが、それでも僕が、あの女の言葉を聞いたとき、堪らなく淋しい気持を味わわされたのは否定できんよ。センチメンタルだつて哂いなさるな。人間てものは、もつと清潔なものだと、僕はそれまで信じていたんだからね」

「もう少し、現場の情況をくわしく説明して貰えませんか」キャンピオンが云つた。「僕たちは、夕刊を読んだだけで、あまりはつきりした知識は持つていませんので――」

「実際、神経をいらだたせるような事件なんだ。どこかに、見落しがあるに違いない。ごく単純なくせに、まるで不可解なところがある。僕が、君のあとを追つかけ廻したのも、実はといえばそのためなんだ。一緒に現場まで来てくれたまえ。君の智恵を、是非貸して貰いたいんだ」

しかし、キャンピオンは動こうともしなかつた。警部は仕方なしに、白墨《チョーク》を取つて、モデル台の板に、簡単な見取図を書いてみせた。

「これが、ヴァケイション街。いいかね。道路は、真直ぐにつづいている。両側の家並は、たいてい倉庫ばかりなんだ。

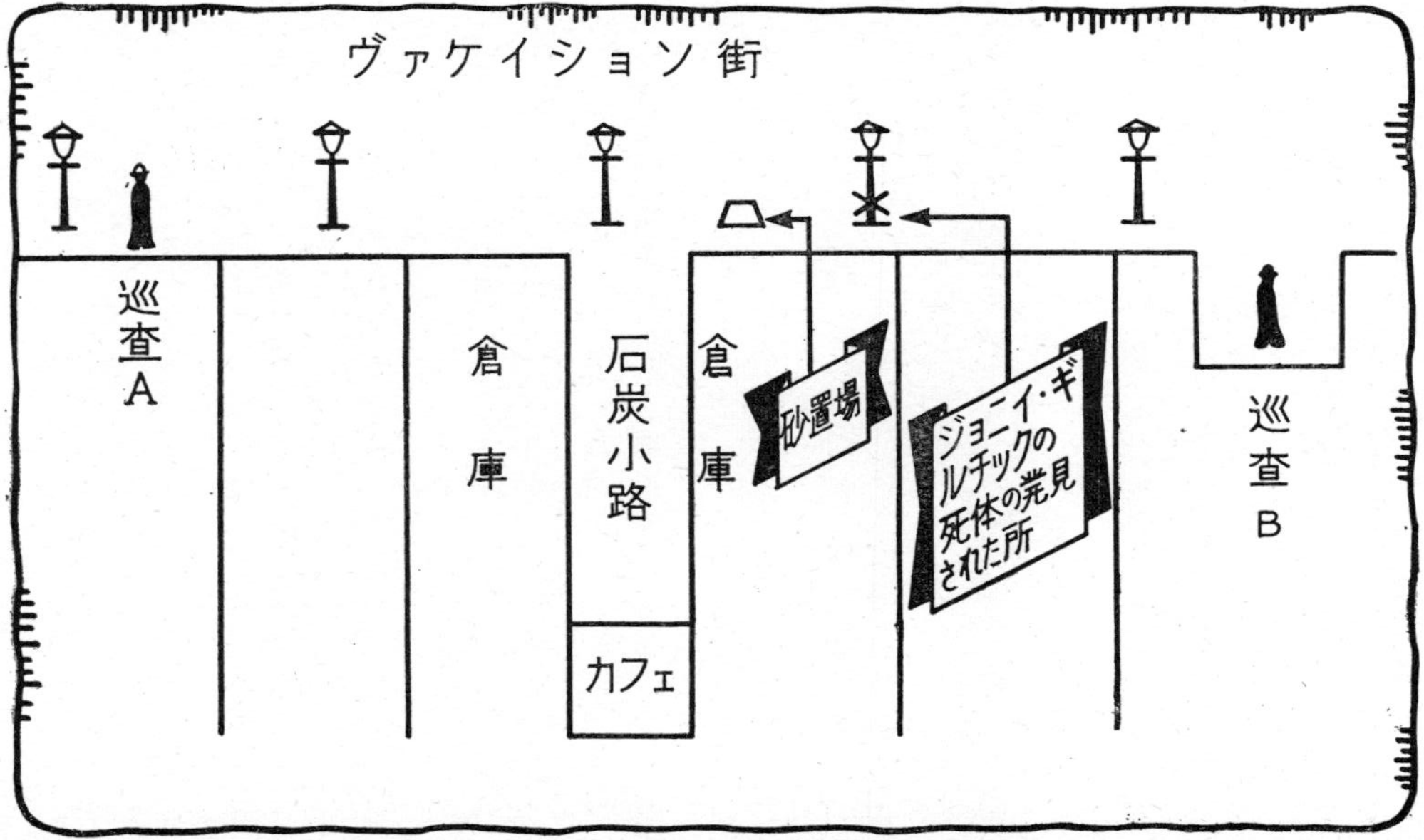
ヴァケイション街
巡査A
倉庫
石炭小路
カフェ
倉庫
砂置場
ジョニイ・ギルチックの死体の発見された所
巡査B

ちようどこの辺に砂置場がある。それが、巡査の巡回区域の境界線になつていて、その十ヤードほど手前が、問題の石炭小路の入口に当つている。露地の両側は、どちらも倉庫の裏手で、突当りはカフェで、通り抜けはできない。つまり完全な袋小路なんだ。カフェは終夜営業をやつていて、数町先にある大きな印刷工場の職工たちが主な得意客といつた店なんだ。しかし、本当のことを云うと、階下の店はほんの看板で、ドノヴァンを首領とする不良の一団が、ここの二階を根城にして、いつもよからぬ相談の場所にしていたのだ。奴等が二階に集合するときは、階下の机の前で、入口を見張つているのがジョセフィンの役目だつた」

警部はそこで言葉を切つた。わたしの眼の前には、ごみごみして、息づまるように暑苦しいカフェの店先きと、そこの入口で、薄い胸に痩せたあごをあてがつて、真ッ黒い瞳を円らに見はつて、往来をじつと見詰めている、青白い女の顔が浮んできた。

警部は図面の上に屈みこむようにして、砂置場を示す四角形のわきに、大きく丸を画きながら云つた。

「ジョニイはここで死んでいた。巡回中の巡査は、街燈の下にうずくまつている人影に、早くから気が付いて、可怪しいとは思つていたのだが、近寄つて調べてみようとした途端、ガタガタと崩れるように倒れてしまつたという。受持巡査は驚いて、隣接区域の巡査の手を借りて、すぐに救急車を呼んだ。ここまでは話がスラスラ運ぶんだ。が、そこで大きな躓きが起る。というのは、犯人はドノヴァンときまっているが、彼奴は一体、どこからピストルを撃つたのだろうか？

「ヴァケイション街には、そのとき問題の地点を挾んで、二人の巡査が巡回中だつたのだ。ネバー街がわの巡査は、倉庫のあたりを巡つていたらしいが。フィリス小路方面を受け持つているのは、四十ヤードと離れていないところから、ジョニイ・ギルチックが倒れるところを見ていたのだ。ただ、銃声だけは聞えなかつたそうだ。

「で、僕もこれだけは保証する。あの街路は完全に見通しがきいて、隠れるような場所は絶対にないのだ。ドノヴァンの奴め、どうやつてカフェを脱け出したのか？　ジョニイを背後から撃つて、どうやつてまた、誰にも見咎められずに二階に戻ることが出来たのか？　袋小路の両側は、それぞれ倉庫の裏手になつていて、コンクリートの壁なのだ。カフェの裏手に廻つても、他へ抜ける道はないし、屋根伝いということも、カフェのそれよりも、倉庫の屋根の方が、はるかに高く聳え立つているので、考えるまでもなく不可能なことは判つている。そしてまた、かりに何とか工夫して、ヴァケイション街の道路に出てみたところで、どちらかの巡査に見付けられないはずはない。一体、彼奴はどんな手段をとつたのだろうか？」

「ほかの人のやつたことじやないの？」

わたしは素人考えを述べてみた。警部は軽蔑するように、じろりとわたしを見やつて、

「それもひとつの考え方です。だが僕は、あのドノヴァンという男の素姓もよく心得ているのだ。あれが犯人だという僕の信念みたいなものは、その知識から出ているんですよ。

「アメリカのギャングと違つて、イギリスの不良は、あまりピストルは使わぬものです。あの男は、その数少い、ピストル持参の不良の一人でしてね。かつて、ニューヨークでも拳銃使用の犯罪で、五年の刑を言い渡されている。それに、禁酒法時代には、酒類持参の罪でたびたび拘留処分を食つている。不機嫌なときには、どんな残忍なことでもやりかねない、兇暴な男なんです。

「ジョニイ・ギルチックが、ドノヴァンの乾分になつたのは、かなり以前のことなのだが、あの少女と恋に落ちてからは、ドノヴァンと勢力を張りあつているギャングの身内に移りましてね」

彼はそこで、ちよつと言葉を切つて、微笑んでみせた。

「と云つたわけで、ドノヴァンは彼を殺す理由は充分ある。こんど、ジョニイがこのカフェに姿を現わしたら、それをこの世の見納めにしてやるんだと公言していた。敵も味方も、不良仲間はみなそれを予期していた。実行に移るには、ほんのちよつとしたきつかけが必要だつただけで、ジョニイ自身も、それを覚悟していたんです。

「それが、昨夜実現した。ジョニイ・ギルチックが、カフェに姿をみせた。少女は恐怖におののいて、はやく逃げてくれと哀願した。ジョセフィンの必死の顔色に動かされて、彼は

袋小路を戻つて行つた。角を曲つて、ヴァケイション街の通りを二、三歩進んだとき、背後からドノヴァンに射撃された。格闘もなにもなかつた。どの医師の診断も即死だつた。ジョニイ・ギルチックは、背中に弾を受けて、三歩とあるかぬうちに死んだのだ。銃はむろんドノヴァンのもの。まだ押収はしていないが、命中した弾と、ピタリと合致するのにきまつている。

「事件そのものは、簡単明白。ごく単純なものなんですが、そのとき、ドノヴァンが射撃した場所だけが問題となつて残つているんです」

キャンピオンは顔をあげた。眼鏡のうしろで、眼がするどく光つた。

「では、その娘は、進んでドノヴァンのアリバイを証言したというのですか?」

オウツは肩をすくめてみせて、

「したどころか、熱心なものなんだ。あの人は、一晩中、二階から一足も降りませんて、あくまで云いはつて譲らない。それは、あの女だつて、不良の一味なんだから、親分としてのドノヴァンを庇う理窟もなり立つが、しかしこの場合は、自分の恋人が殺されているのだ。その死骸を前にして、仇敵のアリバイを逆に主張するというのは、いくらああいう社会の女だとしても、ちよつと納得しかねるよ。あの女が、わざわざ警察に出頭して、そう申し立てたときは、僕はなんだか佗しいような気になつたよ」

「ほう! すると女は、自分からすすんで、その証言を持ち出したのですね?」

キャンピオンは、警部の言葉を繰りかえしてそう云つた。どうやら劇しく興味を唆られたらしい。

「そうなんだ。警察までやつて来て、何か立派な所業でもするように、昂然と胸を張つてそう主張するんだ。ことの起りの三角関係を知つているだけに、僕はずいぶん不快な気になつた。だから、云つてやつたよ。一度かえつて、死骸と対面してから出直して来いつてね」

「あなたらしくもない。放つておけばいいんですよ。で、彼女はどうしました?」

「おいおい泣きだしたよ。泣かれてみればそれまでさ。あの女の証言なんか、別に重大に考えていたわけでもない。ただ、あまりむきになつて、犯人を庇うようなことを云うので、僕の気に障つただけなのだ。犯人はドノヴァンと判つている。それにしても、どうやつて、ジョニイを撃つことが出来たか、そいつの解決がまだなんだ」

そのとき、電話のベルが烈しく鳴つた。警部は、言訳するような顔を、わたしに向けて、

「僕にでしよう。こちらに伺うつて、署に云つて出て来ましたから――」

彼は、受話器をとつて聞いていた。そのうちに顔色が変つてきた。わたしたちも、何か捜査に新局面が展開したのかと、興味を露骨にあらわして、彼の顔に見入つた。こう暑くては、お上品にとりつくろつてなどいられたものではない。

「そうか……ああ、それはどうでもいいんだ……で、女はどうした？……え？……なるほど、そうだろう？……え？　ほんとうか？」

彼の顔には、またしても驚愕の色が浮んだ。こんどのニュースは、さらに重大なことのようだつた。相手も、興奮して喋つているのが、蜂の唸りのように、受話器をとおして流れてくる。オウツ警部の表情は、すつかり緊張しきつてしまつた。

「よし判つた。俺はなんだか、頭が可怪しくなりそうだ。なに？　君もだ？　そうだろう。これでは誰でも変になる！」

乱暴に受話器をおくと、わたしたちをふりかえつた。その顔に向つて、

「アリバイが確認されましたね」

キャンピオンが云つた。

「そうなんだ。昨夜、カフェの階下で飲んでいたという印刷工場の職工を、三人出頭させて調べてみたそうだ。ところが、ドノヴァンの降りてくる姿を見かけた者は、ひとりもいないっていうのだ。この連中は、一応信用できる証人なのだ。だが、証言はどうあろうと、ジョニイを殺したのはドノヴァンに違いない。それにしても、ピアノ屋の倉庫の壁でも打ち毀さなければ、射撃できる方法はないのだが――」

彼はまるで、怒つたような表情で、キャンピオンにむかつて云つた。

「君、これをどう説明するね？」

キャンピオンはしきりに咳払いをしている。さすがに、彼も当惑した様子であつた。

「僕には、いま考えが二つ浮んでいる……」

「では、それを話して貰おうか」

警部は煙草に火をつけて、片手で顔をつるりと撫でてみせた。キャンピオンは、依然としてどぎまぎした様子で、咳払いをつづけながら、

「ひとつは、あの暑さ……ひとつは、その暑さとコンクリートの壁との関係ですが——」

キャンピオンはそれから、床の図面に屈み込むようにして、

「ここが倉庫の角。ここが砂置場。その左手の街燈の下で、ジョニイ・ギルチックが倒れていた。そのさらに先きからは、ネバー街方面受持の巡査が、露地ごとに、いちいち曲つてみながら、こちらへ近よつてくる。右手からも、フィリス小路がわの受持巡査が、ちようどこの通りにさしかかつたところ——つまり、このヴァケイション街は、四方を壁に包まれた密室に均しい。二方の壁は、ほんもののコンクリート、あとの二方は、それぞれ巡回中の巡査——」

彼はそこで、言葉を切ると、警部の顔をのぞきこむようにして、

「ところが、この二種類の壁——コンクリートと巡査とは、かならずしも同一視できないときがあるんです。判りませんかね——昨夜のようにうだるように暑いときが、ちようどそれに当るんです……オウツさん。そう思いませんかしら？」

オウツは、眼を閉じて、じつと考えていたが、——

「そうだ！」と、叫んだ。「なるほど、キャンピオン。君の云うとおりだ。云われてみれば、簡単なことだつたな」

二人は立つたまま、揃つて床の図面を眺めていた。オウツは白墨《チョーク》をとつて、袋小路の入口に十字を画いた。

「最初撃たれて倒れたのは、こちらの街燈の下だつたんだ——マージェリイさん。電話を拝借しますよ、至急、あの男を手配しなくては——」

興奮した面持で、彼は電話器に飛びつくと、早口に署員に命令を下していた。そのあいだ、わたしはキャンピオンにせ

がんで、もっと詳しい説明をうながした。彼はまたひとしきり羞んでみせたが、やがて、いつもの落ち着いた口調に戻って、しずかにかたりだした。

「いいですか、マージェリイ。この砂置場が、巡査の受持地域の境界線になってるんです。A巡査が、石炭小路の入口の街燈の下で、小柄な男がぶっ倒れるところを見ました。暑さにやられたな、彼はそう、簡単に考えこみまして、それにしても、厄介なこった。この暑いのに、行き倒れの世話なんか、真ッ平御免だ。――そこで彼は、ずるいことを思いついた。そっとそのまま、砂置場の先きまで運んでおけば、責任はB巡査に移ってしまう……Aは B巡査の現われる前に、いそいで、俯伏せに倒れている男を抱き上げると、もうひとつ先きの街燈の下まで、運んでおいたのです。むろん、弾の痕なんぞには気もつかなかったし、カフェの二階からは見通しなのは、袋小路の入口だけだということが、そんな重大な意味があろうとは、夢にも思い及ばなかったのです。今朝になって、はじめて様子を知った彼は、これは下手をすると馘の問題だと、あわてて口を噤んで黙ってしまったのです」

オウッは電話器をおいた。すっかりいつもの元気を取り戻した様子である。

「最初の巡査は、今日、休暇をとっている。古参の男でね。ジョニイの軀を抱き起したとき、すでに死んでいるのを見極めて、行路病者と簡単に信じこんでしまったらしい。こんなことに掛りあって、検屍のすむまで立ち会わされたのでは堪らないと思ったのが、この事件のこんがらがった始まりなのだ」

わたしたちは、それから長い間、黙っていた。

「それで――ジョセフィンという娘は？」こんどはわたしが口を出した。

警部は、悲痛そうな表情をしめして、

「可哀そうな娘でしたよ。運がわるいってものは、あんなものですかね。だけど、その場にいあわせた、署の者の話では、ただの事故とも思えなかったそうです」

わたしは吃驚して、そういう警部の顔を見た。彼はいそいで、付け加えて云った。

「さきほど、話さんでしたか？　さっき、アリバイのことで、電話をよこした部長が報告してきたのですが。とんだ災難が起きたんです。ジョセフィンは今朝、屍体置場《モールグ》から出て、道路を横切ろうとしたとき、バスに撥ねとばされて……むろん、即死だつたそうです」

警部は、痛ましそうに首をふつてから、

「あの娘が、すすんで警察に出頭して申し立てたということは、あの女としては、生命がけのことなんでした。不良仲間は、昨夜カフェーの二階には、誰もいなかつたと云えと、あの娘に強要していたのでしよう。奴等はそれで、しばらく警察の動きをみているつもりだつたのです。だから、あの娘が、ドノヴァンがあの家にいたことをぶちまけたのは、一命を危険にさらしても、恋人の仇をとる気持だつたのです。結果に於ては、逆に相手のアリバイを確証してやるようなことになりましたが……それにしても、結局はあの女の意図も達せられた。世の中のなりゆきつてものは、実に複雑でおもしろいものですな」

彼はそれから、キャンピオンに愛想よく笑いかけて、言葉をつづけた。

「今度の事件が解決したのは、ほんとうに君のお蔭だつた。こんなに早く片付いたというのも、君がものを見る眼が、よけいな枝葉に煩わされずに、ことの核心を直視できたからなのだ。AとかBとか、図式のように、よけいな人的要素を捨てて、登場人物を符号で要約するというのは、こういう場合、なかなか効果的な方法だな」

内気なキャンピオンは、依然、はにかんで何も云わなかつた。

（宇野利泰訳）

スザン・デア紹介

ミニオン・エバハート

スザン・デアは、ふと、おにゆりの長い花びらの中からゆつくりたちのぼつている一条の淡い紫煙に眼をとめた。しかし、さつき彼女より先に席をはずして出て行つたミケラは、長いベランダにもいなかつた。昇りかけた月は、がらんとして広いベランダの上にすみきつた明るい光を投げかけ、松林の方へなだらかに傾斜した銀色の芝生を背景にそこには人影ひとつないことをはつきり見せている。

スザンはちよつと耳を澄ましてみた。しかし、ミケラの靴音は聞えなかつた。あたりには全然人の気配もない。彼女は、腰をかけるようになつている低い窓べりのゆりの鉢を端にのけてそこに腰をおろし、後のビロードのカーテンをひいた。こうすると、小さな壁龕《がん》の中に坐つているような感じになつた。微妙に対立的な家の中の空気から遮断され、開いた窓の外の静かな夜にとけこんでいくような気持がして、ほっと心の安まるのをおぼえた。

この家を出て行くのは、残念だなあ——スザンは心の中でつぶやいた。しかし、どうしても今晩かぎりで去らなければならなかった。お客である以上、世話になっている家の家庭の事情を無視してまでとどまっているわけにはいかない。ゆりの花から微かにたちのぼる煙草の煙が、またスザンの眼にとまった。何となしにミケラが吸い殻を花の中に捨てるような悪ふざけをしたとは思えなかった。

どこからか微かな人声が聞える。スザンはそれに耳をおおうようにして、自分の思いに耽り、ひっそりした夜の中にとけこもうとした。気まずい夕食だった。何とか頃合を見はからって席をはずそうとしたが、一時間近くも抜け出すことができなかったのだ。来客用の離れを使わしてくれていたクリスタブルの好意に対して、いまさらのように感謝の気持が湧いた。この家の裏側にある小さな緑色の家で、生垣を通ってまがりくねった芝生の小道を少し行ったところにあった。クリスタブル・フレイムは世話のよくゆきとどいた女主人《ホステス》だったから、スザンはくつろいだ気分で愉しい一週間を送ることができたのだつた。

しかし、そのうちにクリスタブルの弟のランディ・フレイムが帰つてきた。

そしてその後すぐ、ジョー・ブロンフェルと妻のミケラが賓客としてやつてきたのだ。彼等がくると、なぜか、いままで愉しかつたものがすべてぶち壊されてしまつた。このフレイム一家の古い家、その優美な柱や長い窓やゆつたりした渋い部屋はなんの変りもなかつたし——のんびりした南部の空気も、霧でかすんだ青い丘や静かな松林や花壇を仕切つている小道にもこれという変化はなかつたが、それにもかかわらず、前とはまるで違う場所になつてしまつたのである。

ビロードのカーテンの向うから、いらいらした声が聞えた。「ミケラ!——ミケラ!」

ランディ・フレイムだつた。スザンはじつとしていた。床まで垂れているビロードのカーテンが、自分の銀皮の靴まで隠してくれているから見つかりつこないと思つた。彼は恐らく書斎の入口に立つているのだろう。彼の赤い髪やきやしやな体や神経質な痩せた顔が眼にうかんだ。やつきになつてミケラを探しているのだ。ばか! 大ばか者!——スザンが心で叫んだ。あなたのしていることがクリスタブルの心をどんなに苦しめているか、あなたは知らないでしよう?

彼は広間の寄木細工の床にせつかちな足音を立てて去つて行つた。スザンはいらだたしく首をふつた。フレイム一家の男達はみんな赤毛で、気どりやで、短気でむこうみずで、おまけにばかで我儘だつた。無論、ランディもその血筋をひいているのだ。食堂から洩れてくる話声が、スザンにさつきの気まずい空気を思い出させた。皆がはじめ、狐狩りのことを話題にしていた——カロライナの山間地方では極めてありふれた無難な話題だつたから。ところが話が妙な方向にそれてしまつた——ミケラがわざとそんな話をもちかけたような気がしたが——フレイム家の一人が馬丁を撃ち殺した事件の話をむしかえしたのだつた。もうとつくの昔にあつた事件で、皆も忘れかけていたし、いまの代の家族には全然関係のないことだつたが、クリスタブルはむきになつて、あれは過失にすぎなかつたのだといい返した。そういう彼女の顔が妙に真剣味を帯びていた。するとランディが声をあげて笑ってから、フレイム家の者は気が短いから、ろくに相手をたしかめずに撃ち殺してしまつたのだといい、ピストルはいつでもすぐ出せるように、茶だんすの上のひき出しに入れてあつたといつた。

「あ、こんなとこにいたの?」声がして、急にカーテンがはねのけられた。ランディが顔を輝かして立つていた。彼は、スザンの美しいやわらかな髪と薄いレースのガウンを見て、はつと顔を伏せた。「すみません。ミケラかと思つたものですから。」

みんなが広間からどやどやと入つてきた。また一時間近く彼等に縛られるのかと思うと、がつかりした。どうしてこう間の悪いことばかり続いて、窮屈な不愉快な思いをしなければならなくなつてしまつたのだろう?

ランディは後を振り向いて、何もいわずに出て行つた。クリスタブルと一緒に部屋に入つたトライオン・ウエルズは、スザンを見て愛想のいい微笑を投げた。

「スザン・デアさん」と彼がいう。「月見をしながら、静かに殺人の構想を練つていらつしやるんですか?」彼は首をふつてクリスタブルを振り返つた。「どうも、ぼくはあなたのお話が信じられんですな、クリスタブルさん。この若いご婦人が、ばらとか月の光を題材にした甘い美しい詩をお書きになるんならともかく、人殺しなどという殺伐なものを書かれるとは、どうしても思えませんよ。」

クリスタブルは苦笑して腰を下した。真黒な顔をてかてか輝かしながら、下男のマースがコーヒーを持つてきた。髪の黒い、肥つたジョー・ブロンフェルが、あたたかそうなダイニングコートを着て広間の方からやつてくると、部屋を覗くようにしてひと渡り見廻してから、中に入つた。

「スザンさんがもし詩をお書きになるとしても、それは彼女の作品の中に隠れた形で表現されてるものなんですわ。あなたのおつしやる意味の詩とは全然違つたものなんですのよ、トライオンさん。彼女のお書きになるのは——。」クリスタブルの鈴のような声が躊躇してとぎれた。相手を見つめたままのばした彼女のしなやかな手が、盲目のようにお盆の上のコーヒー茶碗を探し迷つた。白い指の一つにはめた大きな紫水晶の指環が、あふれるようなきらきらした紫の光を放つている。彼女はやつと古いもろそうな茶碗を探しあてて、丈の高い銀製のコーヒー・ポットからそれを注いだ。「彼女は探偵小説をお書きになつていらつしやるんですよ。事件が謎に富んでいて、しかも巧みにその犯行をあばいていくんですの。とてもおもしろい小説ですわ。……トライオンさん、お砂糖はいかが？ うつかりしてお入れするのを忘れてましたわ。」

「ぼくは一つで結構ですが、スザンさんはいかがです？」

トライオン・ウエルズはずつと微笑を浮べていた。彼は、この家に着いたばかりの客だつた。落着きのある眼をしたこの白髪頭の老人は、若々しい桜色の頰をしていて、愛想がよかつた。強いて嫌味な点といえば、彼の色彩の好みだつた——緑色に近いグレーの背広を着て緑色のネクタイをしめ、緑色のシャツに、靴下まで細かい緑色の縞のあるものをはいていた。彼は町から電話で、クリスタブルと話したいことがあるからという伝言をするとすぐこの家へやつてきた。それからすぐ夕食になつたので、彼が着物を着替える時間はなかつたのだ。

「ジョー、コーヒーいかが？」クリスタブルがたずねた。彼女はきやしやな陶器のあつかい方に馴れていて、非常に手ぎわよくしとやかな手つきでコーヒーを注いでいるので、スザンは、その手が微かに震えているのは自分の眼の錯覚ではないかと思つた。

ジョー・ブロンフェルは、そわそわしながらまた広間の方に肥つた暗い顔を向けてあたりを見廻したが、誰の姿も見あたらなかつたらしい。すぐ振り返つて、クリスタブルのきれいな手からコーヒーを受けとつた。クリスタブルはまぶしそうに彼の顔から眼をそらした。スザンは前からそれに気づいていたが、彼女はなぜか、いつも、彼の顔をまともに見るのを避けるのだつた。

「巧みに犯行をあばくつて……。」トライオン・ウエルズはしきりに首をかしげながらいつた。「人殺しつてやつは、そんなに手のこんだことをやるもんですかね？」

その質問は、宙に迷つた形だつた。クリスタブルは返事をしなかつたし、ジョー・ブロンフェルは聞いてもいない様子だつた。

間をおいてスザンが答えた。

「そうだと思いますわ。いずれにしろ、人殺しだけが目的で――ただ人を殺してみたいというだけで殺す人はいないと思いますから。」

「なるほど。つまり、面白半分に人殺しをする奴はいないってこってすな」とトライオン・ウエルズがコーヒーを味わいながらいつた。「そりやそうでしような。しかしまあ、少くとも、あなたが人殺しに興味をもつているのは、ご自分で人を殺そうというためじやないことが分つてほつとしましたよ。」

彼は恐らくスザンの話をまぜつかえして、軽妙に愉快に話をはこんでいるつもりだつたのだろう。ところが、彼が〃人殺し〃という言葉を口にする度に静かな部屋の空気が石のように重くなつていくのを、不思議なことに彼は全然気がつかない風だつた。スザンは話題を他にそらそうとしたが、そのときミケラとランディが広間から部屋に入つてきた。ランディは声をあげて笑い、ミケラはそれに合わせて微笑している。

ランディの笑い声に、ジョー・ブロンフェルははつとしてその方を振り向いた。しんと静まり返つた、本がぎつしり列んだこの長細い部屋に、ランディの笑い声だけがそらぞらしく響いた。スザンもその方を見やつた。彼はミケラの手をとり、まるでうちとけた愛人同志のようにそれを振りながら入つてきた。スザンはすぐ、彼が庭の暗やみの中で彼女にキスしてきたらしいと思つた――彼女を思いきり抱きしめながら。

ミケラのまぶたは白く、まぶしげな黒い眼に重く垂れていた。まつすぐな黒い髪がまん中で分けられ、それが幾分肥つた白いうなじのあたりできつく結われている。唇には濃い深紅色の口紅が塗つてあつた。彼女はニュー・イングランドの田舎に生まれ、あるロマンティックな尼院長からミケラという洗礼名をつけられ、それ以来その名にふさわしい生き方をしてきた女性だつた。簡潔にいえば、彼女はまだ若いランディのあの大きな突き出した耳をつかんで、思う存分ひきずりまわそうとしてここへやつてきたのだ――スザンはそう考えていた。

ミケラが椅子に坐ろうとしてスザンに背を向けた。そのときミケラのむき出しになつた背中の肌にうす赤い線がついているのが、スザンの眼に映つた。その角度から見て、男の手首が彼女の乳色の肌をおしつけたときにできたものであることは、すぐ分つた。ジョー・ブロンフェルも、それを見た。いやでも眼についたのだ。スザンは茶碗を手にしてその中のコーヒーを見つめながら、ジョー・ブロンフェルがその痕はランディの手首の痕だということに気づかなければいいがな、と思つた。しかしそれからすぐ、自分はどうしてそんなことに気を病んでいるのだろうと思い直してみた。

「ミケラさん、コーヒーどう?」クリスタブルが聞いた。その調子は、スザンがいたたまれないほどの異様な響きをもつていた。彼女はすぐ起ち、唾をのんでいつた。

「クリスタブルさん、わたくし、失礼いたします――仕事がありますから。」

「あら、そうですか。」クリスタブルは躊躇しながら言葉を重ねた。「でも、ちよつとお待ちになつてて。わたくし、離れまでご一緒しますわ。」

「あたし達の方は、あなたがいらしつても別に構いませんわよ、クリスタブル。」ミケラがそつけなくいつた。

クリスタブルはトライオン・ウエルズの方を振り向き、彼女やスザンと一緒に行こうとしかけた彼の機先を制して、円滑に断つた。

「じき戻つてまいりますわ、トライオンさん。お話は――帰つてきてからおうかがいいたしましよう。」

スザンの心に、はつきりしたある小さな絵が刻みつけられた――長い小綺麗な部屋、あちこちにおかれた電気スタンドのやわらかな光で照らし出された円い明るみ。その電燈の一つは、いまスザンが起つた椅子に真上から光を投げて、その周囲に池のような黒い影を作つていた。ミケラの黄色いサティンのドレス、ランディの赤い髪と痩せた黒い肩、くよくよ考えてみながら二人を見守つているジョーのでつぷり肥つた姿。トライオン・ウエルズはきちんとした渋い服装で愛想のいい顔を見せていたし、紅紫色の絹モスリンに身を包んだクリスタブルは軽やかにしかもしとやかな足どりで歩いていた。ほっそりして首すじの上に捲きあげた赤い髪が美しく光る。部屋を半ば行きかけたとき、彼女はトライオンから煙草を受けとり、体をかがめて彼のさし出したライターで火をつけた。指の紫水晶が電燈の光を受けてまばゆく輝いた。

それからスザンとクリスタブルは、敷石をしきつめたがらんとしたベランダを通つてテラスの方へ廻つた。

スリッパーをはいている二人は、ビロードのような芝生の上を音もなく歩いた。ゆりを植えた池のほとりにくると、香わしい花の匂いが夜のしじまに甘く重く立ちこめていた。

「昨夜、食用がえるの鳴くのが聞えました？」とクリスタブルがたずねた。「どうやらこの池にずつと住みついているらしいんですの。どうしたらいいのか、迷つてますのよ。ランディはピストルで撃ち殺してしまおうつていうんですけど、そんなことしたくありませんわ。夜遅くまでいやな声で鳴くんで、無論迷惑千万なかえるですけど、でもやつぱり――食用がえるだつて生きる権利はありますものね。」

「クリスタブルさん。」彼女がいい終るとスザンがそつと声かけた。「わたくし、もうおいとましなければなりませんわ。仕事の都合で……。」

クリスタブルは足を止めて彼女を振り返つた。月桂樹の生垣が道巾だけ空いていて、そこから曲りくねつた小道が離れの方へ続いている。

「それは口実でしよう、スザンさん」と彼女が優しくたずねた。「ブロンフェル夫婦がきたせいですの？」

それに答えようとしたスザンはそのとき突然大きな声を耳にしてびつくりして口をつぐんだ。まるで号泣しているような薄気味の悪い声だつた。それは月の光を浴びた山の間からはげしく湧きおこつてくる。スザンはぎくつとした。クリスタブルは平静な風を装つた声で口早やにいつた。「犬が月に吠えているだけなんですよ。」

「あまり気持いいものじやありませんわね」とスザンがいつた。「あれを聞くと――。」一層寂しくなりますわ、といいかけて、彼女は急に話をやめた。

クリスタブルは先に立つて小道を歩きはじめた。そこは今までよりも暗く、彼女の煙草の火が赤く輝いてみえる。「もしミケラがまた煙草の吸いさしを花に入れたりしたら、殺してやるわ。」クリスタブルが静かにいった。

「えつ？」

「あのひとを殺してやるつていつたの。無論、そんなことさせはしないけど、でも彼女は——ねえ、あなたももう分つていらつしやるでしよう？　自然に分つてしまうことですから。彼女は、何年か前にわたくしからジョーを奪つただけでなく——今度はランディまでものにしようとしてるんです。」

スザンは、クリスタブルの顔を見ることのできないのがかえつて嬉しかつた。彼女はランディが若いからミケラのような女の手にはひつかかりやすいだろうというようなことをいつた。

「弟はもう二十一才ですわ」とクリスタブルがいう。「わたくしがジョーを愛していた頃よりも、年をとつてますわ——わたくし、その頃ジョーと結婚することになつていましたの。そして、結婚式やパーティのお客としてミケラがこの家にやつてきたんです。」彼等がさらにゆつくり二、三歩あるいたとき、クリスタブルが言葉を続けた。「そして、結婚式の前の日に、二人は駈落ちしてしまいました。」

「じや、ジョーの気持が変つてしまつたのですね？」

「それだけから判断すると、あなたのおつしやるとおりですけど……」クリスタブルがうなずきながら答える。「しかし、そうじやないともいいきれません。多分そうかもしれませんわね。わたくしに対する心が変つてしまつたのでしよう。でも、いまさらそんなことを考える気もしませんわ。」

「あの方達を帰してしまうわけにはいかないんですの？」

「ランディが後を追つて行くでしようし……。」

「じや、トライオン・ウエルズさんに頼んだらどうかしら」とスザンが思いつくままに喋つた。「力になつてくれるかもしれませんわよ。これという妙案も浮ばないけど、たとえばあの方がランディに話して聞かせるとか——。」

「ランディは彼の話なんか聞きませんわ。自分の気に入らないことをいわれると、かえつて強情を張つちやう性質なんですの。それに彼はトライオンさんを好きじやないんです。ランディはいままでにトライオンさんから相当な金を借りていますから、会うたびに嫌な思いをさせられるんでしよう。」

クリスタブルはいつもに似ず悲痛な調子でいつた。一匹の犬がまた遠吠えをはじめ、次々に他の犬がそれに呼応して吠えた。スザンは身震いした。

「寒いんでしよう?」クリスタブルがいつた。「どうぞ家へお入り下さい。わたくしの話を親切に聞いて下さつてありがとうございました。もう、お入りになつたほうがよろしいと思いますわ。わたくしはいつまでもひきとめてお話ししていたいんですけど、でも——。」

「いえ、わたくし、別に構いませんわ——それに——。」

「お独りでも心配なさることはございませんわよ。見知らぬ人間の足音は、犬がよく聞き分けますから。では、おやすみなさい。」クリスタブルはいい捨てるように挨拶して去つた。

来客用の離れは、温かくて居心地がよく、それに静かだつた。しかしスザンはまもなく本を読みながらうとうとしはじめた。そして自分が眠気を催したのは、競争相手の著者の本が下らないせいだと僅かにははかない満足を感じたりしたが、それでもそれからすぐ眠れたわけではなかつた。この離れを使わしてもらい、独りで誰にも邪魔されずに仕事ができることを思い起して、ふつと喜びを感じたりした。

翌朝は霧が立ちこめて肌寒かつた。

スザンが離れの入口のドアを開けたのは、九時半頃だつたろう。霧が白く濃く下りているのを見て、彼女はゴム靴をとりに部屋へ戻つた。鏡を覗きながらふとトライオン・ウエルズのことが心に浮んだ——彼はもう今朝は、彼女に大げさなお世辞をいおうとしないだろう。彼女が褐色の手編みのスーツを着て、美しい髪をきつちりと結え、それに眼鏡をつけると、どう見ても寒さにちぢみあがりながらも超然とした顔をしているふくろうとさして変らない感じだつた。

庭の小道はしつぽりと濡れ、月桂樹の葉には露が光つていたし、山の起伏はぼんやり霞んで見えた。家は白く静かな姿を見せていたが、あたりに人影はなかつた。

そのときだつた。ずしんという震動が濃い霧をふるわした。

スザンはとつさに、ランディが食用がえるを撃つたのだろうと思つた。

しかし、その池は彼女のすぐ先にあり、そこには誰もいない。

それに、その音は家の方から聞えたのだつた。芝生が露に濡れているので彼女の足は重く、いつもより歩の運び方が遅かつた。つるつる滑る石段を登り、しめつた敷石を歩いて、漸く家の中に入つた。

大きな広間が家のまん中をずつと向うまでのびている。スザンがそのつきあたりまで来たとき、マースに会つた。彼は黒い手を振りまわしながら彼女の傍をすり抜けて走つて行つた。はつとして振り返つた彼女は、彼が何やらどなつているのをぼんやり耳にした。彼の姿が見えなくなると、スザンは本能的に左手にある書斎へ行くドアの方へ足を向けた。

それから、その通路《ドア・ウエイ》にさしかかつたとき、彼女は思わずその場に立ちすくんでしまつた。

その部屋の奥の彼女が昨夜腰を下していた緑色のどんすの椅子の上に、ぐつたりと崩れ落ちた恰好で倒れている一人の男の姿が眼に入つたのだ。ジョー・ブロンフェルだつた。さつきピストルで撃たれたらしい。すでに息が絶えているのがひと眼で分つた。

新聞紙が一枚、まるで自分からそこへ滑つて行つたような感じで、彼の足もとにおいてあつた。彼の後にある窓のビロードのカーテンはおろされていた。

スザンはそつと自分の髪をなでた。何も考えられなかつた。恐らくそれから入口のドアの足台の方へひつ返して行つたのだろう。しかめつ面をしたマースと、パジャマと同じ位顔の蒼ざめたランディが部屋に駈けこんで来たとき、スザンはその場所で二人に会つたからである。二人は興奮してわめきたて、ランディが床から拾いあげたピストルを手にとつて調べた。そうしているうちにトライオン・ウエルズがどこからかやつてきて彼女の傍で足をとめ、あつと叫んで部屋に駈けこんでいつた。それからクリスタブルがきてやはり入口にいる彼女の傍で立ち止まつた。みるみるうちに、彼女の顔がまるで別人のようにひきつり、血の気がひいた。そして吐き出すような声で叫んだ。

「ジョー！――ジョー！」

しかし、その彼女の声を聞き姿に眼をとめたのは、スザンだけだつた。そして、はじめて質問らしい質問を発したのは、それから広間を駈けてきたミケラだつた。

「何を騒いでるの――どうしたの？」彼女はそういいながらクリスタブルの横をすり抜けて行つた。

「ミケラ、来ちゃいかん！」

しかし、そのときにはもうミケラはそれを見てしまつた
――彼女はまじまじと、長い間良人の死体を凝視していた。

それから、彼女のうつろな眼が部屋を見渡した。「誰が彼を撃つたの？」

一瞬、重苦しい沈黙が部屋の空気をとざした。

やがて、マースが唾をのみこんでランディに語つた。

「わたしあ、誰が撃つたかは存じませんでごぜえます、ランディさま。しかし、この方が殺されるのは見ました。それに、この方を殺した手も見ました――。」

「手だつて！」ミケラが大声をあげた。

「ちよつと待つた、ミケラさん」とトライオン・ウエルズが口を出した。「それはどういう意味かね、マース？」

「それだけのことでございます。この書斎を掃除しようと思つて、あのドアの手前まできたとき、ピストルの音が聞えました。はつとして見ると、そのビロードのカーテンの間から、手がつき出していたのです。手と、それからピストルが……。で、わたしあ――それからどうしたか、はつきり憶えていません。」マースは額を拭いた。「たぶん、誰かを呼びに駈け出して行つたのだと思います。」

また、部屋がしんとなつた。

「誰かね、それは？」トライオン・ウエルズがおだやかにたずねた。

マースは眼ばたきした。それがひどく老けた感じを与える。

「トライオンさま、神さまに誓つて申しますが、あたしあ、そんなことは存じません。全然分りませんでごぜえます。」

ランディが横合から口をいれた。

「男の手かい？」

「そのような気はいたしますけれども」とその黒人の老人が床を見つめながらいつた。「しかし、はつきりしたところは分りませんでごぜえます。わたしの見たのは、その手にはまつていた赤い指環だけでして。」

「赤い指環？」ミケラが叫んだ。「それは、どういう――。」

マースはすぐ、しわだらけの黒い顔をミケラに向けた。その顔には、彼女や彼女がこの家に対してやったことをなじりたげな表情が浮んでいた。「赤い指環でごせえますよ、ブロンフェル奥さま。」彼はどこになく重々しい口調でいった。「きらきら光っていましたが、とにかく、赤い色でごぜえました。」

しばらくして、ランデイが奇妙な声をあげて笑い出した。「しかし、この家ん中には、赤い指環なんかないんだぜ。誰もルビイなんかはめてやしないし――。」彼は突然言葉を切った。「それより、ね、トライオンさん、彼を長椅子に移したらどうでしょう。こんな風に放っておくのはあまり見つともよくはありませんよ。」

「そうだね――。」トライオンが死体に近づいた。「じや、手伝ってくれ、ランディ。」

ランディが身震いて尻ごみしかけたとき、スザンがやっと口を開いた。

「でも、そんなことしちゃいけませんわ。もし、そんな――。」彼女はいいかけてやめた。二人の男が驚いて彼女の方を見た。ミケラも彼女を振り返ったが、クリスタブルだけは身動き一つしなかった。「とにかく、いけませんわ。」スザンが繰り返した。「これは殺人事件なんですもの。」

その言葉は、ただならぬ意味を皆に感じさせ、部屋の空気をひしと緊張させた。トライオン・ウエルズのグレーの肩がゆれた。

「そうでしたね」と彼がいう。「忘れていましたよ――そんなことを聞いていたような気がするが。その通りですな。すぐ人をやって――医者や治安官や検屍官を呼んでこなきやいけないな。」

スザンは後になってからはじめてそう思ったが、もしこの場にトライオン・ウエルズがいなかったら、収拾つかない状態になっていただろう。彼は落着いて適切な指示をした。病人のように蒼ざめているランディを部屋に帰して着替えさせ、それから町に電話し、死体にうまくおおいを被せ、マースにコーヒーを持ってくることさえいいつけた。彼はあちこち飛び廻り、二階も階下も調べてから玄関へ出て治安官を迎えた。敏捷に適切に動き廻った。その間スザンは、広間のソファにクリスタブルと一緒に腰をおろしていた。ミケラも傍にいたが、すぐ広間をあちこちうろうろ歩き始め、電話に耳を傾けたり、コーヒーを飲んだり、そのうつろな黒い眼をたえずきよろきよろさせてあたりをうかがつていた。緋色の腕輪やイヤリングをつけ、赤と白のスポーツ・スーツを着た彼女は、ひどく華美で、人殺しのあつた家の空気とはおよそよちぐはぐな感じだつた。

クリスタブルは、まるで機械的にコーヒーを飲む女の幽霊のように、しやんとして坐つたまま、殆ど身動きもせず一言も話をしない。彼女の指にはまつている紫水晶だけが、光を反射して異様な輝きを見せ、ただ一つの生き物のような感じをそそつた。

スザンは、混乱とショックのために麻痺した感じが次第に薄れてきた。まだ戦慄と恐怖が残つていたし、名状し難い心の痛みをおぼえたが、彼女はランディが広い階段をまた駈け降りてきたとき、セーターを着こんだ彼の髪がきちんととかれているのに気づいたし、さつきの蒼白な病人のようなおびえきつた顔色があとかたちもなく消えているのも分つた。彼は逆に、どんなことが起つてもびくともしないぞというような気構えさえ見せていた。スザンは、確かにこれから色々なことが起きそうな気がした。

そのとおりだつた。

尋問が、はてしなくつづいた。親切な医者も、そうでない検屍官も、単なる傍観者にすぎない治安官も、あれやこれやと尋問を繰り返した。考える隙もなかつた。了解する余裕もない。僅かにそれに返答する時間があるだけだつた。

しかし、そうしているうちに次第にある目ぼしい事実が分つてきた。といつても、ほんの僅かな簡単な事柄だけだつたが。

まず、ピストルはランディのもので、茶だんすの上のひきだしから持ち出されたのだつた――しかし、実際にそれを見ていない者でも、ピストルのありかは知つていた。「みんなが、そこにあることは知つていたんですよ」とランディがふくれつ面で答えたとおりだつた。それに指紋を検出したとしても、ランディとマースの指紋であることが分るだけだつたら、決め手にはならないのだ。二人とも床から拾いあげて手にとって見たのだから。

それから、犯人については誰も心当りはなかったし、一緒に台所にいたリズという黒人の下働きとコックのミニーを除けば、誰一人として完全なアリバイをもっている人間はいなかった。

クリスタブルは自分の部屋で手紙を書いていた。銃声は聞いたが、ランディが池の食用がえるを撃ったのだろうと思った。しかしそれからまもなく、ランディとマースが表階段を駈け降りる足音を聞きつけて、部屋を出た。いったい何が起ったのだろうと、不審に思ったからだった。

「もしかしたら、というような考えが浮びませんでしたか」と治安官がたずねたが、クリスタブルはあくまでもなんにも考えつかなかったと答えた。

マースが呼びにきたとき、ランディはまだ眠っていた。銃声すら聞いていなかった。話を聞いて慌ててマースと一緒に書斎へ駈け降りて行ったのだった。(マースは二階に登るとき、台所の横にある小さな裏階段を使ったことが明らかにされた)。

トライオン・ウエルズは家の前の丘を降りて郵便箱まで行き、帰りがけに銃声を聞いた。しかしそれは遠い鈍い音だったので、書斎に入るまではまさかこんな事件が起きていようとは考えてもいなかった。彼が自分の指環をはずしてそれを皆の眼のまえにつきだし、犯人のはめていた指環かどうかをマークにたずねたときは、居合せた人達の眼を見張らせた。しかし、その驚きも一瞬にして消えてしまった。なぜなら、その大きな澄んだ石は、彼のネクタイと同じ緑色だったからである。

「いいえ、全然違いますよ、トライオンさま」とマースがいう。「あたしの見た手にはめられていたのは、赤い指環でした。わたしあ、はっきり見たんです。確かに赤い色でした。」

「これはごらんのとおりエメラルドだが、ここにいる人達の中で指環をしているのはわたしだけなんで、一応念のために聞いてみたんですよ。とにかく、わたし達の持物を全部調べてごらんになる必要はあると思いますな。」

そういわれた治安官の視線が、クリスタブルの白い手にある紫水晶に向けられた。そして、おだやかに、いまそれを調べているところだと答えてから、ミケラ・ブロンフェル夫人に、犯人の心当りをたずねた。

しかし、ミケラは何も知らなかつた。彼女は松林を散歩していたときつぱり答えてから、横眼でちらつとランディを見やつた。ランディの痩せた顔がさつと赤らんだ。彼女も音は聞いたが、それがピストルの音だということまでは分らなかつた。しかし、何となく変だと思つて、家へ帰つてきたのだつた。

「死体の後の窓は、まつすぐ松林の方向にむいていて、それが開いていたのですが」と治安官がいつた。「あなたは誰かの姿を見ませんでしたか？」

「全然誰も見ませんでしたわ」とミケラがはつきり答えた。

じや、犬が吠えるのを聞かなかつたかと治安官がたずねた。彼は、犬小屋が松林のすぐ裏側にあるのを知つている様子だつた。

しかしミケラは、犬の声を聞いていなかつた。

その答弁に対してざわめきが起つたが、治安官はせき払いをしてから、確かに誰も犬小屋の近くをうろついていなかつたのだと、自分から不必要な説明をつけ加え、さらに質問をつづけた。だらだらとはてしなく質問がつづけられていつたが、ジョー・ブロンフェルがどのようにして殺されたのかは一向見当もつかなかつた。やがて、治安官はやつとのことで皆を解放してから、検屍官と検屍廷について話し合つていたとき、彼の部下の一人が調査の結果を報告にきた。――この家に泊つている者以外の人間の姿は、屋敷内に全然見当らなかつたし、指紋はこれというものを発見できなかつた。それに、死体の後のフランス窓はあのとき開け放しになつていた。また、家中を探したが、赤い指環はなかつた。

「なかつたといいますのは、つまり、発見できなかつたということですが」と警官がいつた。

「よろしい」と治安官がいう。「いまのところ、そんなものだろう。今日はずつとこの家に残つていてくれ。」

スザンはこの実感に溢れた長い一日を一生涯忘れ得ないだろう。気分が悪くなるほどのショックを受けた最初の瞬間がすぎてから、一つのことが起つているうちに次の事件が起るきつかけができているといつた調子で、しかもきわめて論理的な順をおつて、色々な事件が次々とすぐあとにつづいて起つたが、それは何かふしぎな必然性をもつていた。午後に起つたある事件でさえ、それ自体はとるに足らないことなのに後になつて重要な意味をもつてきたというのも、驚くに値しない一つの必然だつたというべきだろう。それは、彼女とジム・バーンの邂逅だつた。

長い苦しい午後をスザンは夕方近くまで、クリスタブルと一緒にすごした。沈みきつてはいたが、クリスタブルはスザンと一緒にいたいらしい様子だつた。スザンには何となしにそれが分つた。しかし、二人の間には何ともいいようのない重苦しいものがわだかまつていた。こうして、クリスタブルが最後に睡眠薬を飲んで寝てしまつたときには、スザンは救われたような気持がした。やがて、クリスタブルは起きていたときと同じように静かに、眠りはじめた。

スザンがそつとクリスタブルの部屋を出て階段を降りたとき、そのあたりには誰もいなかつた。ただドアのしまつている書斎から人声が聞えた。

やはり足音をしのばせながら広い玄関を出て、テラスからゆりの池のほとりにきたとき、スザンは、霧のたちこめた空気をほつと深く呼吸した。

とうとう現実に殺人事件が起つたのだ。スザンはいまさらのようにそれを実感した。しかもそれは、知つている人達の間に起つた。そして、その中の誰にとつても、それは名状しがたい恐怖に満ちたものだつた。最初彼等は皆慄然としただろう。しかし、最初は、殺人に対する恐怖を感じただけだつた——猛獣が檻を破つて飛び出したときのような単純な原始的な恐怖だけだつた。それからまもなく、文明化された恐怖がやつてきたのだ。法律に対する恐怖だ。それをのがれようとするあがきだつた。

彼女は生垣のところで家の方を振り返つた。その白い建物は、いかにも何代にもわたつて立ちつづけてきたことを思わせるような姿で、庭の中に厳然として立つていた。いまやそれは暴力によつてその閑雅な夢を破られてしまつたのだ。殺人という暴力によつて。しかし、その建物はいままでどおりの威容を保つている。クリスタブルと同じような気持で、その建物も自分をいつまでも守れかしと祈りつづけているようだつた。
クリスタブルといえば、いつたい彼女は彼を殺したのだろうか？　彼女があんなに思い悩んでいるのは、そのためだろうか。あるいは、ランディが彼を殺したことを彼女が知っていたためだろうか？　そうでなくて、別に何等かの理由があるのだろうか？

思いふけつていたスザンは、あやうく踏みつけそうになつて、やつとその男に気がついた。ふだんは落着き払つている彼女も思わずあつと叫んだ。その男は離れの小さな玄関《ポーチ》に坐つていたのだ。帽子をまぶかに被り、コートの襟を立てた彼は、一綴の用紙に凄まじい勢いで書きなぐつていた。彼女の悲鳴を聞くと、かすかに驚きの声を発して頭を振り向け、同時に帽子をとつた。

「あなたのタイプライターを貸していただけませんか。」彼がいつた。

彼の眼は非常に澄んでいて、青くいきいきしている。彼の顔立ちが整いすぎていないのはむしろ感じよく、口は大きく笑いそうだつたし、あごはどんな相手をも軽蔑したことがなさそうだつた。額の広さがその聡明さを思わせた。髪は薄くなりかけてはいたが、まだ白髪は見えない。手の細く美しいのが意外だつた。見た眼は鈍そうだが、ほんとうはひどく感覚の鋭い人だな。アイルランド人だ。それにしても、この人はいつたい何をしているのだろう——スザンが心の中で考えた。

彼女は大きな声で答えた。「ええ、どうぞ。」

「ありがたい。早く書けないんで弱つてたんですよ。今晩中に書き上げないといけないもんですから。あなたをお待ちしてたんです。あなたが書きものをなさつているということを聞いてきたのです。僕はバーンといいます。ジェイムズ・バーンです。通信員なんです。いつも面白いねた探しをしている男ですよ。いま休暇中の仕事をしているところなんです。シカゴのある新聞です。休暇でこつちへやつてきてたんですが、思いがけなく殺人事件にぶつかつたものですからね。」

スザンは小さな居間のドアを開けた。

「タイプライターはあそこにあります。紙がご入用でしたら、その横にたくさんございますわ。」

彼は犬が骨に飛びつくようにしてタイプライターの前に坐

つた。しばらく彼を見守つていたスザンは、彼が驚くほどの速さで流れるようにタイプを打ちつづけていくのに眼を見張つた。

やがて彼女は小さな暖炉を燃し、静かにそこに坐つて、燃えさかる焔を見つめ、確実なリズムに乗つて鳴るタイプの音をぼんやり耳にしながら、考えに耽つた。今日一日のいろいろな経験がはじめて心に蘇つてきた。自分が見たり考えたりしたことが心のどこかに刻まれていて、それが意識的な思考の順序をたどつて整頓されていくような気がした。しかし、それはたえられないほど無気味な暗い過程だつた。ジム・バーンが話かけてきたとき、むしろ彼女はほつとした。

「あなたのお名前を、たしかルイス・デアと教えられたような気がするんですが。」彼は突然、タイプのキーを鳴らしながらいつた。「そうなんですか?」

「スザンです。」

彼は急に振り返つた。キーの音が止まつた。

「スザン。……スザン・デア……。」彼は首をかしげながらそう繰り返した。「まさか、探偵小説をお書きになるスザン・デアじゃないでしょうね?」

「そうですの」とスザンが慎重な口ぶりでいつた。「そのスザン・デアですわよ。」

彼は、絶対そんなはずはないというような表情を見せた。

「しかし、あなたは――。」

スザンは相手をたしなめるようにいつた。

「わたくしが、とても探偵小説を書くような人間には見えないなんていつたら、タイプライターをお貸ししませんよ。」

「でも、あなた自身が実際この事件に関係しているんじゃないでしようか?」彼は遠まわしにいつた。

「ええ、そうです。」スザンに暗い小声でそう答えてから、「でも、そうじゃないともいえますわね。」彼女はそういつて焔を見つめた。

「変ですな、それは」と彼はあつさりした口調でいう。「あまりでたらめをおつしやつちや困りますね。」

「でもそのとおりなんですもの」とスザンが答えた。「わたくし、この家のお客です。クリスタブル・フレイムの友達です。無論ジョー・ブロンフェルを殺しはしませんでしたわ。

でも、わたくし、この家の人達がどうなろうと、大して気にかけちやいませんわ。彼女を除いたら、二度と会いたくないと思うような人達ばかりですからね。」

「でも、少くともクリスタブル・フレイムのことは、心配になるわけですな?」

「ええ。」スザンが重苦しく答える。

「ぼくはもう、ねたは全部手に入れてるんですよ。大して難しい仕事じやありませんからね。この近所の人達は、みんなフレイム家のことをよく知つてますしね。しかし分らないのは、なぜ彼女がジョーを撃つたかということです。ミケラが撃つたんなら話が分りますけど。」

「えつ?」スザンの指が編椅子の肘当を強く握り、眼はタイプライターの上の澄んだ青い眼をとらえようとして見開かれていた。

「ミケラのしでかしそうなことだといつただけですよ。彼女はしよつ中問題を起してきた女ですからね。」

「でも、そうじやありません、――そんなこと――クリスタブルにしたつて――。」

「ま、しかし、誰だつてひよつとして妙なことをしでかさないとは限りませんからね。クリスタブルだつて人殺しはするでしよう。しかし、分らないのは、彼女がなぜジョーを殺してミケラを解放させるようなことをしたかということですよ。」

「ミケラには、犯行の動機がはつきりしてますわね」とスザンが低い声でいつた。

「そうです。良人が邪魔だつたわけですからね。しかし、そこはランディ・フレイムにしても同じですよ。同じ立場です。それに彼はこの辺の人がレッド・フレイムとあだ名する位――衝動的で、でたらめで、フレイム家の粗暴な血をひいた人間ですから。」

「でもランディは、眠つていましたのよ――二階で――。」

彼はそれを遮つた。

「ええ、それはもうよく承知してますよ。あなたはあの家のテラスのあたりまで歩いてきたところだつたし、トライオン・ウエルズは郵便を出しに行つてたし、クリスタブルは二階で手紙を書いていたし、ミケラは松林を散歩していた、というわけですから、誰ひとりとして全然アリバイがないんですな。あの家や庭の構造からみて、あなたにしろトライオン・ウェルズにしろミケラにしろ、お互いに見えない所にいたんです。それに、やろうと思えば、あの窓から抜け出してからすぐ、知らん顔で広間を廻つてくることもできたわけですしね。しかし、じゃあのカーテンの蔭に隠れていたのは誰だつたんでしょう？」

「浮浪者か――」とスザンが小さい声でいいかけた。「泥棒か――。」

「泥棒なんて、問題になりませんよ。」ジム・バーンはさもばかばかしいといいたげだつた。「すぐ、犬が吠えたてるでしよう。犯人は、あなた達の中の一人ですよ。誰です？」

「わたくしには分りませんわ」とスザンがいつた。「知りません！」彼女の声は完全に落着きを失つていた。彼女はそれに気がついて、何とか平静になろうとするかのように椅子の肘当を強く握りしめた。ジム・バーンにはそれが分つた。彼はたしなめた。

「そ、そんなに興奮しないで下さい。大きな声を――。」

「大きな声なんか出しちやいませんわ」と、スザンがいう。

「でも、犯人は、クリスタブルじやありませんわ。」

「あなたが、クリスタブルでないことを祈つてる気持は分ります」と彼が慰めるようにいつた。そして時計をのぞき、用紙をまとめて起ち上つた。「大変だ。これからしなくちやならんことがあるんですよ。正確にいうと、あなたのためじやなくつて――ただその――いや、原稿をまとめるのは明日まで延ばしましよう。あなたが、この機会に、犯人はクリスタブルじやなかつたということを証明しようと思つていらつしるんなら、それまで待ちましよう。」

スザンは当惑して眉をしかめた。

「ぼくのいうことがお分りにならんようですね」と彼が愉快そうにいつた。「こういうことなんです。あなたは探偵小説をお書きになつてる。ぼくも二、三読みました。なかなか面白かつたです」彼はちよつとスザンの眼をうかがつた。「ところが、こんどはあなたが本当の殺人事件を扱える絶好の機会だと思うんですよ、ぼくは。」

「しかし、そんなことをするつもりは――。」彼女がいいかけた。

「いや、あなたは、本当はそうしたいと思つていらつしやるんですよ。」彼は断言した。「また、そうしなきやならないでしよう。いいですか、あなたの友人のクリスタブルは有力な容疑者になつてるんですよ。あなたも知つていらつしやるように、彼女のはめていた指環は――。」

「いつ、ごらんになりましたの？」

「えつ？　そんなことどうでもいいじやありませんか。」彼はじれつたそうに叫んだ。「そりや、通信員は何でも見てますよ。問題はあの指環です。」

「でも、あれは紫水晶ですのよ。」スザンが反撥していつた。

「そうです。」彼は渋い顔でうなずく。「紫水晶です。そしてマースの見たのは、赤い指環でした。右手にはめられていて、その手にピストルが握られていたわけです。ところが、クリスタブルはやはり右手に指環をはめています。」

「でも、それは紫水晶ですわ。」

「ええ、紫水晶です。ところがさつきぼくは、マースに聞いてみたんです。〃あのつたの木の上に咲いているのは何という花です？〃とね。すると彼が〃あの赤い花ですか？　あれは藤ですよ〃と答えたんですよ。」

彼はそこで言葉を切つた。その瞬間、スザンは胸をかきむしられるような気がした。

「その花は勿論、紫だつたのです。」彼はおだやかにいつた。「紫水晶の色です。」

「でも、彼はクリスタブルの指環はよく知つてるはずですから、もしそうならすぐ分つたでしよう。」スザンが少し間をおいてから、いい返した。

「多少ね」とその通信員がいう。「あるいは、彼はできることならあの赤い指環については何もふれないでおきたかつたのかもしれませんよ。ま、しかし、色々質問されているうちに恐しくなつてつい洩らしちやつたんでしよう。考え直すだけの余裕がなくなつちやつたわけですよ。」

「しかし、マースは……あのマースならそういう場合はむしろ自分が殺したと――。」

「いやいや、とんでもない」とジム・バーンが冷やかにいい切つた。「彼は そんな ことは しない でしようよ、きつと。

そう考えるのは一応もつともらしく聞えますが、しかし、そうはいきません。大概の人間は、他人のために人を殺したり、人殺しをしたと嘘の告白をしたりするものじゃありませんよ。もしそれが計画的な殺人だつた場合、つまりかつと気ちがいのようになつて殺したのでない場合には、たとえ他にどんな事情があろうとも、必ず動機をもつているものです。しかもそれは、烈しい、のつぴきならない、その人の個性がよく出ている、利己的な動機です。あなたはまさかそんなことを忘れていたわけじやないでしよう。とにかくぼくは急いで行かなければならないもんですから、じや、あの藤の花の話はまとめて社へ送ってもいいですかな？」

「いえ、そ、それはちよつとお待ちになつていただけませんか。」スザンが慌ててとめた。

彼は帽子を手にとつた。「タイプライターを、ありがとうございました。知恵をしぼつて、ひとついい仕事をして下さい。何しろ、あなたが実際の殺人事件について何かを把むことは、必要な経験じやないかと思いますね。これからあなたの仕事ぶりをとつくり拝見さしていただきましよう。」

ドアが閉まり、暖炉の焔が音を立てた。しばらくしてからスザンは机に向い、黄色い原稿用紙を前におき鉛筆をとりあげて書いた。——人物、あらゆる動機、手がかり、疑点。

現実が、それに似せて書かれたものとまるで違うとしても別にふしぎではないが、その二つがひどく似ているので、彼女は奇妙な感じにうたれた。あまりにも酷似しているのだ！

彼女がまだ黄色の原稿用紙に向つていたとき、ドアをはげしくノックする音がした。彼女ははつと胸をしめつけられ、鉛筆を紙の上に落した。しかし、それはミケラ・ブロンフェルだつた。顔を見るなり、ミケラは助けてくれといつた。

「膝がたまらないんですの」とミケラはいらいらしながらいつた。「クリスタブルは眠つてるようでしたし、女中は三人ともすつかりおびえきつていて役に立たないんです。」彼女は話を止めて、臆面もなくスカートをまくつて片方の膝を出し、つづいて別の膝も見せた。「脚につけるもの、何かもつていらつしやらない？　もう気ちがいになりそうなの。蚊に喰われたわけじやないのよ。何だか知らないけど、かゆくつて……見て下さいな。」

彼女は椅子に坐ると、さつそく白いスカートをまくりあげ、薄い靴下をおろし、両方の膝のあたりを見せた。肥つた白い脚の皮膚に紫色のできものができている。

スザンはそれを見て、噴き出しそうになるのをこらえながらいつた。「何でもありませんわよ。こんなもの。だに《ジガー》に喰われただけですわ——何かつけてあげましよう。そうそう、アルコールで癒りますわ。」

「だに《ジガー》つて？」とミケラがぽかんとした顔でたずねた。「どんなもの？」

スザンは浴室へ行つた。「小つちやな虫です」と遠くから叫んだ。「松林なんかにたくさんいるんですよ。でも、あしたの朝までには癒りますわ。」やつとアルコールが見つかつた。彼女は壜を片手に、また寝室を通つて小さな居間に戻つた。

ドアのところで、彼女は急に立ち止まつた。ミケラが机のわきに立つていた。そして眼をあげてスザンを見やり、うつろな黒い眼をまたたいた。

「小説をお書きになつていらつしやるの？」ミケラが聞いた。

「いいえ、小説じやありませんわ。……アルコールもつてきましたわよ。」

ミケラはスザンの眼つきを見て、幾分慌てて帰ろうとした。そして急いで靴下をあげてねじれたのもかまわず起ち上つて、アルコールの壜をつかんだ。彼女の赤い腕輪がくるくる廻り、真赤な爪がまるで血で染めたように見えた。ジョー・ブロンフェルを殺しそうな人間を挙げるとすれば、スザンはまつ先にミケラを挙げたいような気がした。

それからすぐ、奇妙なきまぐれな記憶が浮んできてスザンの心を苦しめた。それは、はつきり憶えている記憶ではなく、いつか知つてはいたがもうすつかり忘れてしまつているぼんやりした記憶だつた。しかし、執拗に彼女を悩ました。そのものはとらえようがなく、歯がゆかつた。なにか意識の奥の方で彼女を苦しめているような感じだつた。

スザンは無理やりそれを払いのけて、また仕事をはじめた。クリスタブルと紫水晶——クリスタブルと藤——クリスタブル。

スザンが母屋の方へ出かけたときは、日が暮れて、まだ霧雨が降っていた。

月桂樹の生垣のあたりで、トライオン・ウエルズにぱったり逢った。

「おや、どこにいらっしやったんです？」彼が言葉をかけた。

「離れにいました」とスザンが答える。「わたくしがお手伝いできるようなことはなかったものですから。クリスタブルさんはどうしていらっしやいます？」

「リズの話だと、まだ眠っているそうです――それが一番ですよ、彼女のためには。全く、ひどい日でしたな。こんな夜中に独りでうろついてはいけませんね。母屋までご一緒しましよう。」

「もう治安官さんや他の人達は帰りましたの？」

「いましがた、ちよっと出かけて行きましたが、またすぐ戻ってくるでしよう、たぶん。」

「ほかに何か分ったことがありませんでした？　犯人は？」

「知りません、あまり喋らん方がいいですよ。彼等がどんな証拠をつかんでいるのか知りませんからね。わたしは、今晩ここに泊るようにといわれましたよ。」彼は煙草を二、三服喫ってから、ぐちをいった。「ひどいところに舞いこんじまったもんです。こんなところで時間をつぶされたんじや、商売もあがったりですわ。わたしは仲買人でしてね――今夜ぜひ、ニューヨークへ帰らんと――。」彼は突然話をやめた。

「おう、ランディか。」防水外套を着たランディの痩せた青白い顔が、暗がりの中に浮んで見えた。「――一緒にスザンさんを玄関までお送りしよう。」

「彼女は、浮浪者が恐いんですかね。」ランディが不快そうに笑った。酔っているなとスザンが思った。何となく、それが心配になった。しらふでも全然頼りにならない彼だから、酔っていたら、むしろ危険かもしれないのだ。彼を何とかしてやることができるだろうか――いや、それはトライオン・ウエルズにまかした方がよさそうだ。「浮浪者なんて」とランディが大きな声で繰り返した。「浮浪者なんて恐がる必要はないさ。ジョーを殺したのあ、浮浪者なんかじやないんだ。みんな知ってらあ、ね、そんなこと。あんたは大丈夫ですよ、スザンさん。それとも何か証拠でもつかんでいるんですか。まさか、犯人の証拠を発見したわけじゃないでしょう？」

彼女はランディの肘をつかんで、彼をひきずるようにして歩きはじめた。

「トライオンさん、彼女はとても親切ですね。みんなわかつていて、しかも何もいわないんですからね。ひとつ、賭けましようか――彼女がわれわれの首をくくれるだけの証拠をにぎつてるかどうかということで。証拠です、われわれの必要なのは、それなんだ！」

「ランディ、あなた、酔つてるのね。」とスザンがきめつけるようにいい、彼が彼女の腕にもたれかかろうとするのを払いのけた。そして暗がかりの中でぼんやり浮んでいる彼の痩せたひきつれたまつ蒼な顔をのぞきこんだとき、何か急に可哀想になつた。「さあ、ちやんと歩きなさいね。」彼女は幾分優しくいつた。「もうじきに、何もかもうまくいきますよ、きつと。」

「何もかも、すぎ去つてしまつたんだ」とランディがいつた。「もとへは戻れねえんだ――なぜだか、あんたは分りますかね、スザンさん。」彼はひどく酔つているらしいな、とスザンが考えた。「そらあ、ね、ミケラが彼を殺したからなんだ。どうです――ずばりでしよう？」

「ランディ、口を慎め！」

「放つといて下さいよ、トライオンさん、ぼくはちやんと承知の上でいつてるんですから。」ランディは無邪気な口調でいい返した。「それに、ぼくはミケラのやつがしやくにさわるんだ。」

「さあ、行こう、ランディ。」こんどはトライオン・ウエルズがランディの腕をとつた。

「わたしが連れて行きましよう、スザンさん。」

母屋はまるで人気がなく、凍りついてしまつたような感じだつた。クリスタブルはまだ眠つていたし、ミケラの姿はどこにも見えない。スザンはすぐマースに夕食を離れに運んでくれるようにいいつけてから、また霧のこめた薄闇の中を小さな褐色の幽霊のような恰好で帰りかけた。

が、彼女の幽霊は自分でびくびくしている幽霊だつた。静まりかえつたテラスに出たときも、彼女独りだつたし、暗い小道を歩いているときもあたりに人影はなかつたが、妙に誰かがその辺に立つているような気がした。殺人魔が、その黒い羽をはばたきながら、また誰かに襲いかかろうとしてひそかに待ち伏せているような恐怖にかられた。

「ばかばかしい」とスザンは大声で叫んだ。「ばかな――。」しかしたまらなくなつて駈け出した。

離れに帰つてみると、ミケラがすました顔で彼女を待っていた。

「今夜、ここでやすませていただけません？」とミケラがいう。「ベッドが二つあるんだし、あたし――。」彼女はうつろな黒い眼でぬすむようにスザンの方をうかがいながら、ためらつた。「あたし、こ、こわいの。」

「何が？」とスザンがたずねてから、ちよつと間をおいて聞き直した。「誰がこわいの？」

「あたし、何が、または誰がこわいのか、はつきり分らないけど……」とミケラが答えた。しばらくして、スザンが部屋の長い奇妙な沈黙を破つた。

「構いませんわよ、どうぞお泊りなさい。ここなら勇気さえあれば、気楽ですからね。」ほんとかしら？……スザンは自分の気持を払いのけるために、急いで喋つた。「マースがわたくしの夕食をここへ運んでくれることになつてますから、あなたのもそうしてもらいましょう。」

ミケラの分厚い白い手が、いらだたしく動いた。「勇気って――あたしはもう、全然気力がなくなつてしまつたわ。……ねえ、マースが夕食をもつてきたら、戸を開ける前にマースかどうかたしかめて下さいね？　まさかとは思うけど――あたし、万一のためにピストルをもつてきましたわ――弾丸をこめて。」彼女はポケットに手を入れた。スザンはぎくつとして思わず体をそらした。スザンは、ピストルに対して妙な見当はずれの考えをもつていたので、もしミケラがピストルをもつていることを警官が知つたらミケラは一応の嫌疑をかけられて逮捕されるだろうと思つた。そして、ミケラと親密になることに何となく不安を感じ、気遅れした。

「恐いの？」とミケラが聞く。

「いえ、全然」とスザンがいう。「でも、ピストルなんか必要ないと思いますわ。」

「ええ、あたしもそうは思うんだけど」とミケラは暗い顔でいって、じつと暖炉の焔に見入つた。

それからあとは、これという話もなくすぎた。その晩離れを訪れた者は、食事を運んできたマースだけだつた。

夜遅くなつてから、突然ミケラが話しかけた。「あたしはジョーを殺さないわよ。」そしてしばらく間をおいてから、また不意にいい出した。「クリスタブルがあなたに、どうしたらうまくばれないように彼を殺せるか聞いたことありませんでした?」

「えつ? とんでもない!」

「そう。」ミケラは不審げな面持でスザンを見つめた。「ひよつとしたら、彼女はあなたにそんな計画をたててもらつたんじやないかと思つて聞いたんですけど。」

「彼女がそんなことをするわけはありませんわ。」スザンは強くいい切つた。「それに、わたしが友達のために殺人の計画をたてたりするわけもないじやありませんか。わたし、もうやすみます。」

ミケラは彼女の後につづいて寝室に入り、ピストルを二つのベッドの間にある小さなテーブルの上においた。

昨夜は何かしら不安な夜だつたが、今夜はそれ以上に悪夢のような晩だつた。スザンは何とか眠ろうとしたが、容易に寝つけなかつた。やはり眠れないらしく、ミケラがしよつ中寝がえりをうつているのに気がついていた。

しかし、どうやら寝入つたらしい。ふと、部屋の中を歩く足音に眼をさまして、ぱつとはね起きた。窓ぎわに、ぼんやり黒い人影が見える。ミケラだつた。

スザンは彼女の傍に寄つた。「何をしてらつしやるの?」

「しつ!」ミケラが小声でいつた。顔を窓ガラスに押しつけている。スザンもその方を見たが外は真暗だつた。

「その辺に、誰かいるのよ」とミケラが囁いた。「今度動いたら、ピストルで撃つちやうわ。」

スザンはさつきから、腕に何か冷たいものが触ると思つていたが、それはピストルだつた。

「だめよ!」スザンはそういつてミケラの手からぱつとピストルを奪つた。ミケラはびつくりして振り向いた。スザンが眉をしかめていつた。「ベッドへお入りなさいよ。誰もいないわよ。」

「どうしてそんなこと分るの?」ミケラがむつとしていい返した。

「そりや、分んないけど……。」そういわれてスザンははつと驚き、思わず窓を見た。が、ピストルだけはしつかと握りつめていた。「でも、あなたがほんとにピストルを撃つつもりじやないかと思つたもんですから。もし、どうしても撃たなきやならないようなことがあつたら、わたしが撃ちますわ。さあ、おやすみなさい。」彼女は度胸を据えていつた。

やがて、ピストルを握りしめて耳をすましてベッドに坐つているスザンを見て、ミケラはやつと安心したらしく、まもなく静かに寝入つた。

明方近くまで、暗い混乱した考えと苦闘をつづけている間、朧ろげな記憶が次々に浮んでスザンの心をいらだたせ、意地悪く痛めつけた。それは、前に知つていたが、もう全然忘れてしまつたあることだつた。彼女は今度は、何とかしてそれを想い起すことによつてそれに打ち克とうという望みを捨てず、できるだけ正確に思考の跡をたどつてみた。彼女は、殺人犯人について、その有力な容疑者となるべき人物について考えつづけた。もしミケラがジョーを殺さなかつたとすれば、残された人間は、ランディとクリスタブルとトライオン・ウエルズだが、彼女はクリスタブルだとは思いたくなかつた。クリスタブルであるはずはない。すると、ランディかトライオン・ウエルズだということになる。ランディは動機をもつているが、トライオンにはない。が、トライオン・ウエルズはいつも指環をしていた。ランディはしていない。しかし、彼の指環は緑色のエメラルドだつた。しかもクリスタブルの指環こそ、マースから見れば赤色だつたのだ。赤——じや、あのミケラの深紅色の腕輪を見たら、マースははたして何色だというだろう? ピンクだというかしら? しかし、あれは腕輪だから……。スザンは懸命になつて、あるぼんやりとした記憶を思い起そうと努力した。それは、とるに足らない些細なことだつたのだが——どうしてもそれが記憶の表面に浮んでこなかつた。しかしある問題を解くためには、ぜひ必要なことだつた。いますぐ、必要だつた。

彼女は眼をさまし、ピストルを頰の下にしいて寝ていたのを発見して、慄えあがつた。彼女は安全な方向に向けておいた。そして、もう朝になつたこと、それと同時にのつぴきならぬ問題の解決を迫られていることに気がついて、心が痛んだ。まず、クリスタブルのことだ。

ミケラはまだむつつりして、不機嫌な顔をしていた。テラスを通つて、スザンは格子棚の上に曲りくねつている藤を見上げた。紫色の花が満開だつた――あの濃い色調の紫水晶と同じ紫だつた。

クリスタブルは自分の部屋で、膝の上に朝食のお盆をのせたまま、ぼんやり窓の外を眺めていた。ずつと老けて見える。なぜかたえずびくびくしているようだつた。彼女はスザンの質問に熱心に答えてくれたが、それはスザンの僅かな知識に何も新しいものを加えてくれなかつた。スザンは彼女が独りでいたい様なので、もつと質問して何かをつかみたい気持を抑えて、あてもなくしぶしぶ部屋を出た。あと少しすれば、ジム・バーンがやつてくるだろう。彼がきてもスザンには彼に何にもいうことがないのだ――自分の臆惻以外に、スザンは何ももつていない。

ランディは食堂にいなかつた。陰欝な不愉快な食事だつた。陰欝なわけは、トライオン・ウエルズが頭が痛いからといつて電気を消してしまつたからだ。それにそれをどうしようもないのが不愉快だつた。ミケラは薄いスーツに着替えていた――また真赤な服だつた。それを見ると、スザンの心にあのいまわしい意地の悪い幽霊のような記憶がのしかかつてきて、彼女がそれをつかもうとすると、すうつと消えてしまつた。

食事が終つた頃、スザンは電話に呼び出された。ジム・バーンで、一時間後に訪ねたいということだつた。

テラスで、後からトライオン・ウエルズがスザンに追いついて話しかけた。「クリスタブルはどんな様子です?」

「さあ、何かこう――ぼんやりしてましたけど」とスザンがゆつくり答えた。

「安心さしてやりたいんだが、しかしわたし自身も気が重いんでね。……全く、わたしにはどうしようもないですからな。という意味は、この家のことですよ、勿論。彼女に聞いたでしよう?」

「いいえ。」

彼は彼女を見て、考えてからゆつくり話しはじめた。

「あなたが知つていても、彼女は別に構わんでしよう。簡単なことなんですよ——ひどい話ですがね。しかし、わたしにはどうしようもないことでしてな。こういうわけです……ランディはわたしから借金しているんですよ——度々借りちや、湯水のように使つちやうんですからね。で、クリスタブルの知らないでいるうちに、この家も地所も抵当に入つてしまつたわけですよ。無論、いまは彼女も知つてますけどね。そこで、わたし、丁度いま商売が窮迫してきたもんですから、この家を合法的に手に入れてここ数ケ月間商売をもちこたえるだけの金を借りようと思つてるんです。分りますね?」

スザンは軽くうなずいた。してみると、クリスタブルがあんなに沈んでいたのは、それが分つたためだつたのだろうか?

「できることなら、わたしはそんなことをしたくありませんよ」とトライオン・ウエルズがいつた。「でも、ほかにどうしようもありませんからな。それに、ジョーが殺されたりなんかして——悲惨なことだらけで、彼女には全く——。」彼はそういいかけて、シガレット・ケースから煙草を出した。彼のライターの小さな焰が、明るく輝いた。「気の毒ですよ」と煙草の煙を吐いた。「しかし、わたしにはほかにどうしようもありませんからなあ。自分の商売を何とかせんことには……。」

「そうですわね。」スザンが静かにいった。

彼女は、彼のライターを見つめながら、突然気がついたのだつた。簡単な、実に奇蹟的に単純なことを。彼女は反射的にいつた——その声はわれながら感歎するほど落着き払っていた。「煙草をいただけません?」

彼は、相手にすすめなかつたのがきまり悪かつたらしい。慌てて煙草を出し、すぐライターに火をつけてそれを彼女にさし出した。スザンはゆつくり煙草をくわえてから、慎重なそぶりで煙草に火をつけた。そして「ありがとうございました」と礼をのべ、さらに、まるで前から計画していたような口ぶりでつけ加えた。「恐れ入りますが、ランディさんを起して、いますぐわたくしのところにくるようにいつて下さいませんか、ウエルズさん？」

「承知しました。あなたは離れにいらつしやるんでしょう？」

「ええ」とスザンが答えて急ぎ足で庭へ出た。

ジム・バーンが訪ねてきたとき、彼女は黄色い原稿用紙に筆を走らせていた。

彼は非常にきびきびしていて、しかも、スザンはすぐ感じたのだが、彼女に同情的な様子を示した。彼女は恐らく失敗しただろうと思つているらしい。

「で、犯人は見つかりましたか？」

「はい」とスザン・デアが答えた。

ジム・バーンは慌てて椅子に坐つた。

「彼を殺した人間は分りましたが」と彼女が簡単にいう。

「なぜ殺したのかは、まだ分りませんの。」

ジム・バーンはポケットからハンカチをとり出して軽く顔を拭いた。そしてせきたてるように聞いた。「その話を全部聞かせて下さるでしょうね？」

「ランディがもうすぐここへくることになつてますけど」とスザンがいつた。「でも、話は簡単です。決定的な手がかりは、わたくしの予想していたことが立証されたことにすぎなかつたのですの。大体、クリスタブルは彼を殺すような人でないということは、わたくしにはようく分つていました。理由の一つは、彼女の性格からみて、他人を殺すようなことはできないということです。もう一つは、彼女はいまでも彼を愛していたということ。それから、ミケラでもないことが分りました。彼女はひどく臆病ですし、それに、アリバイがあるのです。」

「アリバイが？」

「ええ。昨日の朝、彼女は長い間松林を散歩していたのは事実だつたのです。たぶん、ランディを待つていたらしいのですが、彼は寝坊をしちやつたんですわ。どうして彼女がそこにいたということが分つたかといいますと、実は、彼女はだ《ジガ》にに喰われていたんですの。ところがあの虫は、松林にしかいないのです。」

「彼女がそこへ行つたのは、一昨日だつたかもしれんじやないですか？」

スザンは断定的に首を振つた。

「いいえ、わたくし、だに《ジガー》をよく知つているんです。もし一昨日喰われたのなら、わたくしの部屋にくる頃には、そのかゆみがもう止まつているはずですの。それから、昨日の午後でないことも確実です。その頃あの松林には、警官しか行かなかつたのですから。」

「そうすると、あとに残つたのはランディとトライオン・ウエルズですね。」

「そうです」とスザンがいつた。しかしようやくそこまでくると、彼女は何となく気まずい思いがして、くじけそうになつた。一人の男を悲劇的な最後につらなる長い恥ずべき道へ送るのは、自分の提出した証拠なり、証言だと思うと、ためらいを感じた。

ジム・バーンは、彼女の考えていることが分つた。

「クリスタブルを救うためですよ」と静かに彼をはげました。

「ええ、それは承知してますけど」とスザンが悲痛な口調でいう。そして彼女が手を前に組んだとき、玄関に慌ただしい足音がした。

「スザンさん、ぼくをお呼びですか?」ランディだつた。

「ええ、お待ちしてましたわ」とスザンが答えた。「さつそくお聞きしますけど、あなたはジョー・ブロンフェルから、何か借りましたか? 金か……あるいは、ほかのものを。」

「どうして、それを知つてるんです?」とランディが聞き返した。

「手形か――何か彼に渡したものがあるでしよう?」

「ええ。」

「低当には、何を入れたんですか?」

「家です――みんなぼくのものですから。」

「期限はいつになつていたんです? 答えて下さらない、ランディ?」

彼ははつと顔を上げた。

「あなたは、トライオンさんから聞いたんでしよう」と彼は断定した。「低当の期限は、トライオンの手形が落ちる日付より前だつたんです。仕方がなかつたんですよ。利子として、株を少し貰う話になつたもんですから。ぼくは、どうしても——。」

「そうすると、この家は、実際はジョー・ブロンフェルのものになっちゃってたのね？」スザンは妙に冷たい口ぶりになった。クリスタブルの家を、クリスタブルの弟……。

「ええ、まあ——しかし、そんなこと、あなたの知ったこっちゃないでしょう？」

ジム・バーンが静かに腰を上げた。

「で、ジョー・ブロンフェルが死ねば、もしミケラがそれを知って請求したら、ミケラのものになるわけですね？」

「さあ、どうですか……。そんなこと、考えてみたこともありませんでしたからね、ぼくは。」

ジム・バーンがランディに話しかけようとしたが、スザンがそれをとめた。

「いえ、彼はほんとうにそれを考えてもみなかったんですわ」とスザンがまだるっこいといった口調で説明した。「それに、彼を殺したのはランディじゃないってことも、わたくし、よく知ってますの。彼はミケラのことをそれほどには思っていなかったんですから。ジョン・ブロンフェルを殺したのは、トライオン・ウエルズです。彼は、そうしなければならなかったんです。ジョーをしりぞけて、手形をとりあげ、それを破いてしまって、この家の所有権を確保しなければならなかったんですわ。……ランディさん、ジョーはここへその手形をもってきてましたの？」

「そう。」

「死体にはなかったですね？。」

それに答えたのは、ジム・バーンだった。「そういう種類のものは、何にも発見されていませんよ。」

「それじゃきっと」とスザンがいった。「あの殺人事件が発見されてから治安官がくるまでに、それを探しはじめたんですわ。あなたとトライオン・ウエルズが二階にいたとき、ジョーの部屋を探してその手形を見つけ、すぐ破いてしまったんです。ランディさん、あなたがそんなことしたの？」

「いえ——そんなことするもんですか！」彼の顔が紅潮した。

「じゃ、それを見つけて破いたのは、トライオン・ウエルズに違いありません。何かの方法で、彼はその手形があの部屋にあることを知っていたんでしょう。どういう風にして分ったか、わたくしははっきり知りませんけど――あるいは、彼がジョーを撃つ前にそのことについて話をもちかけ、ジョーがうっかりして、それがどこにあるかを彼に知らせたんでしょう。彼は死体をさぐっている暇はなかったはずですが、でも彼はちゃんと――。」

「もしかしたら、ぼくが彼に喋ったかも知れないな……。」ランディがとぼけた調子いった。「いや――ぼくはジョーがそれを獲物入れの中に入れているのを知ってました――彼がぼくにそういったんですよ。でも、ぼくは別にそれを盗ろうなんていうつもりは全然ありませんでした。」

「登録してなかったんですか？」とジム・バーンがたずねた。

「ええ。」ランディは、ぱっと顔を赤くして答えた。「ぼく――彼に、そっと他人に知れないようにしてくれって、頼んだんです。」

スザンは、ランディの惨めな顔から眼をはなした。「でもトライオン・ウエルズは、あなたがそんなことを黙っているだろうと思いこんでいたのかしら？」

「必ずしも、ぼくを信頼していたんじゃないんですよ。彼は。」ランディが、やや間をおいていった。「しかし、そんな下らんことを詮策する必要なんかないじゃないですか。ぼくは、そんなこと考えてもみなかったんですから――ぼくはただ、ミケラのことで頭が一杯だったんです。彼女はぼくをひどい目に遭わしたんです……。いい勉強になりました。しかし、たとえ彼があの手形を破ったとしても、彼の犯行はどうやって証明するつもりなんです？」

「あなたの証言と」スザンが答えた。「それに、指環があります。」

「指環？」ランディがいった。ジム・バーンは、緊張して体をのりだした。

「そうです。」スザンがいった。「わたくし、すっかり忘れてましたわ。でも、やっと、ジョーが殺されたとき新聞を読んでいたことを思い出したんですの。後のカーテンは閉まっていましたから、彼が新聞を読むには、どうしても彼の椅子の上の電気をつけなければならなかったんです。ところが、わたくしがあの書斎に入つたときには、電気は消えていました。でなければ、とつくに気がついたはずですもの。犯人は逃げる前に電気スタンドのコードをはずしてしまつたんです。そしてそれ以来、彼は人工光線は極度に警戒して避けていたんです。」

「それはいつたい全体、何の話ですか？」とランディが声をあげて聞いた。

「しかし、彼は指環をはずしてしまうわけにはいかなかつたんですわ。」彼女がかまわず話をつづけた。「彼にとつては幸いにも、最初の夜はそれをはめていなかつたのです。もしはめていたら、わたくし、彼の緑色のネクタイと夜見る指環の色とが不調和なことに気がついたでしよう。でも今朝、彼が煙草に火をつけたとき、それが分つたのです。」

「何が分つたつていうんです？」ランディがじれつたそうに聞いた。

「あの宝石は、エメラルドじやないつてことです」とスザンが答えた。「あれは、アレキサンドル石なんです。ですから、ライターの焔の光では色が変つて見えるんですの。」

「アレキサンドル石つてのは、どんなものなんです？」とまたランディが聞き直した。

「人工光線では赤紫色に見え、太陽光線だと緑色に見える宝石です。」ジム・バーンが簡潔に説明した。「そんな宝石があつたことをぼくはすつかり忘れていましたよ。たぶん、まだ見たことがないと思います。めつたにお眼にかかれない宝石ですから——高いんだよ。あれは。全く、高い宝石です」とジム・バーンがゆつくり繰り返した。「一人の人間の一生があの宝石で——。」

ランディがそれを遮つた。「でも、もしミケラがあの手形のことを知つていたとしたら、トライオンは彼女も殺しそうなもんですけど、なぜ——。」彼はとういいかけてから突然言葉を切つて、二、三秒考え、それから煙草をとり出した。

「ついでに、やつてくれればよかつたのにな。」彼は吐くようにいつた。

昨夜、もし実際に誰かが窓の外をうろついていたとすれば、それはトライオン・ウエルズだつたに違いない。しかし、彼は恐らく、ミケラがどの程度まで知つているのか、はつきりつかめなかつたのだろう――それに、彼女を相手ならいくらでもごまかせるし、彼からさんざん借金しつくしているランディも同様だから、あえて危険を冒す必要もなかつたのかもしれない。

「ミケラは今のところ、それを知らないんですのよ」とスザンが静かにいつた。「だから、もしあなたが彼女によくそのことを説明したら、彼女はきつと妥当な線で諒解してくれるでしょうよ。そしたら、ランディさん、あなたはクリスタブルのためにこの家をもとどおりにするんですよ、いいですね。」

「しかし、やつとこれでうまくいきましたね」とジム・バーンが嬉しそうにいつた。「治安官にとつても、それから、ぼくの原稿の方もね。」

彼は通路《ドア・ウエイ》でちよつと立ち止まつてスザンの方を振り返つた。「のちほど舞い戻つてきて、あなたのタイプライターを使つてもいいでしようか？」

「ええ、どうぞ」とスザン・デアが答えた。

（高橋　豊訳）

スペードという男

ダシエル・ハメット

サミュエル・スペードは、電話器をわきへ押しやつて、時計をのぞいて見た。まだ四時になつていない。大きな声を出した。「オーイ!」

エフィ・パーリンが、チョコレート・ケーキをかじりながら、控え室から入つてきた。

「シド・ワイズに、今日の午後の約束はとり消しだ、と、そういつてくれ」

エフィ・パーリンは、ケーキの最後のカケラを、口の中に押しこんで、人さし指と親指の尖《さき》をなめた。「今週になつて三度目よ」

サミュエル・スペードが笑うと、あごの尖《さき》と、口と、それから、両の眉のV字形が、細長くなつた。「そうなんだ。しかし、ぼくは、これから出かけて、人の生命《いのち》を一つ助けてこなければならない」電話のほうにうなずいて見せて、「誰かが、マックス・ブリスを脅《おどか》しているんだ」

エフィ・パーリンは、笑い出した。「その誰かさんは、きつと、自分の良心なんだわ」

サミュエル・スペードは、巻きかけていたタバコから、眼をあげた。「あの男のことで、ぼくの知つておいたほうがいいことを、なにか知つてるの?」

「ご存じのことばかりだわ。ただ、わたし、あの人が、自分の弟を、サン・クェンティン監獄に行かせたときのことを、ちよつと思い出しただけなの」

スペードは、肩をすぼめて見せた。「あいつのやつたことの中では、そんなこと、ものの数でもないよ」タバコに火を点《つ》けて、立ちあがり、帽子に、手をのばしながら、「でも、今では、あの男も、真人間《まにんげん》だからね。サミュエル・スペードのおとくいさまは、みんな、正直な、神さまをおそれるかたがたばかりだ……事務所をしめる時刻までにもどらなかつたら、君は、勝手に帰つていいよ」

ノブ・ヒルの背の高いアパートの建《ビルディング》ものに着くと、スペードは、一〇K号と字の入つたドアの枠《わく》にとりつけてあるベルのボタンを押した。ドアは、直ぐにあいた。出てきたのは、しわだらけの黒つぽい服を着た、色の浅黒い大きな男だつた。ほとんどまるまるのハゲ頭で、片手に、灰いろの帽子をもつていた。

「よう、トム」スペードの顔は、木に彫《ほ》りつけたようだつた。声にも、表情はなかつた。「ブリス、いるかね？」

「それが、どうした！」トムは、厚ぼつたいくちびるのへりを、下にねじ曲げた。「いようがいまいが、よけいなお世話だ」

スペードは、眉を寄せた。「なるほど」

トムのうしろに、もう一人の男が出てきた。スペードよりも、トムよりも小さな男だつたが、小さいなりに、ガッチリとしまつたカラダつきだつた。四角ばつた赤ら顔の短かく刈りこんだ口ヒゲには、しらがまじつていた。着ているものは、小ギレイだつた。頭のうしろのほうに、黒の山高帽がのつていた。

スペードが、トムの肩ごしに、声をかけた。「よう、ダンディ」

ダンディは、ちよつとうなずいて、ドアのところまで寄つてきた。青い眼がかたく、さぐるようだつた。

「なんだ？」ダンディが、トムにたずねた。

「ブリス、つまり、マ・ッ・ク・ス・ブ・リ・スだ」スペードは、名前の綴りを、一字一字根気よく発音して見せた。「ぼくは、その男に会いたいんだ。その男が、ぼくに会いたいというのでね。わかつたかね？」

トムが、声を出して笑つた。ダンディは、笑わなかつた。

「おたがいに会いたがつとつたようだが、その望みがかなうのは、一人つきりだな」いいながら、トムは、横眼で、ダンディの顔を見て、笑うのをやめてしまつた。いごこちの悪そうな様子だつた。

スペードは、顔をしかめた。「よし、わかつた」イライラしたように、「死んだのか、それとも、あいつが、誰かを殺したのか？」

ダンディは、角ばつた顔を、スペードにつきつけて、ことば一つ一つを、下くちびるで、ムリに押し出すような口のききかたをした。「なんだってそんなことを思いついたんだ」

「ああ、そうか！　ぼくが、ミスタ・ブリスを訪ねてやってくると、玄関口に、警察の殺人係の人間が、二人もがん張っていて、入れてくれない。つまり、ぼくに入《はい》られては、トランプのゲームの邪魔になる、と、そんなふうに考えればいいんだな」

「おいおい、よしてくれよ、サム」トムが、うなり声を出した。その眼は、スペードにも、ダンディにも向けられていなかった。「あいつ、死んだんだ」

「殺されたのか？」

トムは、頭をゆっくりと上下《うえした》に振った。こんどはスペードの顔を見ながら、「なにか、心あたりでもあるかね？」

スペードは、ワザとのように一本調子の口調でこたえた。

「今日の午後、電話をかけてよこしたんだ――四時五分前だったっけ――電話が切れてから、時計を見たんだが、四時には、まだ一分かそこらあったからね――誰かにつけねらわれているということだった。それも、そんな気がするというのではなく、今にも殺されそうな話だったがね」片手で、ちよっと仕《ジエスチユア》ぐさをして見せて、「そこで、ぼくが、やってきたというわけなんだ」

「その相手の名とか、ねらわれている理由とかは、いわなかったのか？」ダンディがたずねた。

スペードは、頭を振った。「いや、それはいわなかった。誰かにつけねらわれて、ホントに殺されそうだから、直ぐにきてくれ、と、それだけだった」

「すると、なにかね――？」ダンディが、早口にいいかけた。

「ほかには、なにもいわなかったんだ」スペードは、相手の出ばなをおさえた。「で、君たちのほうで、ぼくに、なにかいうことはないのかね？」

「まあ、入って見てくれ」ダンディは、ブッキラボーないいかたをした。

「見《み》ものだぜ」トムが、口を出した。

三人は、玄関から、もう一つドアをあけて、緑いろとバラいろで飾りつけた居間に入った。

ドアの近くで、ガラス板をのせた小さなテーブルのへりに、白い粉をまいていた男が、手をやすめて、スペードに、会釈《えしやく》をした。「やあ、サム」

スペードは、うなずきかえした。「やあ、どうだね、フェルズ?」それから、窓ぎわに立つて、話をしていた二人の男にも、うなずいて見せた。

死んだ男は、口をあけつぱなしにして、ころがつていた。服は、半ぶんぬがされていた。くびすじが、腫《は》れて黒ずんでいた。口のすみからのぞいている舌の尖《さき》は、青くふくれていた。ハダカの胸の心臓の上に、黒インクで、星の形と、そのまん中にTという文字が描《か》いてあつた。

スペードは、死んだ男を見おろし、しばらくの間、つつ立つたまま、ものもいわずに、ながめていた。やがて、「発見したときにも、こんなだつたのかね?」

「大たいはね」とトムがこたえた。「おれたちで、少しは動かしたがね」テーブルの上にのつているワイシャツと、下着と、チョッキと、上着のほうに、親ゆびをしやくつて見せて、「あれが床《ゆか》じゆうに散らかつていたんだ」

スペードは、あごの尖《さき》をこすつた。黄灰いろの眼は、夢を見ているようだつた。「いつなんだ?」

「知らせを受けたのが、四時二十分だつた。娘が知らせてきたんだが」トムは、一つのしまつたドアのほうに、頭を動かして見せた。「娘に会うかね?」

「なにか知つていそうかね?」

「そんなことが、わかるもんか」トムは、ウンザリしたようないいかたをした。「今までのところ、扱いにくい性質《たち》の女だつたがね」ダンディのほうに、向きなおつて、「そろそろもう一度、あの娘《こ》を当つてみますかね?」

ダンディは、うなずいて、窓ぎわの一人に、声をかけた。「おい、マック、書類をさがしてみろ、脅迫されていたらしいからな」

「よしきた」マックは、帽子を、眼の上に引つぱりおろして、部屋の向うはしにある、緑いろの書きもの机のほうに、歩いて行つた。

べつの男が、廊下から入つてきた。つばの広い黒い帽子の下から、彫《ほ》りの深い灰いろの顔をのぞかせた、五十がらみの大きな男だつた。「よう、サム」と、スペードにうなずいて見せてから、ダンディに、報告をした。「二時半ごろ、客が一人あつて、ちようど一時間おつたそうです。茶いろの服を着た、大きな、金髪の男で、齢《とし》は、四十か四十五というておつたですな。きたときにも、名前はいわなかつたそうですがね。わしは、その客を、往復とも乗せた、フィリッピン人のエレヴェーター・ボーイから、それをきき出したんですがね」

「一時間しかいなかつたというのは、まちがいないかな?」ダンディが、ききかえした。

灰いろの顔の男は、頭を振つた。「しかし、帰つたのが、三時半よりあとでなかつたのは、確かだというております。ちようどそのころ、午後版の新聞がとどくことになつておるが、エレヴェーターでおりたのは、その前だつたそうですがね」帽子を、うしろにずらして、頭をかき、それから、死んだ男の胸に、インクで描《か》かれた星形の模様を、太い指でさしながら、いたましそうな口調で、「一たい、あれは、なんですかね?」

誰もこたえなかつた。ダンディが、たずねた。「エレヴェーターのボーイは、その客の顔をおぼえているのか?」

「見ればわかるというておりますが、いつもそうとはかぎらんですからな。今までに、見かけたことのない男だそうです」そこで、ことばを切つて、死んだ男を見やりながら、「この男の通話のリストをつくることは、交換台のお嬢さんに、たのんどきましたよ。ときに、サム、君は、どうしておつたんだね?」

スペードは、なんとかやつていたよ、とこたえた。それから、ゆつくりと、「この男の弟は、大きな、金髪の男だよ。齢《とし》は、四十か四十五になるだろうな」

ダンディの青い眼が、こわばつてキラキラと光つた。「それが、どうした?」

「ゲレイストーンの貸つけ詐欺《さぎ》の一件を、おぼえているだろう? この男が、弟と組んでやつた仕ごとなんだ。ところが、兄貴のマックスは、弟のシオドアに、罪をなすりつけて、結局、弟のほうが、十四年の間、サン・クェンティン刑務所行きということになつた」

ダンディは、ゆつくりと、頭を上下にうなずかせた。「そういえば、思い出したよ。で、その弟は、どこにいるんだ?」

スペードは、肩をすぼめて見せて、タバコを巻きにかかった。

ダンディは、肘《ひじ》で、トムをこづいた。「しらべてみろ」

「よしきた。しかし、その客が、帰って行ったのが、三時半のことで、この男が、四時五分前には、まだ生きてござったとするてえと――」

「するてえと、こっちは、足をくじいて、逃げ隠れできなかったってことになるね」灰いろの顔をした男が、うれしそうに、調子を合わせた。

「いいから、しらべてみるんだ」ダンディが、くりかえした。

「はい、はい」トムは、電話のほうに行った。

ダンディは、灰いろ顔の男にいいつけた。「その新聞を当ってみて、今日の午後の実際の配達時刻をたしかめろ」

灰いろ顔の男は、うなずいて、部屋を出て行った。

書きもの机を捜査していた男が、「うふう」と、声を出して、ふりかえり、片手に、封筒を、もう一ぽうの手には、一枚の紙きれを差し出して見せた。

ダンディが、手を出した。「なにかあったか?」

その男は、もう一度、「うふう」といって、ダンディに、紙きれをわたした。

スペードは、ダンディの肩ごしに、のぞきこんだ。

その、なんの変《へん》てつもない白い小さな紙きれには、小ぎれいな特長のない鉛筆の走り書きで、次のようなことが記してあった。

《これが届《とど》くじぶんには、もう逃げようったって、手おくれだ――こんどこそは、おたがいの帳尻《バランス》を合わせてやる――おぼえていろ》

署名は、死人の左の胸にあると同じ、星形の輪郭にかこまれたTの一字だった。

ダンディは、もう一度、手を出して、封筒を受けとった。フランスの切手が、はってあった。宛名《あてな》は、タイプライターの文字だった。

アメリカ合衆国、カリフォルニア州、サン・フランシスコ
アムステルダム・アパートメント
マックス・ブリス殿

「消印は、パリ、今月の二日になつている」ダンディは、指を折つて、す早くかぞえてみた。「今日着いたとして、ちようどいいところだな」中味の紙きれを、ゆつくりたたむと、それを封筒におさめ、封筒を、外套のポケットにしまつた。その紙きれをさがした男に、「もつとやつてみろ」といいつけた。

その男は、うなずいて、書きもの机にもどつて行つた。

ダンディは、スペードの顔を見た。「君は、どう考えるね?」

スペードが、口を動かすと、それにつれて、茶いろの手巻きタバコが、上下に揺れた。「ぼくは、気に入らんね。なにからなにまで、気に入らんよ」

トムが、受話器をおろした。「先月の十五日に、出所しているそうですがね。居どころを突きとめろ、と、ハッパをかけてやりました」

スペードは、電話のところに行つて、ある番号を呼び、ミスタ・ダレスに出てもらいたいとたのんだ。やがて、「もしもし、ハリイだな。サム・スペードだ……うん、やつてるよ。リルは、どんなだね?……なるほど……ところで、ハリイ、星のまんなかに、Tの字のある印《しるし》は、どういう意味だね?……なんだつて? どんな綴《スペル》りだ?……うん。なるほど……で、それが、人間のからだに描《か》いてあつたら?……いやいや、そうじやないんだがね……なるほど。ありがとう、会つたときに話すよ……うん、電話をくれたまえ……いや、ありがとう……さようなら」

電話をすませてもどつてくるスペードを、ダンディとトムが、しげしげと見まもつていた。スペードが、話しかけた。「いろんなことをよく知つている男でね。星形《ペンタグラム》の中に、ギリシャ文字のタウ——つまりローマ字のTだな——を書いた、そんな記号はあるそうだ。魔術師のよく使つた記号《サイン》だそうだがね。バラ十字会員《ローズクルーシアン》が、今でも使つているかもしれないということだつた」

「なんだね、そのバラ十字会員《ローズクルーシアン》てえのは？」

「シオドアの頭文字《イニシアル》とも考えられるな」ダンディが、口を出した。

スペードは、両ほうの肩を動かして見せた。むとんじやくな調子で、「うん、それもそうだが、自分の仕ごとに、サインをのこしたかつたのなら、いつそのこと、自分の名前を、ソックリ書いたつてよさそうなもんだね」

しばらく間をおいてから、こんどは、もつと考えた上でのように、「サン・ホセにも、ポイント・ロマにも、どつちの土地にも、バラ十字会があるね。ぼくには、よくわからんが、そつちのほうも、しらべたほうがいいかもしれないね」

ダンディは、うなずいた。

スペードは、テーブルにのせてある死人の衣類のほうに、眼をやつた。「ポケットに、なにかあつたかね？」

「これといつて、変つたものはなかつたな」ダンディがこたえた。「テーブルの上に出してあるよ」

スペードは、テーブルのところに行つて、衣類のそばに積みあげてある、鎖《くさり》つきの時計、鍵の束《たば》、紙入れ、住所録、現金、金のシャープ・ペンシル、ハンカチーフ、眼鏡のケースなどの山を見おろした。それには触《さわ》らずに、死んだ男のワイシャツ、肌《はだ》シャツ、チョッキ、それから上衣を、一品《ひとしな》ずつ、ゆつくりつまみあげた。一番下に、青い色のネクタイがあつた。それを見て、スペードは、カンを立てたように、顔をしかめた。「まだ締めたことのないネクタイだな」

ダンディとトムと、これまでずつと、口をきかずに、窓ぎわに立つていた検屍係の役人——やせた浅黒いかしこそうな顔をした、小さな男だつた——が、集つてきて、そのシワひとつない青い絹のネクタイを見おろした。

トムは、みじめなうなり声を出した。ダンディは、息を殺して、呪《のろ》いのことばをつぶやいた。スペードは、ネクタイをつまみあげ、裏をかえしてみた。ロンドンの男子服飾品店のラベルがついていた。

「こいつはいい」スペードは、陽気な声を出した。「サン・フランシスコ、ポイント・ロマ、サン・ホセ、パリ、ロンドンか」

ダンディは、こわい眼つきで、スペードをにらみつけた。

灰いろ顔の男が、入つてきた。「新聞が届いたのは、まちがいなく三時半です」眼が、フッと大きくなつた。「なにか見つかつたですか?」部屋を横ぎつてきながら、「金髪の男が、コッソリ舞いもどつたのを目撃した人間は、見つかりませんでしたな」ネクタイを、わけのわからない顔でみつめた。トムが、うなるような声で、「おろしたてのパリパリだ」というと、灰いろ顔の男は、はじめてわかつたように、ひくく口笛を鳴らした。

ダンディが、スペードをふりかえつた。「まつたく怪《け》しからんことだ。気に入らんという理由で、血を分けた兄を殺しやがつた。その弟は、刑務所を出てきたばかりだ。三時半に、弟に似たどこかの男が、ここを出て行つた。ホンもののほうは、それから二十五分のちに、君に電話をかけて、脅《おど》かされていると知らせた。三十分と経《た》たんうちに、娘がきて、父親が死んでいるのを見つけた——絞殺《こうさつ》だ」小がらな色の黒い男の胸を、指で突つつきながら、「そうだな?」

「絞殺です。それも、加害者は、男子ですな。大きな手ですから」

「よし」ダンディは、また、スペードをふりかえつた。「脅迫状は、見つかつた。電話で、君にいつたのは、そのことかもしれんし、直《じ》かに弟になにかいわれたのかもしれん。当《あ》て推量《すいりよう》はやめよう。知れた事実をたよりにしたほうがいい。知れているのは——」

書きもの机のところにいた男が、クルッとふり向いた。

「もう一つありましたよ」その態度には、きざつぽいところがあつた。

テーブルに寄つていた五人が、そつちを見た眼は、どれもこれも、冷たく、思いやりがなかつた。

その冷淡な視線を、平気で受け流しておいて、その男は、声高《こわだか》に読みあげた。

ブリス君

ぼくが、この手紙を書くのは、これが最後のことに、金をかえしてもらいたい、と、それをいいたいからなのだ。それも、必ず来月の一日《ついたち》までに、かえしてもらいたい。金がかえつてこなかつたら、ぼくも、ただではおかないつもりだ。それがどういう意味であるかは、君にわかるはずだ。

ぼくが、冗談をいつてるとは思わないでくれよ。

ダニエル・トールボット

読み手は、ニヤリと笑つて見せた。「そうら、もう一つ、Tの頭文字《イニシアル》ですよ」封筒をとりあげて、「消印は、サン・ディエゴ、先月の二十五日附ですな」また、ニヤリとして、「また一つ都会がふえましたよ」

スペードは、頭を振つて見せた。「ポイント・ロマと、大たい同じ方向だ」

それから、ダンディと一しよに、その手紙を見に行つた。それは、上等な白い用箋《ようせん》に、青いインクに書かれ、封筒の宛《あて》名《な》と同じ、前の鉛筆書きとは、まつたく似ても似つかぬ、いじけたようなトゲトゲしい筆蹟だつた。

「これで、どうやら、手がかりがつかめたようだね」スペードは、皮肉ないいかたをした。

ダンディは、ガマンのならないような身振り《ジェステュア》をして見せた。「とにかく、すでにわかつている事実からはなれないことにしようじやないか」うなるような声だつた。

「いいとも」スペードは、同意した。「なにが、わかつているのかね？」

返事はなかつた。

スペードは、ポケットから、きざみタバコと、巻き紙をとり出した。「さつき、誰かが、娘と話してみたらどうかというようなことをいわなかつたかな？」

「わしらで、一しよに話してみよう」ダンディは、かがとでまわれ右をして、それから、ふと、床《ゆか》にころがつた死人を見て、顔をしかめた。小さな色の黒い男に、親ゆびを、グイとしやくつて見せて、「もうスッカリすんだのか？」

「すみました」

ダンディは、トムに呼びかけた。「こいつを片づけろ」灰いろ顔の男に、「わしは、娘と話がすんだら、エレヴェーター・ボーイにも会いたいのだが」

ダンディは、さつき、トムが、スペードに指さして見せたドアまで歩いて行つて、ノックをした。

ドアの向うから、少しかすれた女の声が、訊《き》きかえした。

「なんですか?」

「ダンディ警部だ。ミス・ブリスと話したいことがあるのだが」

ちよつと間をおいてから、女の声がこたえた。「どうぞ」

ダンディは、ドアをあけた。スペードがついて入ると、そこは、黒と灰いろと銀いろに飾りつけた部屋だつた。黒い服に、白い前かけ《エプロン》をかけた、骨組みの大きな、みつともない顔の中年の女が、若い女の横になつているベッドのわきに、腰をかけていた。

若い女は、枕《まくら》に肘《ひじ》をついた片手で、頬を支えて、骨組みの大きなみつともない女のほうを向いていた。十八歳ぐらいのように見えた。灰いろの服を着ていた。髪は、金《きん》いろで、短かく、顔は、目立つほど均斉《きんせい》がとれて、輪郭がハッキリしていた。部屋に入つてきた二人の男を、ふり向きもしなかつた。

スペードが、タバコに火を点《つ》けている間に、ダンディは、骨組みの大きな女に、話しかけた。「ミセス・フーパー、あんたにも、訊《たず》ねたいことが、一つ二つあるのだが、あんたは、ブリスの家政婦だつたな?」

「さようです」その女の、少しかすれた声、深くくぼんだ灰いろの眼のまつ直ぐな視線、膝においた両手の、ガッシリと動かない大きさ、そんなものがすべて一しよになつて、かくれた底力というような印象をかたちづくつていた。

「こんどのことで、なにか知つていることがあるかね?」

「なにも知りやしませんよ。わたしはね、今朝から、甥《おい》の葬式《そうしき》に、オークランドまで出かけて、帰つてきてみると、あなたがたみなさんきておられて、そして――こんな大変なことになつていたんですからね」

ダンディは、うなずいた。「こんなことになつたのを、あんたは、どう思うかね?」

「そんなことおつしやつたつて、まるで見当がつかないんですよ」

「ブリスが、こんな目に会いそうだと心配していたのは、あんたは知らなかつたのか?」

娘が、それまで、ミセス・フーパーをみつめていたのを、急にやめて、ベッドの上に起きなおり、興奮した大きな眼を、ダンディに向けた。「それは、どういうことですの？」

「どういうことって、今いった通りなんだがね。つまり、脅《おど》かされていたんだな。殺《や》られる五分ほど前に」――スペードのほうに、うなずいて見せて――「ミスタ・スペードに電話をかけて、誰かに脅《おど》かされて、やっつけられそうだと訴えているんだが」

「でも、誰が、そんなことを――」娘は、いいかけた。

「そこを、あんたに、ききたいんだが。それほどの恨《うら》みを受けていた相手というのは、誰だったのだね？」

娘は、ビックリしたように、眼をみはった。「そんな恨《うら》まれるような人なんか――」

こんどは、スペードが、娘のことばを、とちゆうでさえぎつた。そのものやわらかな口調は、残酷《ざんこく》なことばを吐《は》きながら、それほどには、感じさせなかつた。「ところが、それがあつたのです」娘が、視線をこつちに向けると、たたみかけるように、「あなたは、そういう脅迫のあつたことは、なにも知らないんですね？」

娘は、力をこめて、頭を横に振つた。

スペードはミセス・フーパーの顔を見た。「あなたも？」

「はい、存じません」

もう一度、娘のほうに、注意を向けて、「ダニエル・トールボットを知つていますか？」

「ええ、知つていますわ。ゆうべ、お食事にこられたんですもの」

「どういう人です？」

「さあ、サン・ディエゴに、住んでいらして、パパとは、なにか一しよに仕ごとをしたことのあるかただつてことは、ききましたけど。あたし、今まで、お目にかかつたことがなかつたんです」

「お父さんとの仲《なか》はどうでした？」

娘は、少し顔をしかめて、ゆつくりとこたえた。「仲《なか》よくやつていましたけど」

ダンディが、口を出した。「あんたの父さんの仕ごとというのは、なにをやつていたんだね？」

「金融業者《フィナンシャ》でしたの」

「つまり、金融仲介業《プロモーター》かね？」

「ええ、そういつていいのだと思いますわ」

「トールボットの宿は？　それとも、サン・ディエゴに、帰つたのかな？」

「存じませんわ」

「男の様子は？」

　娘は、考えこむように、また顔をしかめた。「とても大きな人で、顔が赤く、頭も、口ヒゲも、まつ白でした」

「老人だな？」

「六十、少くとも、五十五にはなつているにちがいありませんわ」

　ダンディは、スペードを見た。スペードは、タバコの吸いがらを、化粧台の上の灰皿に、投げこんで、質問をうけついだ。「最後に、叔父《おじ》さんに会つたのは、いつです？」

　娘は、顔を赤らめた。「テッド(シオドア)叔父《おじ》ですの？」

　スペードはうなずいた。

「この前に会つたのは——」娘は、いいかけて、くちびるを嚙《か》んだ。それから、いいなおして「むろん、刑務所から出たばかりのときに、会つたきりですわ」

「ここにきたんですね？」

「ええ」

「お父さんに会いに？」

「むろんですわ」

「二人の間は、どんな様子でした？」

　娘は、眼を大きくした。「どちらも、それほど、感情を露骨にあらわしませんでしたけど、やつぱり兄弟ですもの。それに、パパは、もう一度仕ごとをはじめるためのお金を、都合してあげるつもりだつたのですから」

「じやあ、二人とも、いがみ合うようなことは、なかつたんですね？」

「ええ」それは、不必要な質問に、お座なりにこたえるような口調だつた。

「どこに住んでいるんです？」

「ポスト・ストリートです」娘は、番地もいつた。

「それ以来、会つたことはないんですね？」

「ええ。だつて、刑務所に行つていたということを、恥《は》じていて——」娘は、ことばをつづけるかわりに、片手で身振り《ジェスチュア》をして見せた。

スペードは、ミセス・フーパーに、話しかけた。「あなたも、それ以来、会いませんか？」

「はい」

スペードは、くちびるをすぼめて、ゆつくりとたずねた。「あなたがたのうち、どつちでも、シオドアが、今日の午後、ここにきたのを、知つていますか？」

「いいえ」二人一しよの返事だつた。

「すると――」

誰かが、ドアをノックした。

ダンディがこたえた。「誰だ？」

トムが、ドアを少しあけて、頭をのぞかせた。「弟のほうがきましたが」

娘が、前かがみになつて、大きな声を出した。「まあ、テッド叔父《おじ》さま！」

トムのうしろから、茶いろの服を着た、金髪の大きな男があらわれた。顔の日焼けいろが、歯の白さと、澄んだ眼の青さを、ひときわ目立たせている。

「どうしたんだ、ミリアム？」

「パパが死んだのよ」娘は、泣きだした。

ダンディが、うなずいて見せると、トムは、わきへ退《の》いてシオドア・ブリスを、部屋に入らせた。

そのあとから、一人の女が、ためらいがちに、ソッと入つてきた。三十に近い、金髪の、ふとつたというほどでもない、背の高い女だつた。大まかな顔だちに、明るい知的な表情があつた。小さな茶いろの帽子に、ミンクの外套《コート》を着ていた。

弟のブリスは、姪《めい》の肩に、腕をまわして、額《ひたい》にキスをした。ベッドの娘のそばに、腰をおろすと、「よしよし、可哀そうに」と、ギゴチない口調でなだめた。

娘は、金髪の女に気がついて、涙の中から、しばらくジッと眼をこらした。やがて、「まあ、ミス・バローだわ。どうなすつて？」

「ホントにお気の毒で――」金髪の女が、いいかけた。

ブリスが、セキばらいをした。「今は、ミセス・ブリスなんだよ。ぼくたち、今日の午後、結婚してね」

ダンディは、怒つたような眼を、スペードに向けた。スペードは、タバコを巻きながら、今にも噴《ふ》きだしそうな顔をしていた。

ビックリして、しばらく、口もきけずにいた娘のミリアム・ブリスが、やつとのことで、声を出した。「また、あたし、心からご幸福をお祈りしましてよ」花嫁が、口の中で、「ありがとう」とつぶやくうちに、こんどは、叔父のほうに向きなおつて、「テッド叔父《おじ》さまも、おめでとう」

テッド叔父《おじ》さまは、姪《めい》の肩を、軽くたたいて、自分のほうに、だき寄せた。その眼は、いぶかしげな表情をたたえて、スペードとダンディに向けられていた。

その眼顔《めがお》に、ダンディがこたえた。「君の兄貴《あにき》が、この午後、亡《な》くなつたんだが、それが、殺されているんだ」

ミセス・ブリスが、息《いき》を詰めた。姪《めい》の肩にまわしたブリスの腕が、ギュッとひきしまつたが、それでも、顔には、なんの変りもあらわれなかつた。「殺されているつて?」いわれたことばの意味がつかめなかつたように、もう一度くりかえした。

「そうだ」ダンディは、両手を、外套のポケットに、つつこんだ。「君は、この午後、ここにきていた」

シオドア・ブリスの日に焼けた顔が、少しあおざめた。「来ていましたよ」その声は、充分に落ち着いていた。

「どのくらいいたのか?」

「一時間ばかりです。二時半ごろにやつてきて、それから――」細君をふりかえつて、「君に電話をかけたのが、あれは、ほとんど三時半だつたね?」

「そうだつたわ」

「それから直ぐに、ここを出たんですがね」

「会う約束があつたのか?」

「いや、事務所に、電話をかけると」――細君のほうに、うなずいて見せて――「もう家に帰つたということだつたので、こつちにやつてきたんです。むろん、エリーズとぼくが出かける前に、ちよつと会いたかつたからなんです。結婚式に出てもらうようにたのんだが、それはダメでした。なんでも、誰だかが、くることになつているということでしてね。坐りこんで話をしているうちに、思わず長居をしちまつて、仕かたなしに、エリーズに電話をかけて、直接、市役所に行つて会うことにしたんです」

考えてみる間《ま》をおいて、ダンディがたずねた。「なん時だ？」

「ぼくたちが、会つたのですか？」ブリスは、細君に、たずねるような眼を向けた。

「ちようど、四時十五分前でしたわ」細君は、ちよつと笑い声を立てた。「わたしのほうが、先に着いて、それからずつと、時計ばかり見ていましたのよ」

「ぼくたちの結婚式のすんだのは、四時五分過ぎでした」ブリスは、ひどく用心深いいいかたをした。「ウィットフィールド判事がくるのを、十分ほど待つたし、それから、式のはじまるまで、また四、五分待たされたからね——事件の審理が、それだけ手間《てま》どつたんです。なんなら、しらべてごらんなさい——たしか、州裁判所の第二部でしたがね」

スペードが、クルッとふり向いて、トムに、指をつきつけた。「そいつは、ひとつ、君にしらべてもらうのがよさそうだな」

「オッケイ」トムは、二つ返事で、ドアから出て行つた。

「そういうことなら、君は、べつにどうということもないわけだ、ミスタ・ブリス。しかし、もう少し、ききたいことがある。君の兄貴は、訪ねてくるのを待つている相手を、誰だといつていたかね？」

「それは、いわなかつたですがね」

「なにか、脅《おど》かされているような話はなかつたかな？」

「なかつたですな。兄貴は、あまり自分のことをしやべらんほうでしてね。ぼくにだつて、しやべりませんでしたな。誰かに、脅《おど》かされていたんですか？」

ダンディのくちびるが、少しひきしまつた。「君と兄貴とは、うまく行つていたのかね？」

「いたつて仲よくやつていましたよ、おたずねが、そういう意味ならばですがね」

「ホントかね？」ダンディは、念を押した。「君たち、ホントに、おたがいに恨《うら》みをもつていたというようなことはなかつたかね？」

シオドア・ブリスは、姪《めい》の肩から、腕をはなした。日焼けいろの顔が、黄いろつぽく見えるほど、血の気《け》がなくなつた。「ぼくが、サン・クェンティンに行つていたことは、ここにいる人は、誰でもご存じだ。君のいいたいのが、そんなことなら、どうぞ、いくらでも大きな声でいつて下さい」「それなんだがね」ダンディは、しばらく間《ま》をおいた。「それで?」

ブリスは、立ちあがつた。「それが、どうだというんですか?」もうガマンがならないというようないいかただつた。「そのことで、ぼくが、兄貴に恨《うら》みをもつていただろう、とそういうんですね? とんでもない。そんなわけがあるもんですか。つかまつたのは、ぼくたち一しよです。兄貴は、うまくいい逃《のが》れができた。ぼくには、それができなかつた。兄貴に、罪があろうがなかろうが、そんなことには関係なく、ぼくは、罰を受けたにきまつています。兄貴が一しよにぶちこまれたからつて、ぼくになんの得《とく》があつたわけもありません。ぼくたちは、相談をした上で、ぼく一人が、罪を引き受け、兄貴は、沙婆《しゃば》にのこつて、あと始末をするということに決《き》めたんです。兄貴は、約束をまもつてくれましたよ。兄貴の銀行勘定を、しらべてごらんなさい。ぼくが、サン・クェンティンを釈放になつた二日あとの日附で、ぼく宛《あ》てに、二万五千ドルの小切手が、振り出されていますよ。ナショナル・スティール会社の株式課にたずねてみれば、兄貴のもち株のうち、千株が、ぼくの名義に書きかえられていることがわかりますよ。やつぱり、同じじぶんのことですがね」

ブリスは、思わず興奮したのをわびるように、微笑をうかべて、またベッドに腰をおろした。「どうも失礼しました。ものを訊《き》くのが、お役目のことは、よくわかつているんですが」

ダンディは、そのいいわけには、目もくれなかつた。「君は、ダニエル・トールボットを知つているかね?」

「いや、知りません」

細君が、口を出した。「わたしは、知つていましてよ。お目にかかつたということなんですけど。昨日《きのう》、事務所にこられましたわ」

ダンディは、その細君を、上から下まで、念入りに、ジロジロとながめた。「事務所というと?」

「わたし、ミスタ・ブリスの秘書をやっていますので――いいえ、やっていましたので――」

「ブリスというと、マックス・ブリスのほうかね?」

「ええ。たぶん、そのかたと思いますが、ダニエル・トールボットとおっしやるかたが、昨日の午後、ミスタ・ブリスを、訪ねてこられましたわ」

「どんなことがあつたかね?」

細君は、夫《おっと》の顔を見た。夫は、「なにか知つていることがあるのだつたら申しあげたほうがいいよ」と、うながした。

「でも、ホントに、なにもなかつたんですのよ。最初のうちは、わたし、お二人が、ケンカしていらつしやるのかと思つたのですけど、一しよにお出かけになるときには、お二人とも、声を出して笑いながら、話し合つていらつしやいましたわ。お出かけの前に、ミスタ・ブリスは、ベルを鳴らして、わたしをお呼びになり、トラッパー――会計係の人ですわ――に、ミスタ・トールボット宛ての小切手を書かせてくれとおいいつけになりました」

「で、その小切手を書いたのかね?」

「ええ。それを、わたしが、おわたししました。額面は、七千五百ドルあまりでしたけど」

「なんのための小切手だね?」

細君は、頭を振つた。「存じませんわ」

「あんたが、ブリスの秘書だつたのなら、トールボットとどんな取引きがあつたのか、少しは心当りがあるはずだが」

「でも、そんな心当りなどありませんわ。それまで、お名前をきいたこともないかたですもの」

ダンディは、スペードの顔を見た。スペードの顔は、木彫《きぼ》りのように、表情がなかつた。ダンディは、顔をしかめて、こんどは、ベッドに腰をかけている男に、たずねた。「君が最後に会つたときに、兄貴は、どんなネクタイをしていたかね?」

ブリスは、眼をパチパチさせて、ダンディを通りこした遠いところを、ジッとみつめ、それから、眼をとじた。やがて、眼をあけると、「たしか、緑いろに――見ればわかるんですがねえ。なぜです?」

ミセス・ブリスが、助け舟を出した。「いろんな色合いの緑が、ななめの細い縞になっているネクタイですわ。今朝、事務所でしていらしたのは、それでしたけど」

「ネクタイは、どこにしまってあるんだね?」ダンディは、家政婦にたずねた。

家政婦は、立ちあがった。「ミスタ・ブリスの寝室の押し入れです。お目にかけましょう」

ダンディと、新婚ホヤホヤのブリス夫妻が、家政婦について、部屋を出て行った。

スペードは、帽子を、化粧台の上にのせて、ミリアム・ブリスに、たずねた。「あなたが出かけたのは、なん時ごろですか?」そういいながら、ベッドの足もとに、腰をおろした。

「今日ですの? 一時ごろですわ。一時に、お昼ごはんの約束があったのですけど、それには、少し遅れましたの。それから、買いものをして、それから――」娘は、ことばをとぎらせて、身震《みぶる》いをした。

「帰ってこられたのは?」スペードの声は、やさしく、よけいな感傷はふくまれていなかった。

「四時少し過ぎでしたかしら」

「そこで、どうしました?」

「パパが、倒れていたんです。あたし、電話をかけました――階下《した》にかけたのだか、警察にかけたのだか、よくわからないんです。それからあとどうなったのか、ぜんぜんおぼえがありませんの。気を失ったのだか、ヒステリを起したのだか、気がついてみると、あのかたたちと、ミセス・フーパーがいたんです」こんどは、相手の顔を、まともにジッとみつめた。

「医者には、電話をかけなかったんですね?」

娘は、また、眼を伏せた。「かけなかったようですけど」

「きっと、かけなかったのでしょうね、死んだことが、わかっていたのだったら」なに気《げ》ないいいかただった。

娘は、黙っていた。

「お父さんが、死んでいることは、わかっていたんですね?」

娘は、眼をあげて、スペードの顔を、ボンヤリと見た。

「でも、死んでいたんですもの」

スペードは、微笑をうかべた。「むろん、そうでしょう。

しかし、ぼくが知りたいのは、あなたが、電話をかける前に、それを確かめたかどうかということなんです」

娘は、片手を、自分ののどに当てた。「あたし、なにをしたのか、おぼえていませんの」熱心な口調で、「でも、あたし、直ぐに、死んでいることがわかつたのだと思いますわ」

スペードは、なるほどというように、うなずいた。「そこで、警察に電話をかけたのは、殺されたのがわかつたからなんですね？」

娘は、両手をからみ合わせて、それをみつめた。「そうかもしれませんわ。とてもこわかつたんです。自分が、どう思つたか、なにをしたか、まるつきりわかりませんの」

スペードは、前かがみになつて、声を落し、いつてきかせるような口調で、「ぼくは、警察の人間じやありませんよ、ミス・ブリス。お父さんにたのまれて、引き受けたんです――五、六分のことで、お父さんの生命《いのち》を助けてあげるのには、間に合いませんでしたがね。だから、今は、その代りに、あなたのために一生懸命になつているといつてもいいんです。なにか、ぼくにできることがあつたら――警察のやつてくれないようなことでもかまいませんが、――」とちゆうで、ダンディが、ブリス夫妻と、家政婦をしたがえて、部屋にもどつてきたので、スペードは、話をやめた。「獲ものはあつたかね？」

「緑いろのネクタイはなかつた」ダンディは、スペードと娘とに、さぐるような視線を投げた。「さつきわしらの見た青いネクタイは、ミセス・フーパーは、イングランドから、半ダースほどもつて帰つた中の一本だ、と、そういうんだが」

ブリスが、たずねた。「なぜ、そんなに、ネクタイのことが、気になるんです？」

ダンディは、眉を寄せた。「わしらの発見したときに、マックスは、服を半ぶん脱《ぬ》ぎかけていた。ところが、服と一しよにあつたネクタイは、まだ一度もしめたことのないものだつた」

「誰だか知らんが、犯人のきたときには、ほかの服に、着かえているところだつた、そして、着がえのすまないうちに殺された、と、そう考えることはできませんか？」

ダンディの眉の間のしわが、深くなつた。「そう考えてもいい。しかし、緑いろのネクタイのほうは、どうなつたのだろう？　喰《く》つちまつたのかな？」

スペードが、割りこんだ。「着がえをしていたんじやないね。ワイシャツのカラーを見ればわかるが、のどを絞《し》められたときには、ワイシャツを着ていたにちがいない」

戸口に、トムがあらわれて、ダンディに報告した。「時刻は、合つとりますがね。判事どのも、係官のキトレッジも、二人が、四時十五分前ごろから、五時か、五時十分過ぎまで、そこにいたといつています。キトレッジには、二人が、その本人かどうか確かめるために、ここにくるように頼んでおきましたがね」

「よし、わかつた」ダンディは、ふり向きもせずにこたえると、ポケットから、星形にTの字の署名のある鉛筆書きの脅迫状を、とり出した。署名のところだけが見えるように、紙をたたんで、「これのわかる人はいないかね？」

ミリアム・ブリスも、ベッドをはなれて、みんなと一しよにのぞきこんだ。みんなは、おたがいに、うつろな視線をかわし合つた。

「誰か、これのわかる人はいないかね？」ダンディは、くりかえした。

ミセス・フーパーが、口をひらいた。「お気の毒なミスタ・ブリスの胸にあつたのと似ていますけど――」ほかの人たちは、知らないとこたえた。

「こういうシルシを、今までに見たことのある人はないかね？」

みんなは、見たことがないとこたえた。

「よろしい。ここで待つているんだ。あとでもう少しききたいことがある」

スペードが、声をかけた。「ちよつと待つた。ミスタ・ブリス、君は、いつごろから、ミセス・ブリスと知り合いになつたんです？」

ブリスは、不審の眼を、スペードに向けた。「刑務所を出てきてからですがね」用心深いこたえかただつた。「なぜです？」

「すると、先月からのことか」スペードは、ひとりごとのようないいかたをした。「兄さんを通じて、知り合つたんですな?」

「むろん、そうです——兄貴の事務所でね。なぜです?」

「それから、今日の午後、市役所では、ずつと二人一しよにいたんですか?」

「そうですとも」ブリスは、直ぐに返事をした。「一たい、なにをねらつて、そんなことを訊《き》くんです?」

スペードは、微笑をうかべた。愛想のいい微笑だつた。

「ものを訊《き》くのが、役目だからね」

ブリスも、微笑をかえした。「なるほど、よくわかりました」微笑は、顔じゆうにひろがつた。「実は、ウソを申しあげました。ホントのことをいうと、ぼくたちは、ずつと一しよではなかつたのです。ぼくは、タバコを吸いに、廊下に出ましたからね。しかし、ドアのガラスごしに、法廷をのぞいて見ましたが、その度に、のこしてきたこの人の姿は見えましたよ。それは、うけ合います」

スペードの微笑は、ブリスと同じように明るかつた。「ガラスごしにのぞきこまないときにも、ドアの見えるところにはいたんですね? 君の気がつかないうちに、奥さんが、法廷を抜け出すことはできなかつたんですな?」

ブリスの微笑が消えた。「むろん、そんなことができるもんですか。それに、ぼくが、廊下に出ていたのは、五分足らずのことですからね」

「どうもありがとう」スペードは、ダンディのあとから、居間に入り、うしろ手に、ドアをしめた。

ダンディが、横目づかいに、スペードの顔を見た。「なにか、当てがあるのかね?」

スペードは、肩をすぼめて見せた。

マックス・ブリスの死体は、片づいていた。書きもの机をしらべている男と、灰いろの顔の男のほうに、部屋には、す《プ》もも《ラム》色の制服を着た、フィリピン人のボーイが、二人いた。

二人のボーイたちは、長椅子に、くつついて坐つていた。

ダンディが、書きもの机の男に、声をかけた。「マック、わしは、緑いろのネクタイを、さがし出してもらいたいのだ。この家でも、あたり近所でもいい、シラミつぶしにさがして、そいつを見つけ出してくれ。要るだけの人数をあつめろ」

「よしきた」書きもの机の男は、立ちあがつて、帽子を眼深《まぶか》に引つぱりおろすと、とび出して行つた。

ダンディは、顔をしかめて、フィリピン人をみつめた。「茶いろの服を着た男を見たのは、お前たちのどつちだ?」

小さいほうが、立ちあがつた。「わたしです」

ダンディは、寝室のドアをあけて呼んだ。「ブリス」

ブリスが、ドアのところまできた。

フィリピン人の顔が、パッと明るくなつた。「そうです。その人です」

ダンディは、ブリスの顔を目がけて、ドアをしめた。「坐りたまえ」

ボーイは、急いで、腰をおろした。

ダンディは、陰気な眼つきで、二人のボーイを、ジッとみつめた、しまいに、二人とも、モジモジしはじめた。それから、「お前たち、この午後に、ほかに誰か、この部屋まで、はこびあげたか?」

二人は、調子を合わせたように、頭を、一しよに振つた。

「ほかには、誰もはこばなかつたですよ」こたえたのは、小さいほうだつた。おべつか笑いをすると、口が、顔一ぱいにひろがつた。

ダンディは、脅しつけるように、二人に詰め寄つた。「バカッ!」吠えるような大声だつた。「ミス・ブリスをはこんだじやないか」

大きなほうのボーイが、頭を、コックリコックリとさせた。「そうですそうです、わたしが、その人たちをはこびました。よその人のことかと思つたものですから」ムリに笑顔をつくろうとした。

ダンディは、そのボーイを、にらみつけた。「そんなことは思わんでもいい。わしの訊《き》いたことに、返事をするんだ。その人たちというのは、どういうことだ?」

ダンディの眼光に射《い》すくめられて、ボーイの微笑は消えた。両足の間を、みつめながら、「それはその、ミス・ブリスと、それから、紳士の人です」

「どの紳士だ? さつきのあの紳士か?」ダンディは、寝室のドアのほうに、頭を、グイとしやくつて見せた。

「ちがいます。べつの紳士です。アメリカ人じやありませボーイの頭が、また、コックリコックリと、上下に動いた。「はい、若い紳士です」

「帰って行ったのは、いつだった？」

「五分経《た》ってからです」

ダンディは、なにかものを噛むように、あごを、モグモグと動かした。「きたのは、なん時だ？」

ボーイは、また、両手をひろげて肩をあげて見せた。「四時ごろです――十分過ぎていたかもしれません」

「ほかに、わしらのくるまでに、誰かはこびあげなかったか？」

もう一度、二人のフィリピン人は、頭を、一しょに振った。

ダンディは、口のすみから、スペードにいいかけた。「あの娘を、呼んでくれ」

スペードは、寝室のドアをあけて、軽く頭をさげた。「ミス・ブリス、ちよつと、こつちに出てきてくれませんか」

「なんでしよう？」娘は、用心深く訊《き》きかえした。

「ホンのちよつとでいいんです」それから、急に思いついたん」ボーイは、また、顔をあげた。その顔には、明るさがもどつてきていた。「アルメニア人と思いますが」

「なぜだ？」

「わたしたちアメリカ人と、ちつとも似ていないし、話しかたもちがうからです」

スペードが、笑い出した。「アルメニア人を見たことがあるのかね？」

「いや、それはありません。つまり、わたしが、そう思っただけなんで――」いいかけて、ボーイは、ダンディが、のどで、うなるような声を出したので、口をつぐんでしまつた。

「どんな男だつたのか？」ダンディは、たずねた。

ボーイは、両ほうの肩をあげて、両手をひろげて見せた。

「このかたみたいに――」と、スペードを指さして見せて、「背が高くて、黒い髪に、黒い口ヒゲを生《は》やしていました。すばらしい――」一所懸命に、顔をしかめて、「とってもすばらしい装《な》りをしていましたよ。とっても美男でした。ステッキに、手袋に、スパッツまでつけて、それから――」

「若いのか？」ダンディが訊《き》いた。

ように、「ミスタ・ブリス、君にも、一しよにきてもらつたほうがいい」

ミリアム・ブリスが、叔父《おじ》をあとにしたがえて、ゆつくりと居間に入つてくると、スペードは、ドアをしめた。エレヴエーター・ボーイの姿が、眼に入ると、ミス・ブリスの下くちびるが、少しひきつれた。眼は、気づかわしげに、ダンディの顔に向けられていた。

ダンディが、訊ねた。「あんたと一しよに、男の人がここにきたということだが、それは、一たいどうしたことなんだね?」

娘の下くちびるが、またひきつれた。「な――なんですつて?」娘は、その顔に、ナゾをかけられたような表情をあらわそうと、一所懸命になつた。シオドア・ブリスが、部屋の向うから、急いでやつてきて、なにかいおうとするように、姪《めい》の前で、ちよつと立ちどまつたが、それから、思いなおしたらしく、うしろにまわつて、椅子の背もたれに、両腕を重ねてのせた。

「あんたと一しよにここにきた男のことだ」ダンディは、声をあららげて、早口にたたみかけた。「それは、誰なんだ? どこの人間だ? なぜ、帰つて行つたんだ? なぜ、あんたは、その人のことを、少しも話さなかつたんだ?」

娘は、両手で顔を蔽《おお》つて泣き出した。「だつて、このこととは、なんの関係もない人なんですもの」手の隙間から、泣きじやくりが洩《も》れた。「だから、グズグズしていたら、迷惑がかかると思つたんです」

「ほう、大した立派な先生だ。なるほど、自分の名を、新聞に出したくないもんだから、あんたを、殺された父さんと一しよにほつたらかして、自分だけ、トットとお逃げあそばしたんだな」

娘は、顔から、両手をはなした。「でも、仕かたがなかつたんです」大きな声だつた。「奥さんが、とつてもヤキモチ焼きで、またあたしと一しよだつたことが知れたら、離婚されるにきまつているんです。そうなつたら、あの人、まるつきり一文なしになつてしまうんです」

ダンディは、スペードを見た。スペードは、眼を丸くしていたフィリピン人に、眼をやつて、親ゆびを、玄関のドアのほうに、しゃくつて見せた。「出て行け」二人は、あわててとび出した。

「そのやさ男は、誰かね?」

「でも、その人、なんにも――」

「誰なんだ?」

娘は、肩を落して、眼を伏せた。「ボリス・スメカロヴという名前なんです」

「綴《スペル》りは?」

娘は、綴りをいつて見せた。

「どこに住んでいるんだね?」

「セント・マーク・ホテルですわ」

「奥さんの持参金のほかに、なにか稼《かせ》ぐ仕ごとがあるのかね?」

もたげた娘の顔には、怒りがうかんできたが、直ぐに消え去つた。「なにもしていないんです」

ダンディは、クルッとまわつて、灰いろの顔の男に、呼びかけた。「その男を、引つぱつてこい」

灰いろ顔の顔の男は、なにかブツブツいいながら、出て行つた。

ダンディは、また、娘のほうに向きなおつた。「あんたと、そのスメカロヴとは、好いた同士だつたのかね?」

娘は、怒つたような顔になつた。怒つた眼を、ダンディに向けたが、なにもいわなかつた。

「あんたの父さんは、死んだが、すると、あんたは、その男が、離婚されても、結婚してやるだけの金《かね》が、手に入ることになるのかね?」

娘は、顔を、手で蔽つた。

「あんたの父さんは、死んだが、すると、あんたは――」ダンディは、しつこくくりかえしかけた。

スペードが、手をのばして、倒れかかる娘を受けとめ、かるがると、抱きあげると寝室にはこんで行つた。もどつてくると、ドアをしめて、そこによりかかつた。「ほかのことは、どうかわからんが、今の気絶は、ごまかしだよ」

「なにもかも、ごまかしだらけだ」ダンディは、うなるような声を出した。

スペードは、人をバカにしたように、ニヤリと笑つた。

「証拠がなくても、犯人自身にあきらめさせ、罪に服させるような法律があつてもいいはずだな」

ミスタ・ブリスは、微笑をうかべて、窓ぎわの自分の兄のデスクの前に、腰をおろした。

「依頼人が死んで、文句をいう相手がいないからつて、君はなにも、クヨクヨすることはないさ」ダンディの、スペードに話しかける声は、不キゲンだつた。「しかし、わしは、うまく見つけ出さんことには、課長から、部長から、新聞からありとあらゆる方面から、もの笑いのタネにされるのを、ガマンしなければならんのだからなあ」

「辛抱《しんぼう》するんだな」スペードは、なぐさめるようないいかたをした。「いずれそのうちには、犯人がつかまるだろうさ」スペードの顔が、ひどくまじめになつた。ただ、黄灰いろの眼だけは、キラキラと光つていた。「ぼくは、こういう仕ごとで、必要以上に横道に入りこむのは、気に喰わんほうだが、それにしても、あの家政婦が出かけたといつている葬式は、当つてみたほうがいいとは思わないかね？　あの女には、なにかしら、のみこめないところがあるぜ」

ダンディは、しばらく納得が行かないように、スペードの顔を、ジッと見ていたが、やがてうなずいた。「トムにやらせるか」

スペードは、ふりかえつて、トムに、指を振つて見せた。

「十対一で賭《か》けたつていいが、葬式などありやしなかつたんだぜ。しらべてみろ……ごまかされないようにな」

それから、寝室のドアをあけて、ミセス・フーパーに呼びかけた。「ポルハウス巡査部長が、あなたに、少しききたいことがあるそうですがね」

トムが、家政婦のいう名前や住所を書きとめている間に、スペードは、安楽椅子に、腰をおろして、タバコをふかし、ダンディは、敷物をにらみつけながら、ゆつくりと床《ゆか》を歩きまわつた。シオドア・ブリスは、スペードの許しを得て、寝室の細君のところへもどつて行つた。

やがて、トムは、手帖を、ポケットにしまつた。「どうもありがとう」それから、スペードとダンディに、「ひとつ走り行つてくるかね」といいのこして、当て行つた。

家政婦は、そのまま、ぶかつこうに、頑丈に、冷静に、辛《しん》抱《ぼう》強く、突つ立つていた。

スペードは、安楽椅子の上で、からだをよじつて、家政婦の、深くくぼんだ、落ちついた眼を見た。「心配しなくていいですよ」片手を、トムの出て行つたドアのほうに、ヒラヒラとさせて見せて、「ちよつと念のためにしらべるだけなんだから」くちびるをすぼめるようにして、訊ねた。「ホントのところ、この事件のことを、どう思いますかね、ミセス・フーパー？」

家政婦は、強い、いくぶんかすれる声で、静かにこたえた。「神さまのお裁《さば》きだと思いますよ」

ダンディが、床を歩きまわるのをやめた。「なんだつて？」スペードが、訊きかえした。

家政婦の声は、少しもたかぶらず、確信にみちていた。「罪の償《つぐな》いに、殺されなすつたんですよ」

ダンディは、隠れんぼをする子どものような足どりで、ミセス・フーパーのほうに、ジリジリと詰め寄つて行こうとした。スペードは、手を振つて、それを制《と》めた。その手は、椅子にかくれて、家政婦には、見えなかつた。スペードの顔にも、声にも、強い関心があらわだつたが、それも、今は、家政婦と同じように、落ち着きはらつていた。「罪というのは？」

「おおよそ、われを信ずる小さきものの一人を、つまずかするものは、その首に、ひきうすをかけられて、海に投げ入れられんかた、その人のために、なおよかるべし（訳註 マルコ伝第九章四十二節）」家政婦は、そのことばを、聖書を引用するようにではなく、自分の信じていることをのべるように、口にした。

ダンディが、吠えるような声を出した。「小さきものというのは、なんのことだ？」

家政婦は、重々しい灰いろの眼を、ダンディの顔から、寝室のドアのほうにうつした。

「あの、ミリアムさんのことですよ」

ダンディは、眉をひそめて、相手の顔を見た。「自分の娘を？」

「そうですよ。自分の養女にした娘ですよ」

ダンディの角張つた顔に、怒りの血がのぼつて、まだら色になつた。「なんということだ！」ダンディは、頭の中で、ガンガンと鳴るものを、払いのけようとするように、頭を振つた。「あの娘《こ》は、ホントの娘《むすめ》じゃないのか？」

家政婦の冷静さは、ダンディの怒りに、少しも破れなかつた。「そうですよ。奥さんは、ほとんど生きていなさる間じゆう、ご病気でした。子どもは、一人もできなかつたのですよ」

ダンディは、ものを嚙むように、しばらくモグモグとあごを動かした。口をひらいたときには、その声は、落ち着きを、とりもどしていた。「その娘を、どんな目に合わせたんだね？」

「存じませんよ。でも、真実が、明るみに出れば、きつとわかると信じているんですがねえ、あのかたのお父さま――ミリアムさんのホントのお父さまが、セッカクあのかたにおのこしになつた財産が――」

スペードが、さえぎつた。ひとことひとことを、手を、小さな円を描くように動かしながら、ハッキリ発音するように苦労して、「つまり、あなたは、マックス・ブリスが、あの娘を、ペテンにかけていたことを、ホントに知つているわけではないんですね？　想像しているだけなんですな？」

家政婦は、自分の心臓の上に、片手を当てた。「わたしは、ここで、それを知つていますよ」

ダンディが、スペードの顔を見た。スペードが、ダンディの顔を見た。スペードの眼が、キラキラと光つた。それは、必ずしも陽気な輝きではなかつた。ダンディが、セキばらいをして、また、家政婦に、話しかけた。「それで、あんたは、このことを」――片手を、死人の倒れていた床《ゆか》のほうに振つて見せながら――「神さまのお裁《さば》きだと思うんだね？」

「そうですとも」

ダンディは、いつものずるかしこさを、ほとんどすつかり、自分の眼から追い出してしまつた。「すると、誰がやつたにしろ、神さまの代りをつとめただけだ、と、そういうことになるんだね？」

「申しあげるまでもないことですよ」

ダンディの顔が、また、まだらに赤くなつてきた。「もういいだろう」それは、のどになにかが詰まつたような声だつたが、家政婦が、寝室のドアまで行き着いたじぶんには、ダンディの眼には、抜け目のなさが、もどつていた。「ちよつと待つた」家政婦が、ふりかえると、「あんたは、もしか、バラ十字会員《ローズクルーシアン》ではないかね？」

「わたしは、クリスチャン以外のものになりたいとは思いませんよ」

「わかつた、わかつた」ダンディは、うなるような声を出して、相手に、背なかを向けた。家政婦は、寝室に入つて、ドアをしめた。ダンディは、右の手のひらで、額を拭つて、ウンザリしたように、「ヤレヤレ、なんという一家なんだ！」

スペードは、肩をすぼめて見せた。「いつか、君自身の一家を、よくしらべてみるといいよ」

ダンディの顔が、あおざめた。ほとんど色の失《な》くなつたくちびるが、キッと引きしまつた。両ほうの拳固をかためて、スペードのほうに、突き出した。「なんだつて、君は――」スペードの顔のおどけたような表情が、ダンディを、思いとどまらせた。眼をそらして、舌の尖《さき》で、くちびるを湿《しめ》し、もう一度、スペードの顔を見て、その眼を、またそらし、困つたような笑顔をつくりながら、つぶやいた。「どの家だつてというんだな？ うふふ。そうかもしれん」玄関のベルが鳴つた。ダンディは、急いで、廊下のドアのほうに、向きなおつた。

おかしそうにゆがんだスペードの顔は、ますます、金髪のサタンに似てきた。

廊下のドアごしに、愛想のいい、まだるつこいような声がきこえてきた。「州裁判所のジム・キトレッジですが。きてくれと頼まれたんでね」

ダンディが、声をかけた。「入りたまえ」

キトレッジは、着古してピカピカ光る、窮屈《きゆうくつ》な服を着こんだ、赤ら顔のズングリした男だつた。スペードに、うなずいて見せた。「ああ、ミスタ・スペード、わたしは、あんたをバーク・ハリスの事件以来、よくおぼえていますよ」

「そうでしたな」スペードは、立ちあがつて、手を握り合つた。

ダンディは、寝室のドアのところに行つて、シオドア・ブリス夫妻を、呼び出した。キトレッジは、二人を見て、愛想よく笑いかけた。「やあ、ご機嫌よう」ダンディのほうに、向きなおつて、「このかたがたです。間ちがいありませんよ」ツバを吐《は》く場所をさがしでもするように、あたりを見まわした。それは、見つからなかつた。「この紳士が、法廷に入つてこられて、判事どのは、どのくらいすれば見えるだろう、と、わたしに訊ねられたのは、四時十分前ごろでしたな。わたしが、十分ほどですなというと、お二人で、そのまま待つておられました。四時に、休廷になると直ぐに、結婚の手続きをすませたんですがね」

「どうも、ご苦労だつたですな」ダンディは、キトレッジを送り出して、ブリス夫妻を、寝室に、追いかえした。不満らしく顔をしかめて、スペードをみつめながら、「そこで、どういうことになるかね？」

スペードは、また、腰をおろしながら、「そこでだ、どれだけ賭《か》けたつて、ここから、市役所まで、十五分以内で、駈けつけるわけには行かんということになるんだよ。だから、あの先生も、判事どのを待つ間に、コッソリここにもどつてくることもできなければ、結婚式をすませてから、ミリアムの帰つてくるまでの時間に、あんなことをやつてのけることもできなかつたわけだ」

ダンディの顔の不満は、深まつた。なにかいおうとしたが、灰いろ顔の男が、背の高い、やせた、青い顔の若い男と一しよに、部屋に入つてきたので、あけた口を、またとじてしまつた。その一しよの男は、さつきのフィリピン人が、ミリアム・ブリスの連れの男のことを、こんな人だつたといつていたのとソックリだつた。

灰いろ顔の男が、客を引き合わせた。「ダンディ警部、ミスタ・スペード、ミスタ・ボリス——ええと——スメカロヴ」

ダンディは、無愛想《ぶあいそう》にうなずいた。

スメカロヴは、直ぐにしやべりはじめた。アクセントは、きき手を悩ますほど強くもなかつたが、r《ル》の発音が、どつちというと、w《ウ》の発音に似かよつていた。「警部さん、どうかこのことは、ひとつ、内聞《ないぶん》におねがいいたしたいのですが。大つぴらになると、わたしは、ダメになつてしまうんですよ、警部さん、なにもかも、スッカリ、ダメになつてしまうんです。わたしは、心も行いも、まつたく潔白な人間です。

潔白なばかりでなく、恐ろしい事件などには、ホンのこれつぽちもかかわりのない人間です。まつたく、なに一つ――」

「ちよつと待ちたまえ」ダンディが、太短《ふとみじか》い指で、スメカロヴの胸をつついた。「誰も、まだ、君が、なにかにかかわり合つているというようなことは、いつていないよ――しかし、しばらく、ここにいてもらつたほうがよさそうだな」

若い男は、手のひらを前に向けて、両腕をひろげ、大げさな身振りをして見せた。「しかし、わたしが、なんの役に立ちます？ わたしの家内は――」頭をはげしく振つて、「ダメです。とても、そんなわけには行きません」

灰いろ顔の男が、低くしたつもりの、実は、あまり低くない声で、スペードに話しかけた。「バカなやつだよ、ロシア人てのは」

ダンディは、スメカロヴに、眼をグルグルとまわして見せて、こわい声を出した。「君は、もう抜き差しならんところまで、足をつつこんでいるかもしれんぞ」

スメカロヴは、今にも泣き出しそうになつている様子だつた。「しかし、しかしあなただつて、ぼくのような目に会つたら――」

「そんな目には、会いたくないね」ダンディは、もち前のソッけなさのうちにも、その若い男を、気の毒がつているようだつた。「この国では、殺人は、決して冗談ごとではないからな」

「殺人だつて！ でも、警部さん、ぼくは、運が悪かつたばかりに、こんなことのかかり合いになつてしまつたんですよ。ぼくは、決して――」

「すると、君は、ウッカリ間ちがつて、ミス・ブリスについてきた、と、そういうのかね？」

若い男は、できることなら、「そうです」とこたえたいような顔をした。ゆつくりと口から出てきたのは、「いいえ、そうじゃないんです」ということばだつた。それから、だんだんと、早口になつて行つた。「しかし、なにも、目的があつて、ここまであがつたんじゃありません。ちつとも、そんなつもりはなかつたんです。ぼくたち、一しよに、昼めしをたべたんです。帰りにあの人を送つてくると、『ちよつと寄つて、カクテルを一ぱい、どう？』と、そういわれたので、ぼくも、その気になつたんです。ホントに、それだけなんです。ウソじやありません」いいながら、スメカロヴは、手のひらを上に向けた両手を差し出して見せた。「あなただつて、ヒョッとしてそんな目に会わないとはかぎりませんよ」前に出した両手を、スペードのほうに動かして、「あなただつて」

「ぼくも、ずいぶんいろんな目に会いますがね。ブリスは、君が、自分の娘と一しょに遊びまわつていることを、知つていましたか？」

「ぼくたちが親しいことは、よく知つていましたよ」

「君に細君のあることは？」

「さあ、知らなかつたでしようね」用心深いこたえだつた。

「でしようじやなくて、知られていなかつたことがわかつているんだろう」ダンディが、きめつけた。

スメカロヴは、くちびるを湿《し》めしたが、警部にさからいはしなかつた。

ダンディが、たずねた。「もし、細君のあることを気づかれたら、ブリスはどうしたと思うかね？」

「わかりません」

ダンディは、若い男に、詰め寄つて、歯と歯の間から、耳ざわりな声を出した。「気づいたとき、ブリスは、どうしたんだ？」

若い男は、ひと足あとしざりした。顔は、脅《おび》えて、まつさおになつた。

寝室のドアがあいて、ミリアム・ブリスが、こつちの部屋に入つてきた。「なぜ、この人を、放《ほ》つといて下さらないんです？」腹を立てたいいかただつた。「この人は、なんのかかり合いもないのだ、と、そう申しあげたじやありませんか。なにも知らないのだ、と申しあげたじやありませんか」

娘は、スメカロヴのそばにきて、男の手を、両手で握つていた。「この人を相手になすつたつて、なんの役にも立たないし、この人を、困らせるばかりですわ。ホントに、お気の毒だわ、ボリス、あたし、あなたに迷惑がかからないように、ずいぶんお願いしたのよ」

若い男は、なにかつぶやいたが、ききとれなかつた。

「そう、あんたは、ずいぶん一所懸命だつたね」ダンディは、娘にうなずいて見せて、スペードに話しかけた。「ねえサム、こんなことだつたのじやないかな? つまり、ブリスは、この先生に、細君があることをかぎつけた。二人が、昼めしの約束をしていることを知つて、早目に帰宅して、二人が帰つてくるのを、待ちかまえた。顔を合わせると、いきなり、細君にしやべるぞと脅《おど》かしたもんだから、この先生に、首を絞《し》められた、とね」横眼で、娘のほうを見て、「さあ、もう一度、ごまかしに気絶して見せたいのなら、やりたまえ」

若い男が、金切り声を立てながら、両手の指を、鉤《かぎ》がたに曲《ま》げて、ダンディに、とびかかつた。ダンディは、「ううッ!」とうなつて、大きな拳固《げんこ》を、相手の顔にたたきつけた。若い男は、うしろ向きに、すつ飛ばされて、椅子にぶつかつた。人と椅子とが、一しよにころがつた。ダンディは、灰いろの顔の男に、命令した。「この男を、署に連れて行け――証人だ」

灰いろ顔の男は、「オーケー、」とこたえて、スメカロヴの帽子をひろいあげ、当人を助け起しに行つた。

シオドア・ブリス夫妻と、家政婦とが、ミリアム・ブリスのあけつぱなしにしたドアのところまで、出てきていた。ミリアム・ブリスは、足を、バタバタと踏みつけながら、泣き声で、ダンディに、「あなたなんか、卑怯《ひきよう》ものよ。申告してやるから。なんの権利があつて、あなたは、この人を……」などと、喰つてかかつていた。誰も、その娘には、注意をはらわずに、灰いろ顔の男が、スメカロヴを、助け起して、連れ去るのを、見まもつていた。スメカロヴの鼻と口とは、血で汚れていた。

やがて、ダンディは、ミリアム・ブリスに、「静かにしたまえ」と、声をかけておいて、ポケットから、一枚の紙きれをとり出した。「ここに、今日、ここから電話をかけた先のリストがある。読みあげるから、心当りがあつたら、そういつてくれ」

最初の番号は、ミセス・フーパーが、知つていた。「肉屋さんですよ。わたしが、今朝、出かける前にかけましたからね」次の番号は、食料品店だつた。

ダンディは、またべつの番号を読んだ。

「セント・マーク・ホテルですわ」こたえたのは、ミス・ブリスだつた。「あたしが、ボリスにかけたんです」あと二つの番号も、ミス・ブリスのかけた友だちの電話だつた。

六番目は、ブリスが知つていて、兄の事務所の番号だつた。「たぶん、ぼくが、エリーズに、市役所で会う打ち合わせのためにかけたのでしょう」

七番目は、スペードが、「ぼくの電話だ」とこたえた。ダンディは、「最後のは、警察の非常用電話だ」といいながら、紙きれを、ポケットにもどした。

「そんなことじやあ、あまり見こみがなさそうだな」スペードは、うれしそうな声を出した。

玄関のベルが鳴つた。

ダンディが、戸口に出た。相手の男と、なにか話す声が、きこえてきたが、低すぎて、話の内容は、ききとれなかつた。

電話が鳴つた。スペードが出た。「もしもし……いや、スペードだが。ちよつと待ちたまえ、呼んでくるから——ああ、そんならきいておこう」しばらく耳をかたむけてから、「わかつた。ぼくから伝えておこう……さあ、そいつは知らんな。こつちからかけるようにいおう……うん、わかつた」

電話から向きなおると、ダンディは、戸口に、両手をうしろにまわして、つつ立つていた。スペードは、用件を伝えた。「オガーからだが、さつきのロシア人が、署に行く途ちゆう、スッカリ狂つてしまつたそうだ。仕かたなしに、狭窄《きようさく》衣《い》を着せたということだがね」

「とつくにそうならずにいたのが、おかしいぐらいだ」ダンディは、うなるような声を出した。「ちよつときてくれ」

スペードは、玄関まで、ダンディについて行つた。戸口には、制服を着た警官が一人立つていた。

ダンディは、両手を前に出した。その片一ぽうの手には、緑のいろいろな色合いが、ななめの細い縞になつたネクタイが、もう一ぽうには、小さなダイヤモンドをちりばめた三日《みか》月《つき》形の白金《プラチナ》のネクタイピンがあつた。

スペードは、上半身をかがめて、ネクタイについている、不規則な形をした小さな三つの点を、よく見た。「血痕かな?」

「汚《よご》れかもしれん。街角《まちかど》の屑もの罐《かん》の中に、新聞にくるんでつっこんであったそうだからね」

「はあ、そうなんです」制服の警官は、得意顔で、説明した。「わたしが、発見したんですが、クシャクシャにまるめて――」いいかけて、誰も、自分に注意していないのに気がついて、やめてしまった。

「血痕のほうが、好都合だな。このネクタイを、よそへもって行った理由になるからね。さあ、部屋にもどって、諸君に訊《き》いてみようじゃないか」

ダンディは、ネクタイを、ポケットにしまって、もう一ぽうのポケットに、ネクタイピンをもったままの手をつっこんだ。「よかろう――わしらは、あの汚点《しみ》を、血痕だということにしよう」

二人は、居間に入った。ダンディは、ブリスから、ブリスの細君へ、ブリスの姪《めい》へ、家政婦へと、次々に、視線をうつして行った。どいつもこいつも、気に喰《く》わんやつばかりだというような眼つきだった。ポケットから、握った手を出して、グッと前に突き出し、指をひらいて、手のひらの三日月《みかづき》形のネクタイピンを見せた。「これは、なんだね？」

一番はじめに、口をきいたのは、ミリアム・ブリスだった。「あらッ、パパのネクタイピンだわ」

「そうかね？」ダンディは、納得できないような口ぶりだった。「今日もつけていたのかね？」

「いつだって、つけていましたわ」娘は、賛成をもとめるように、ほかの人たちを見まわした。

「ええ、そうでしたわ」ミセス・ブリスが、合いづちを打った。ほかの人たちは、うなずいた。

「どこにありましたの？」娘が、たずねた。

ダンディは、ますます気に喰わんというように、みんなを順々にねめまわした。顔が、赤らんでいた。「いつでも、それをつけていたというのに、君たちの中に、ネクタイピンをつけていたはずだが、どうしたのだろう、と、そんな疑問を起して、口にしたものが、一人だっていたかね？　いなかった。このネクタイピンについて、君たちから、ひとことでも引っぱり出すには、品ものの出てくるまで、待たなければならなかったのだ」

ブリスが、口を出した。「いいがかりは、やめて下さい。ぼくたちが、そんなことに、気のつくはずはないじゃありませんか」

「気がつこうがつくまいが、そんなことは、どうでもいい。どうやら、わしの知つていることについて、ちつとばかりしやべらせてもらつていいときになつたようだ」ダンディは、ポケットから、緑いろのネクタイをとり出した。「これは、マックス・ブリスのネクタイかね?」

ミセス・フーパーがこたえた。「そうです」

「ところで、これには、血がついているが、これは、あの男の血ではない。なぜかといえば、あの男のからだには、ぜんぜん傷が見あたらなかつたからだ」ダンディは、眼を細めて、一人一人の顔をみつめた。「さて、君たちが、ネクタイピンをつけた人間の、首を絞《し》めようとして、とつ組み合いになつたとしよう。すると——」

ダンディは、とちゆうで、ことばをとぎらせて、スペードを見た。

スペードは、ミセス・フーパーの前に、歩いて寄つていた。家政婦の大きな両手は、胸《むな》もとで、にぎり合わされていた。スペードは、その右手をつかんで、グイとひねり、手の中から、クシャクシャにまるめたハンカチーフを、ひつたくつた。手のひらには、二インチばかりの長さの、新しい掻《か》き傷《きず》があつた。

ミセス・フーパーは、さからいもせずに、自分の手をしらべさせた。その態度は、少しも平静を失つていなかつた。なにもいわなかつた。

「これは?」スペードが、たずねた。

「ミス・ミリアムが、気絶なすつたときに、ベッドにお寝かせしようとして、留めピンで怪我《けが》をしたのですよ」

ダンディが、辛辣《しんらつ》な短かい笑い声を立てた。「どうせ、それで、首を絞《し》められることに決《き》まつたようなもんだ」

家政婦の顔は、ぜんぜん変らなかつた。「神さまにおまかせしますよ」

スペードは、のどの奥で、妙な音をさせて、家政婦の手をはなした。「さあ、どういうことになるか、考えてみようじやないか」ダンディに、ニヤリと笑つて見せて、「君は、あの星がたにTのマークが、気にならんのかね？」
「まつたく、見当がつかんからね」
「ぼくだつて、つかないさ。トールボットの脅迫は、たぶんホンものだつたのだろうが、その借金は、どうやら片がついているらしい。そこでだ——あ、ちよつと待ちたまえ！」スペードは、電話のところへ行つて、自分の事務所を呼んだ。相手の出るのを待ちながら、「ネクタイの一件も、さつきは、どうも納得が行かなかつたが、そいつは、まあ血痕のほうからなんとかなるだろう」

電話に向つて、「もしもし、エフィだね。いいかね、ブリスから、ぼくに電話がかかつてくる三十分かそこら前に、なにか素性《すじょう》の怪しい電話が、かからなかつたかな？　そう、なにか、インチキ臭いと思えるのが……うん、三十分ほど前にだ……思い出してごらん」

スペードは、送話口に、手でフタをして、ダンディに話しかけた。「世間には、ずいぶん目茶ないたずらをするやつがいるからね」

また、電話のほうに、「なに？……うん……クルーガーだね？……うん。男か女か？……いや、どうもありがとう……いやいや、もう三十分もすれば片づくよ。待つていたまえ、晩めしをおごるから。さよなら」

スペードは、電話口をはなれた。「ブリスの電話の三十分ほど前に、ある男が、ぼくの事務所に、ミスタ・クルーガーに話があるといつて、電話をかけてきたんだがね」

ダンディは、肩を寄せた。「だから、どうだというんだね？」
「クルーガーは、いなかつたんだ」

ダンディは、一層肩を寄せた。「クルーガーというのは、誰だい？」
「知らんね」スペードは、やわらかな口調でこたえた。「きいたこともない名前だよ」ポケットから、きざみタバコと巻き紙をとり出しながら、「さあブリス君の傷は、どこだ？」
「なんですつて？」シオドア・ブリスが、ききかえした。ほかの人たちは、あつけにとられて、スペードの顔をみつめた。
「君の傷さ」スペードは、ワザとのようにノンビリとした口調で、くりかえした。その眼は、巻いているタバコに注《そそ》がれていた。「君が、兄さんの首を絞《し》めたときに、ネクタイピンに喰いつかれた傷だよ」

「あなたは、正気ですか？　ぼくは――」

「うふう、君は、兄さんの殺されたときには、結婚式をあげていたというんだな？　ところが、そうじやなかつた」スペードは、巻き紙の縁《へり》を濡らして、人さし指でなでつけた。

ミセス・ブリスが、口を出した。いくぶんどもり気味に、「しかし、あのかたは――マックス・ブリスは、あなたに、電話を――」

「マックス・ブリスが、ぼくに電話をかけたとは、誰がいうんです？　ぼくは、知りませんよ。ぼくには、声がわかりませんからね。ぼくの知つているのは、ある人から、自分はマックス・ブリスだがといつて、電話がかかつてきたことだけですよ。そのくらいのことは、誰にだつていえます」

「でも、通話先の記録を見ると、ここからかけていますわ」

スペードは、頭を振つて、微笑をうかべた。「たしかに、それには、ここから、ぼくのところに、電話をかけたことになつています。しかし、それはその電話ではありません。さつきもいつたように、マックス・ブリスらしく思わせた電話の三十分かそこら前に、誰かが、ミスタ・クルーガーはいないかといつて、電話をかけてきているんです」シオドア・ブリスのほうに、うなずいて見せて、「この先生なら、なかなか抜け目がないから、あなたに会いに出かける前に、ここから、ぼくの事務所に、電話をかけたことを、記録にとらせるぐらいの芸当はやりますよ」

ミセス・ブリスは、ものもいえないほどビックリした青い眼を、スペードから、自分の夫にうつした。

「ねえ、君、そんなバカな話があるもんか」ブリスの口調は、軽かつた。「君だつて知つている通り――」

スペードが、とちゆうから、そのことばを引きとつた。「あなたも知つている通り、この先生は、判事を待つている間に、タバコをのみに、廊下に出ました。廊下に、電話室のあることを知つていたんです。一分もあれば、用はすみますからね」スペードは、タバコに、火を点けて、ライターを、ポケットにしまつた。

「バカなことを！」ブリスは、少しあわてたようないいかたをした。「なんだつて、ぼくが、兄貴を殺したりするもんか」細君の脅えた眼に、安心させるように笑いかけながら、「つまらんとり越し苦労だよ。警察のやりかたは、ときどきこんなふうに――」

「よし」スペードが、声をかけた。「そんなら、傷をしらべさせてもらおう」

ブリスは、クルッと向きなおつた。「そんなことをさせて、たまるものか！」手が、うしろにまわつた。

スペードが、木彫りのような顔に、夢を見るような眼をして、突進した。

スペードと、エフィ・パーリンは、テレグラフ・ヒルの、ジュリアスのやつているキャッスルの小さなテーブルに向つていた。そばの窓ごしに、あかりの一ぱいついた渡し船《フェリ・ボート》が、湾の向う岸の街《まち》の燈《ひ》を目あてに、往《ゆ》き来《き》しているのが見えた。

「……それも、ワザワザ殺しに乗りこんで行つたわけではなく、ちよつと脅《おど》かして、もう少し金を出させようぐらいのつもりだつたんだね」スペードが、話をすすめて行つた。「ところが、とつ組み合いがはじまつて、両手が、相手ののどくびにかかつてしまうと、重なる恨《うら》みに、火がついて、マックスの死ぬまで、手をはなせなくなつてしまつた、ということなんだと思うよ。断つておくが、ぼくは、証拠からわかることと、細君の口から引き出したことを、つなぎ合わせて、そういつているだけで、当の本人からは、大してきいていないんだ」

エフィは、うなずいた。「まつたく、忠実ないい奥さんだのにね」

スペードは、コーヒーを飲んで、肩をすぼめて見せた。「それが、骨折損のくたびれもうけなんだよ。今になつて、あの男が、自分を相手にしたのは、自分が、マックスの秘書だつた、それだけの理由からだということを、思い知らされるのだからね。二週間ばかり前に、結婚の話をもちかけたのも、グレイストーンの貸附け詐欺に、マックスが関係のあつたことを証拠立てる書類の写し《コピー》を手に入れるために、それまでの間、あの女を、自分に引きつけておこうとしただけのことだ。フタをあけて見れば、あの女のやつたのは、いいがかりをつけられた無実の男が、汚名《おめい》を雪《そそ》ぐのを、手つだつただけのことではなかつたのだよ」

また、コーヒーをひとすすりして、「そこで、とにかく、あの男は、今日の午後、サン・クェンティン刑務所行きをタネに、もう一度ゆすつてやろうという下心《したごころ》をいだいて、兄貴を訪ねて行つたところが、とつ組み合いになり、そのあげくに、相手を殺してしまつた。のどを絞めている間に、相手のつけていたネクタイピンで、手くびを引つかかれた。ネクタイには、血がつくし、手くびには、怪我《けが》をするし——そのままには、しておけなかつた。死体から、ネクタイをとりはずし、ないままにしておけば、警察の小首《こくび》をかしげさせることになると思つたものだから、べつのネクタイをさがした。そこに、悪運のタネがひそんでいたんだ。ネクタイかけの一番前には、マックスの新しいネクタイがかかつていた。シオドアは、まつ先に手にさわつたのを、つかみとつた。それはそれでいい。さて、そのネクタイを、死んだ男の首にまきつける段になつて——ちよつと待てよ——もつといいことを思いついた。いつそのこと、ついでに、着ているものを、もつとぬがせて、警察を迷わせてやれ。シャツまでぬがせてしまえば、ネクタイなど、していようがいまいが、大して目にはつくまい。シャツをぬがせながら、また、べつのいい知恵がうかんだ。ほかにも、警察が頭をいためるタネをつくつておこう——というわけで、死人の胸に、どこかで見た記憶のある神秘的な記号を描いたのだ」

スペードは、自分のカップを、空つぽにして、下におき、話をすすめた。「そうなると、あの男は、自分でも、警察を困らせる名人のような気もちになり、次から次へと、なにか新しい手を考え出さずにはいられなくなつた。こんどは、マックスの胸と同じサイン入りの脅迫状だ。デスクの上には、午後の郵便物があつた。宛名が、タイプしてあつて、返送先の記入してない封筒であれば、どれでもいいわけだが、ちつとはエキゾチックな味わいも欲しいというので、フランスからきたやつをえらび、中味を、脅迫状とすりかえた。ここまできては、もうどうしたつて行きすぎだよ。つじつまの合わないことが多すぎると、もっともらしいことまで、疑わずにはいられなくなる——たとえば、電話の一件だ。

「さて、こんどは、その電話をかけて、アリバイをでっちあげればいいことになった。電話帳の私立探偵の中から、ぼくの名前をひろい出して、いもしないミスタ・クルーガーの在否をたずねるという芸当をやってのけた。しかしその前に、シオドア・ブリスは、金髪女のエリーズを呼び出して、自分たちの結婚の障害がなくなったということばかりでなく、用事で、ニュー・ヨークに行くことを頼まれ、それも、直ぐに発《た》たなければならないので、十五分以内に会って、結婚式をあげたいのだがということを話した。これは、単にアリバイをつくるだけの目的ではなかった。つまり、シオドアは、自分が、マックスを憎んでいることを、相手の女に知られているので、相手に、マックスを殺したが、自分ではないことをどこまでも信じこませなくてはならなかったし、また、ヒョッとすると、女が、二と二とを足して、案外、正しいようなこたえを出さないともかぎらないので、自分が、マックスの秘密を手に入れるためだけに、つきまとっていたと思われてはならなかったのだ。

「これだけのことをしてしまえば、あとは、出て行くばかりだった。堂々と出かけていいわけだが、ただ一つ気になったのは、ポケットのネクタイとネクタイピンの始末だった。ネクタイピンをもち去ったのは、ずいぶん注意して拭いたつもりでも、宝石のまわりの隙間にこびりついた、眼に見えない血痕を、警察に見破られない自信がもてなかったからだった。出かける途ちゅう、新聞紙をひろい上げ——建物の出口であった新聞配達から買ったのかもしれない——まるめたネクタイとネクタイピンを包みこんで、街角《まちかど》の屑もの罐の中に落しこんだ。これで、首尾は上乗《じようじよう》のように思えた。警察がネクタイなどを、さがしまわる理由はなかった。屑もの罐を片づける掃除人夫が、クシャクシャにまるめた新聞紙の中をあらためる理由はなかった。万が一、どこかに手ぬかりがあったとしても、それを、そこに捨てたのは、自分でない殺人犯人なのだ。シオドアが、殺人犯人ということは、あり得ないのだ。なぜかといえば、自分には、チャンとアリバイがある。

「それから、かれは、自分の車に、とびこんで、市役所まで走らせた。そこに、電話が、ドッサリあることは、知っていた。ちょっと手を洗ってくるというぐらいのことは、いつだっていえる。しかし、そんな苦労はいらなかった。判事が、審理をすますのを待っている間に、タバコを一服しに、廊下に出た。そして――『ミスタ・スペード、マックス・ブリスですが、ぼくは、脅迫されています』というわけだ」

エフィ・パーリンは、うなずいた。「その人、どうして、警察でなくて、私立探偵を電話をかける相手にえらんだのかしら?」

「安全をねらったんだね。グズグズしているうちに、死体を発見されたら、警察は、直ぐに知らせを受けて、問題の電話を、それからそれへと辿《たど》りにかかるだろうからね。私立探偵なら、新聞で読むまで、そんな事件を耳にしたりしないのがふつうだよ」

エフィは、声を出して笑った。「すると、あなたの運がよかったのね」

「運がよかったって? さあ、どうかな」スペードは、うかぬ顔で、自分の左手の甲を見た。「ぼくは、相手をとめようとして、拳固《げんこ》をいためたし、仕ごとを、セッカク引き受けたつもりのが、たった半日ですんじやったし。ほどほどの勘定書きを、送りつけたところで、誰が遺産を管理するのか知らんが、相手にされないかもしれないよ」片手をあげて、給仕を呼び寄せながら「まあいいさ、この次は、もうちっとマシなことがあるだろうよ。映画でも見に行くか、それとも、ほかに、なにか用があるかね?」


（砧　一郎　訳）

大暗号

メルビール・ダビッソン・ポースト

幻の国のような――何もかもが、この世のものとは思えぬ夜だつた。

街はおぼろにかすんで見えなかつた。靄の中へ溶け込んで行くような並木の彼方には、国立記念館の尖塔が夜空に白く聳えたつていた。

この館の南の柱廊のあたり、燈火はすつかり消されて重い闇の中にはジャスミン草や忍冬の芳香が漂つていた。

その闇の中から太い男らしい声が聞えた。

「ヨンケル君。わしはあんたが、このアメリカへ来てくれたことを非常に好都合だと感謝しているのですよ。それと申すのは、あんたに、あのショウバネーの探険について少々訊ねてみたいことがあつたからです。わしはショウバネーとは南アメリカで知り合いになつたことがあるが、彼は実に探険家としては第一人者と言うべきでしよう。ところで、彼の死には、一体どんな秘密がひそんでいるのだろう？　あの当時の新聞の報導では、どうも信じがたいところがあるのです。それは、あまりにも奇々怪々なことばかりで――」

闇になれた眼には、ほのかにフランス紳士の姿を見ることが出来た。彼は両足を投げ出すようにして、椅子に身を沈め、その手に火のついていない巻煙草を、しきりにもてあそんでいた。

「閣下。あれは今もなお、真実でございます」

その声は少し低かつたが、はつきりとしていた。

「あの奇怪な物語りがかね？」

その太い声は意外というようであつた。

「真相はその当時の報導よりも、もつともつと奇怪なものなんです」とフランス紳士は落ちつき払つた声で話し続けた。「誰もそれを信じるものはないでしよう。あのショウバネーの探険日記が発表された時には、誰も彼もが、ショウバネーは気狂いになつたものだと思いました。あの探険日記に書かれているようなことが、ありうべきものとは、どうしても信じられなかつたのですもの——。だが、あの探険日記の中の一言一句は真実ならざるものなしと言つてもいいのです。それにはエメラルドが関係しているのです」

円柱の暗い蔭になつて、その姿は見えなかつたが、フランス紳士ムッシュウ・ヨンケルの話し相手であるこの館の主は、おもわず驚きの声をあげて、

「エメラルドが関係していたとすれば、ショウバネーは、探し求めていたものを発見したにちがいない。だが、あの探険日記はどうしても真実のものとは、信じられない。あの探険日記の最後のページあたりになると、全く、狂人の妄想としか考えられない」

だが、ヨンケルは相変らず落ちつき払つた調子で言つた。

「閣下。あの探険日記の最後のページを書いたものこそ、狂人どころか、私たちの最も尊敬おくあたわざる偉大にして賢明な人物であつたのです。彼は自分の死の近づいて来たことを知り、どうしても逃れられないとさとるや、凡庸人では、とうていなしとげられない素晴しい計画を思い立ったのです。私はこのショウバネーの賢明な計画のことを思うと、いつも感心させられてしまいます」

暗い中で椅子を動かすような物音がした。

「わしには、あんたの言うことが判らない。ショウバネーが南アフリカの奥地へ何を探し求めて行つたかは、わしも知つている。バールで彼と狩猟を共にした時、しみじみときかされたことがあるのだが、なんでも彼はコンゴウの少し北にあたるアフリカ中部の蛮地に古代文明の遺跡があるという手がかりを発見したと言つていた。それは象牙採集家の通る古い道筋から手がかりを得たとも言い、また、奴隷商人の話から得るところがあつたとも言う。その当時、わしはショウバネーが、そんな不充分な手がかりから夢のようなことを考えているのを笑つたことがある。今にして思えば、この地球上のどこかに、古代華やかな文化のあつたということを誰が否定出来るだろう？　われわれ人類の歴史というものは、われわれが想像している以上に古いものであるかも知れないのだから——。だから、わしはショウバネーがさがし求めていたものの手がかりを発見したと聞いても、少しもおどろかなかつた。彼は世界一流の考古学者で、まだ、この世の中に発見さ

れていない種々のことを知つていた。彼は世界の探険家としても屈指の者だつたろう。もし、この世の中で象牙採集家の足跡をたどつて、コンゴウから北東へ進み、アルバート・ニヤンザ湖まで行つた人があるとすれば、それは彼ショウバネーその人にほかならないのだ。わしにはショウバネーにして、はじめてアルバート・ニヤンザ湖まで行つて、種々の古代文化の手がかりを探し得るものと固く信じていたのだが、あの探険隊員の一人が持ち帰つた彼の探険日記を見るに及んで、自分の確信をあやぶまずにはいられなくなつた。あるいは、あの探険日記の最後のあたりを書いた時分には、もうショウバネーは正気でなかつたのかもしれない。誰だつて、あんな蛮地の奥深くまで探険すれば正気を失うにちがいない。赤道直下に横たわる深林は三千マイルにも及び、その中にひそむ危険は、とうてい、われわれの想像にもつかないものがあるだろう。やつとアルバート・ニヤンザ湖へ、あらゆる危険をおかして到着することが出来たとしても、その時には、もう気が狂つていたにちがいない」

「その通りですよ、閣下――」とムッシュウ・ヨンケルはおだやかな調子で言つた。「わがフランス政府当局も、やはり、閣下と同じ意見だつたのです。ショウバネーは最後に気が狂つたものと思つています。だが、閣下――。ショウバネーは決して発狂していたのではないのです。彼は正気で、しかも、常人以上に賢明だつたのです。如何に彼が正気であり、また、いかに賢明であつたかは、この事件を、よく心の中で考えてみると判る筈です。私も、ながらく、このことに気づかなかつたのですが、今となつては、どうして自分がそれに気づかなかつたかと、彼の探険日記の最後のあたりを怪しんだ以上に、自分の不明だつたことを怪しむくらいです。私が気づいた最初の手がかりは、ショウバネーがどうして自分の死後、その探険日記をパリへ届けようとしたかというその手段だつたのです。彼は探険日記の終りのところに『この日記を無事にパリまで送り届けし者には、余の遺産管理人より五千フランの謝礼金を与えらるべし』と書きのこしていたのです。そのために、彼の探険日記は、その日記の中で活躍している彼の三人の部下の中の一人の手で無事にパリへ持ち帰られたのですが、探険隊員で生き残つて帰つて来たのは、その男一人限りだつたのです。すると他の二人の部下はどうなつたのでしよう？　いや、ショウバネーの探険隊に最初加わつて行つた人たちは一体どうなつてしまつたのでしよう？」

闇の中の相手は、熱心にムッシュウ・ヨンケルの言葉をきいているのか静かだつた。

「十二月十七日の朝、ショウバネーの一行が、イトリに到着した時には、人数はたつた四人だつたのだそうです。ショウバネーと三人の部下だけでしたが、この三人は世界中でも選り抜きの、がむしやら者ばかりだつたのです。彼等はいちかばちかの勝負をするつもりで、ショウバネーの一行に加わつていたのですが、これはショウバネーが選り好んで一行に入れたものではなかつた。ショウバネーのような人物が、どうしてこんな連中を好むでしよう。この三人はいつとはなしに、ショウバネーの一行について来たのだが、コンゴウを去る頃からいつのまにか探険隊員となつてその一行に加わつてしまつたのです。まつたく、この三人は——即ち狼のような顔のパリ生れの無頼漢レタークと船乗りのフィンとデックス船長と呼称されていたアメリカ人とは、ショウバネーにとつては悪魔の護衛のようなものだつたのです。ショウバネーの探険日記を持つて帰つたのは、パリ生れの無頼漢レタークだつたが、この男は三人のうちでも最もしたたか者だつたのです。探険隊員で、ショウバネーと最後まで生き残つたのは、この三人の危険な人物だつたのです。彼等三人に関するショウバネーの感想は、探険日記の或るページに詳しく書き残されているのだが、それとても、どう思つたのか途中で消したり、書きなおしたりしてあるのです。しかし、それから以後の日記では、急に彼等三人を非常に賞讃した口吻が現れているのです。彼等の精力、彼等の勇気、彼等の不撓不屈の精神、彼等の忠実など、ほとんど日記の終りごろまで書き続けられているのです。勿論、これは危険に直面していた彼等としては、なんとか、この危地から逃げ出したい心から、ショウバネーを助けて、献身的に働いていたものにちがいないと思われるのです。三人とも非常に、無智で乱暴な人物ばかりだつたが、フィンとデックス船長とにくらべて、レタークだけは少しぐらい読み書き出来る方だつたので、それだけに、彼は、また、他の二人よりは、より以上に奸智にたけたところがあつたのです。しかし、彼の奸智も、ショウバネーの深淵な智謀の前には問題ではなかつた。彼等三人は無学で迷信深い一面、また、非常に無謀で命知らずだつたのです。ショウバネーの探険日記を読んで、第一に感心したことは、彼がこの三人をしつかりと認識していて、巧みに、その力を利用しているということです。それと彼は日が経つにつれて自分の境遇というものを、はつきりと知るようになつていたということです。彼は自分の運命の先の先まで、見とおしてしまつていたのでした。この事実は、彼の探険日記について、最も特筆すべきことでしよう。私は何人といえども、彼ほど自分の身辺を知り、前途を察する力を持つていた者はないだろうと思うのです。

「私はショウバネーの探険日記を出来る限り綿密に読んでみました。彼の心境の変化は十二月十七日の記述のころから微かに知ることが出来るのです。もう、その時分にはショウバネーの探険隊員は、殆んど十分の一ほどになつてしまつていたのです。ショウバネーの一行はスタンレーの探険隊が味わつたと同じように、倭人族の毒矢に少からず、なやまされたのでした。この倭人族の毒矢は、ふしぎなことには土人達には、非常に致命的なものだつたのですが、白人種には、あまり効果がなかつたようです。だから、彼の探険隊の一行も、最後にはショウバネーと三人の白人部下とだけが生き残つて、深林から命からがら逃げ出して来たという次第でした。ショウバネーも倭人族の毒矢については研究していたということですが、結局はスタンレー以上には知ることが出来なかつたのでしよう。スタンレーの探険記にも書かれている通りに、この倭人族の毒矢は白色人種を殺すことが出来ないのですが、倭人族も、このことをよく知つていたものとみえて、ショウバネーの探険隊に対する襲撃も、四人の白人たちよりも、土人に向つて集注されたものと思われるのです。そのためにショウバネーの探険隊員も最後に生き残つたのは四人の白人達だけだつたのです。勿論、探険隊の人数は、初めから多数ではなかつたのです。ショウバネーは自分の目的を達するためには、そう大多数の隊員を必要としなかつたのです。ところでショウバネーのエメラルド発見は、全く偶然なことで、大木に押し倒されていた古い壁を取り除けようとしていて見つけ出したのだそうです」

ムッシュウ・ヨンケルは暫く言葉をやめていたが、また、話を続けて、

「大抵の冒険談を好む人たちは、これらのアフリカ土人達に対しては、ずいぶんと怪奇な想像をしているものですが、実際には、特にこれという怪奇なことはなかつたのです。この赤道直下に横たわる深林の中には、倭人族が住んでいて、夜中になると毒矢を持つて襲撃して来るのだそうですが、スタンレーの探険記にも、この毒矢の襲撃になやまされたことが、ふんだんに記述されています。この倭人族の部落はスタンレーの探険記の地図にも詳細に記入されているが、今や、コンゴウは、この倭人族のために勢力を殆んど奪われてしまつているといつてもいいでしよう。ショウバネーの探険日記によるとその隊員として使用していた土人たちについては何も変つたところがなかつたようです。先刻も申しました通り、ショウバネーの探険日記に現れた怪奇というのは、彼等が最後の四人となつて、深林から命からがら逃げ出して来たという十二月十七日から始まつているので、勿論、その日以前からも少しながら変つた記述が現れていますが、それはショウバネーが不眠症にかかつていたということからでしよう。彼は臭素加里を鎮静剤として使用していたが、どうもあまり効果がないようでした。あるいは臭素加里が初めから粗悪なものであつたのか、また、途中で変質したものか——。彼はそのために他の者にも、その鎮静剤を服用せしめてその効果を調べてみたのでしたが、薬の効き目は確かなものでした。彼はそのために一層、悶々のうちに一夜をあかすことが多くなつたのです。このことは十二月十七日以前、即ち、まだ彼等がコンゴウの深林内にいた頃から起つていたことにちがいないのですが、このような蛮地の奥深く探険に苦心したものにはありがちのことなのです。うつそうと繁茂した大樹は全く空を覆いつくして昼なお暗く、足もとは殆んど泥地で、いろいろの蔓草や毒虫や爬虫類が発生しており、空気はあらゆるものの腐朽した臭気に満ちている。その上に恐ろしい強敵として倭人族の毒矢の襲撃が執拗に続けられる。これでは士気も銷沈せざるを得ないでしよう。ショウバネーの不眠症にかかつたのも無理ないことと思います。いや、彼の士気を挫い

たのは、こんなことのみではなかつたのです。彼は自分の前途に一つの暗影を見つけたのです。私は彼の探険日記を一言一句もなおざりにしないように調べてみて、誰もが、まだ、気づかなかつた重大なことを知ることが出来たのです。それは大戦の頃、ドイツ軍が使用した最も利口な暗号文の形式だつたのです。表向きは普通の家庭的な通信文ですが、その内容をよく調べてみると重大な軍事上の命令を含んでいたという、あれと同じようなものだつたのです。私のこの考えかたは、あまりに奇怪すぎるのでパリの政府当局でも信じかねたのですが、私はあくまでも自分の考えかたが正しいものだと思つていました。

「ショウバネーの一行がコンゴウの深林から逃げ出して来たのが、十二月十七日で、それから彼等はアルバート・ニヤンザ湖を眼下に見おろし、東には山脈をひかえた青草の美しい丘の上へやつて来たのです。これは予定よりも十日早く到着していました。この地は以前に、スタンレーが探険した時、酋長エミン・パシャと会見を行つたところだといわれています。スタンレーは、この地よりも、もつと探険をすすめて行つたのでしたが、ショウバネーは彼の探険をこの地で終つてしまつたのです。彼等の一行はこの美しい丘の芝生の傾斜地に露営のテントを張つたのでした。ショウバネーは探険隊の用具としては最新式のものを揃えていたので、このテントの位置なども、実に正確に記載されているのです。ことに、この地における露営のテントの位置の表示については、最も細密と正確とに努力したことが明らかにわかつています。それは、あたかもベルギーの国境の境界標の如く確然たるもので、今日、私たちの手によつて一メートルの誤ちもなく明示することが出来るのです。これについては、ショウバネーも、随分苦心努力したものとみえて、彼はレタークと共に、数日テントに居残つて仕事に従事したのだということです。

「湖への道は眼下に展開されていた。湖を渡る船の都合が、十日早過ぎたため齟齬をきたしてしまつた。その間、船の来るまでに、道の調査をしておく方がいいと思つたので、フィンとデックス船長とは、テントにショウバネーとレタークを残して出かけてしまつたのです。テントに残つたショウバネーは、ここで彼の探険日記の最後を書き綴つたのでした。彼の十二月十七日以前における記述の中で特筆すべきことは、彼が不眠症にかかつていたということのみでしよう。いや、その他に彼の心の中に微かながらも一抹の暗影が兆しはじめていたということを忘れてはならないだろう。探険日記に書かれているところをみても、それは殆んど摑みどころのない漠然たるものです。ただ、不可思議なものが自分たちに、つきまとつているということだけのことです。彼は幾度その暗影を払いのけようとしたかしれないのですが、日が経つに従つて、だんだんと、それが濃く姿を現わして来るのみだつたのです。ショウバネーは、それを自分の不眠症から起る一種の幻影にすぎないものであると考えていたが、やがてはそれを何かの前兆ではないかと思うようになつたのです。

「勿論、ショウバネーの探険日記を手にした私たちは、このような暗影に対する彼の不安やそれから後に起つた怪奇な出来事は、みな彼の神経系統の欠陥による幻影であろうと断定を下していたのですが、これはとんでもない大間違いでした。いや、この奇怪な記述こそ、その当時のショウバネーの最も明澄な心境を現わしているものといつてもいいのです。

先刻も申しました通り、ショウバネーの探険日記中に記録されている三人の部下の彼に対する忠勤振りは、大いに意味のあることなのです。ショウバネーの精神状態から、彼等は非常な危険をさとつて自分たちの所持していた兇器めくものは一切破棄することにしたのです。もし、このような状態ですすんで行つたらショウバネーは自殺するかも知れないという危惧の念にかられていたからだつたのです。

「この辺からショウバネーの日記には、彼が見たという奇怪なものの記述が現れて来るのです。彼はテントの近くへ怪しい物影がさまよい来るのを見たというのです。恰度、先刻も申し上げた通り、ショウバネーの一行がコンゴウの深林から逃げ出して、アルバート・ニヤンザ湖を見おろす緑の丘の上にテントを張つたその夜のことだつたのですが、彼は夜中に何者かのために顔を撫でられたような気がして眼をさましたのです。何か羽毛のようなもので撫でられたような軽ろやかな触感だつたが、はつきりと感じることが出来たということです。彼はおどろいて手で暗闇の中を払つたが何も手にあたるようなものはなかつた。このようなことが一晩中に幾度も起つたのだが、少しもその正体を摑むことが出来なかつたそうです。朝になつてショウバネーは三人の部下に、そのことを話したが、彼等は少しもそんなことは知らないということでした。しかし、それは少しの物音をも立てなかつたのだし、テントの中へ忍び込んだらしい形跡も見あたらなかつたのです。

「その翌晩も同じようなことが起つた。今度は、はつきりと顔を撫でるのを感じたので、彼は直ちに暗の中で両手を振り廻して、何かをさぐりあてようとしたのだつたが、やはり何もなかつたのです。少しの物音もしなかつたので、同じテントの中に寝ていた三人の部下は眼さえさまさなかつたほどでした。もし、真実に怪しいものが、テント内へ忍び込んで来たものとすれば、その怪物は三人の部下には目もくれず、ひたすら、ショウバネー一人を狙つていたものにちがいないのです。彼等の一行が兇器類を破棄することにしたのは、恰度その日のことだつたのです。そしてフィンとデックス船長とが外出することになつたのですが、レタークのみは万一のことを心配して、ショウバネーの身辺護衛の意味でテントに残ることになつたのです。ショウバネーの探険日記には、この辺の消息をかなり明瞭に書き残しているのです。二晩にわたる怪しい物の襲撃をうけた彼は、あるいは精神錯乱を起して自殺しかねまじき危険があつたのでレタークが残つて彼を監視することになつたのです。

「恰度、三日目の夜、ショウバネーはレタークとたつた二人きりでテントに一夜をあかしたのでしたが、その時、彼は遂に怪物の姿を見つけることが出来たのです。朝の三時ごろだつたと記録には残つています。彼はその夜一睡もせず、じつと眼を閉じたままで起きていたのでした。それが、どうして眼を開けたか彼自身にも、はつきり意識しなかつたということです。腕時計によると、それは三時に十七分前だつたとのこと——その夜は満月だつたのでテントの入口の隙間から射し込む光りで彼は時間を知ることが出来た。あたりはひつそりとしていた。恰度、その時、テントの中へ煙りのように物音もなく入つて来たものがあつたのです。ショウバネーは確かに、その姿を認めた。怪しいものはテントの中へ入つて来ると、暫くは、じつとたたずんだままで、あたりの様子をさぐつているようであつた。その怪物は、身体に比べて頭が非常に大きく六角形で、その輪郭は、はつきりとしていたが、怪物の正体そのものは、いたつて朦朧としたものだつたのです。頭の次には胸部と腹部が大きく、手足は蜘蛛か蟹のように細く長くて、関節が目立つていた。そして、その身体全体がこれまで見たことのない真紅の色をしていたというのです。ショウバネーのこの怪物に関する印象は皮膚を剝ぎとつた真赤なミイラのようなものであつたということだが、暫くすると、それは煙りのように消え失せてしまつて、その後には元の月光の下のしずかな夜のみが残つていたということです」

ムッシュウ・ヨンケルはここで話をちよつと断つて、相手に考える余裕を与えるかのようであつたが、相手が話の続きをききたそうにしているのを知ると、また、言葉を続けて行つた。

「この夜以来、ショウバネーは毎夜のように、この真紅の怪物とその仲間たちを見たというのですが、彼と一緒に同じテントの中で寝ていたレタークには、それが少しも見えなかつたのです。ショウバネーは、この怪物について、いろいろのことを知るようになつた。怪物たちは視力が鈍いことや、地中に棲息していることや、その彼等の世界がテントの近くであることなどを発見したのでした。偶然にもショウバネーのテントが怪物の地下の入口の近くに張られていたらしかつたのです。私はこのショウバネーの探険日記に書かれている怪物の姿はウエルズの小説にある地下に住む人類の姿と同じようなものだと思うのです。多分、彼もウエルズの小説を読んでいたので、このような幻影を見たのかも知れないが、この記述こそ、閣下をはじめパリの政府当局の人達をして、ショウバネー発狂せりと信ぜしむるにいたつたものに相違ないのです。蛮地探険による心身の疲労と、それに次いで起つた不眠症のために、彼ショウバネー発狂せりと信ぜしむるにいたつたのも無理ないことです。この一週間にわたる夜毎の、怪物の襲来は遂にショウバネーをして彼の胴衣に縫い込んでいた七個の巨大なエメラルドを狙つて来るものであろうとの結論にまで到達せしめたのです。この七個のエメラルドこそ世界中で最も純良にして巨大なもので、その裏面には、象形文字が彫り込んであつたということですが、その文字の謎はいまだに解かれていないのです。この謎のエメラルドが、忽然としてフィンやデックス船長が帰つて来る日の前日に姿を隠してしまつたのです。レタークは絶えずショウバネーの動静を監視していて、殆んど彼の身辺から離れたことがなかつたのに、どうして七個のエメラルドが彼等の手から消え失せてしまつたのだろう？　ショウバネーは、このエメラルドの行方に関して探険日記に詳しく自分の意見を書いているのですが、それによると七個の宝石は地下の怪物に奪い去られたものにちがいないというのです。この最後の記述を読んで彼の三人の部下が、全くショウバネーは気が狂つたのだと考えたのも無理からぬことです。彼は三人の部下の忠実に働いてくれたことに関しては感謝しているのでした。よほど、この三人の部下の働きが気に入つたものにちがいない。彼は、もう自分の死が近づいて来たことを知つており、それで自分の死後、その日記を本国へ持ち帰つて政府に渡し、再び政府の手によつて探険隊を組織して、地下の怪物団から、この七個の宝石を奪いかえして貰いたいと遺書めいたことまで書いているのです。そして、その翌日、ショウバネーはフィンの猟銃で自殺してしまつたので、三人の部下たちは、全く彼が発狂したものにちがいないと思い込んでしまつたのです」

ここまで話して来たムッシュウ・ヨンケルの声は突然に力が籠つて来た。

「ほんとうにショウバネ！は気狂いになつてしまつたのでしようか——。閣下、あなたはショウバネーが何を計画していたか、お判りでしよう？　彼の探険日記が如何なる意味のものであるとお思いでしようか——」

ムッシュウ・ヨンケルの話し相手は柱廊の暗い中で、急に何か思いあたつたかのように、はたと膝をたたいて、響きのある声で、

「なるほど——。これは奇抜な考えだ。ショウバネーは自分の身辺のことを考えていたのだ。七個のエメラルドを発見した時から、自分の身辺がいかに危険に包まれているかを早くもさとつたのだ。そして自分は到底生きながらえて本国の土を踏むことが出来ないと観念するや、自分の探険日記を利用して暗号を作成し、フランス政府の手によつて、そのエメラ

ルドを取り戻させようと計画したのだろう。彼はそのために探険日記を何とかしてパリ政府の手に渡そうと苦心したのだ。素敵だ、実に素晴しい計画だ、わしは今まで、それに気づかず、ただ、彼は発狂したものとのみ思い込んでいた」

「誰もそう思うでしよう。だがショウバネーは気狂いどころではありません。彼は世にもふしぎな暗号を作つていたのです。自分の生命を狙つて、宝石を盗みとろうとしている三人の恐るべき部下たちの気付かないように、探険日記を暗号に使用していたのです。だから、彼の意図は少しも三人の部下たちに気付かれず、かえつて忠実振りを見せて、無事に本国政府の手へ彼等の一人によつて届けられたのです。ショウバネーは宝石を中にして三人の悪人たちの争いを前もつて知つていた。宝石を隠してしまえばフィンとデックス船長とはレタークが盗みとつたものと疑い、互に相争つて殺し合うだろうと思つていた。事実、レタークは悪事露見して、死刑に処せられる前に、自分がショウバネーをはじめ二人の仲間を殺したことを告白したのです。閣下――このショウバネーの探険日記こそは、実に前代未聞の奇怪な暗号だつたのです。閣下はショウバネーが探険日記中に記述した怪物の正体とエメラルドの在所とを、すでにお察しになつたことと思いますが――」

「その怪物の正体は蟻だ、赤蟻だつたのだ。そしてエメラルドはテントの近くの蟻の塔の中に隠されていたのだ――」


（西田政治訳）

チン・リーの復活

T・S・ストリブリング

エヴァグレーズ製材会社の支配人、ギャロウェイと、週末の客、ポジオリ教授とは、支配人の社宅《バンガロー》の朝食のテーブルで、認識能力という、なんともしかつめらしい問題について話し合つていた。製材所支配人は、そんなかけはなれた話題から、よもや、自分に直接関係のある事件が、おこつてこようとは、予想するどころか、夢にも思つていなかつた。ただ、なにげなしに、自分には、黒人《ネグロ》の赤ん坊とか、キューバ人とか、シナ人とかの顔かたちが、とても見わけがつかない、と、そんなことを、口にしただけだつた。

心理学者のポジオリが、なにかこたえようとしかけたとき、背の高い、やせつこけた白人が、コンクリートでかためた渡り道をやつてきて、朝食堂の金網《かなあみ》の間仕切りの直ぐ外に立ちどまつた。

「ダンナ」と、その男は、支配人に呼びかけた。「こんど、タンパ（フロリダ州西部の港町）から仕入れた馬鈴薯《ポテト》は、ニワトリどころか、ブタにだつて喰わされねえほどひでえもんなんだがね。どうしたもんかねえ」

「仕入れ先のファーバーガ会社に、手紙で知らせてやるんだな」

「それもいいが、そんなことしたらやつらは、テッキリ、あつしが、腹黒いことをたくらんでおると思つて、こんどからは、注文と一しよに、前金をよこせつていいますぜ」

「一たい、エヴァグレーズ製材会社は、いつからそんなに信用がなくなつたんだ」

「なあに、会社の馬鈴薯じやねえんだよ。あつしのでね。あつしが、船に売りこむつもりで仕入れた分なんだがね」

「ああ、そうか。そんなら、話はべつだ」

「だから、あつしは、今日、チン・リーが、買出しに行くついでに、ひと籠《かご》だけもたせてやつて、やつらが、あつしに、どんなに腐つた代《しろ》ものをつかませようとしやがつたか、見せてやろうと思つとるんですよ。送りかえすとなると、運賃がタダってわけにゃ行かねえが、チン・リーにもたせれば、ひと籠ぐらい、無賃の手荷物になるからね」

「うむ……なるほど、じゃあ、そうするんだな。こんなときに、お前が、自分の正直なことを、見せつけてやるのも、いい考えだ――こんど、なにくわぬ顔でチョロまかそうというときに、役に立つだろう」

支配人は、くちびるをとじたままの口の中で、歯をあけて、自分のシャレが得意で、ほくそ笑むような顔をした。

金網《かなあみ》の外の男は、少しもおかしがらなかった。

「そんなら、チン・リーに話して、ひと籠《かご》もって行かせるとしよう」

男は、燃えるようにまっ赤《か》なポインシェイナ（熱帯産のマメ科の観賞用植物）の枝をくぐる庭の小径づたいに帰って行こうとした。

支配人は、自分のいったことが、相手の感情をそこねたかもしれないと思い、それをとりなそうとして、一生懸命になった。

「おいおい、ちょっと待て、アーブ。お前に、ポジオリ教授を紹介しよう。ポジオリ教授は、アメリカで一番の犯罪心理学者でいらっしゃる。マイアミの会議に出てこられたので、エヴァグレーズまで、足をのばしていただいたんだがね。先生が、ここにおいでの間に、お前は、ひとつ、台所のほうで、ウンと気前のいいところを見せてもらいたい。ミスタ・ポジオリ、これは、うちの料理人《クック》のアーブ・スカッグスです」

日に焼けた男は、金網ごしにのぞきこんだ。

「犯罪心理学者かね？」

「そうだ」

「どんなことを、なさるんだね？」

二人の紳士は、声を出して笑った。ギャロウェイが――

「ほかの人たちのことをさぐり出すのが、先生のお仕ごとさ」

「ははあ――すると、探偵さんかね？」

「そんなものかもしれん。しかし、そこらの普通の探偵にくらべると、われわれ伐採人《ランバー・ジャック》とくらべた、エヴァグレーズ製材会社の社長みたいなかただがね」

「へえ、よっぽどドッサリ、給金《きゅうきん》とっていなさるんだね」料理人《ツク》は、まじめ臭《くさ》った顔をした。「で、こんなところに、誰をさがしにきなすったんだね？」

「いや、そんな用じゃないんだ。週末に、魚釣《うおつ》りと、栄養をとりに、こられただけなんだがね」

いかつい顔をした男は、ヒョウキンな顔のつもりで、くちびるをゆがめ、しかめっ面《つら》をして見せた。

「魚釣りにも、大先生の腕前が役に立つといいがね」

その軽口《かるくち》をきっかけに、男は、まわれ右をして、製材所の炊事場《すいじば》のほうへ、もどって行った。

「スカッグスのやつ、いいじいさんだなぁ」支配人は、感に堪《た》えたようにつぶやいた。「いつも、片手間にやっている、船を相手のちっぽけな商売に、夢中になっていて、厄介《やっかい》なことがおこると、もちこんでくるんですがねえ」

会話は、しばらくと絶《だ》えた。やがて、心理学者が——

「ところで、さつきは、なにを話していたんだっけね？　ぼくは、なにか訊《たず》ねようとしていたんだが」

「さつきというと、スカッグスのやってくる直ぐ前のことですか？」

「そう」

「すると、はてね——一たい、なにを話していましたかねえ」

二人は、ちょっとの間、思い出そうとしてみたが、ものにならなかった。ポジオリが——

「そうだ、君に訊《たず》ねようとしていたことは、思い出したよ。君が、ほかのものにくらべて、とくにチョプスイ（アメリカ式のシナ料理。肉と野菜のゴッタ煮）が好きかどうか、それを知りたかったんだ」

「チョプスイが好きかというんですか？」ギャロウェイは、その風変りな質問に、微笑をうかべた。

「その通りだ。しかし、なぜそんなことを訊《たず》ねようとしたのか、それが思い出せない」

「そいつは面白い。しかし、いや、わたしは、チョプスイというやつは、一度も喰《た》べたことがなさそうだ。それにしても、どうしてそんなことが知りたかったのです？」

ポジオリは、解《と》けない問題をあきらめた人のように、頭を振った。それから、急に——

「うん、思い出した！　君は、黒人の赤ん坊とか、キューバ人とか、シナ人とかの顔は、とても見わけがつかない、と、そういつたんだ。君が、キューバ人や、黒人の赤ん坊になじみのあることはわかるが、シナ人となると、そんな議論の引き合いに出すほど会つたことがあるのかなと思つたんだよ」

「だつて、ここの炊事場《すいじば》の下ばたらきに、チン・リーというシナ人がいますよ」

「チン・リーだけかね？ チン・リーのほかには、シナ人を知らないのかね？」

「ぜんぜん知りませんな」支配人は、心理学者のもち出した問題に、興が乗つてきたようないいかたをした。

ポジオリは、眉を寄せた。

「ほほう、そうするとますますもつて妙なことになるぞ！」

「わかりませんな」

「つまり、君は、シナ人の顔を見わけることができない、と、まじめ臭《くさ》つて、そんなことをいつている。ところが、君は、シナ人といえば、ただの一人しか見たことがないとくる。君は、まじめだつたんだろうね――まさか、冗談をいおうとしたのじやあるまいね？」

ギャロウェイは、爆発するように笑い出した。

「まさか、そんな冗談をいおうとしたんじやありませんよ。まじめな話です」

「そうだとすると、まつたく驚くべきことだ。君は、シナ人を、たつた一人しか知らないのに、ぜんぶのシナ人が、見わけのつかないほどよく似ているなどと、そんな一般論を、一たいどういうことから引き出せたのだね？」

支配人は、おどけたように、考えこんで見せた。

「さあてね。チン・リー――チン・リーと――チン・リーのことで、なにがあつたかな？」しばらく、ジッと考えて、そのあげくにうなずいた。「そうだ。きつとそうにちがいない」

「というと？」

「バカバカしいと思われるかもしれませんな。きつとそうでしよう。こいつには、わたしも、今まで気がつきませんでした。実をいうと、わたしは、チン・リーという人間を、ホントには知らないんです。ホンのときたまにしか会わないし、一度会つて、その次のときには、もうどんな顔をしていたのか、まるつきりおぼえていないんですからね。むろん、総体として、シナ人だということは、わかりますよ。黄いろい顔に、眼が釣りあがつていて、シャツを、ズボンの外に出して着ている、と、そんなことは、知つていますが、具体的な人間としての、かれ自身は、おぼえていないんです。正直な話、今ここで、あれが、どんな顔をしていたか、どうしても思い出すことができません」

　ポジオリは、ビックリした顔になつた。

「いつごろから知つているんだね？」

「二、三年前から、ここではたらいていますがね」

「まつたくおかしな話だ。それは、一種の民族的固定観念《オブセッション》だろうね。つまり、君は、チン・リーのシナ人性《チャイニーズネス》――そんなことばがあるとすればだが――にとりつかれ、観念が、そこに固定されてしまつているもんだから、君の認識能力も、そこにとまり、個々の人間までは、及ばないのだよ。恐らくその根底には、われわれアングロ・サクソン民族の優越複合《スペリオリティ・コンプレックス》が、わだかまつているのだろうな」

　支配人は、笑つた。

「わたしは、そんなことを訊《き》かれるまでは、ちつともそういうふうには感じませんでしたがね」

「そう、人間というものは、自分の偏見《へんけん》とか、ゆがんだ見かたに、なれつこになつてしまうと、そんなもののあることに、まるで気がつかないものなんだ」

　ポジオリ教授は、そんなことよりも、ギャロウェイが、自分の知つているただ一人のシナ人の顔が、見るたびに、その前に見たときの顔とつながりがつかないという理由から、シナ人が、どれもこれも同じような顔をしていると結論を下したという、奇妙な事実について、考えこんだ。今までにお目にかかつたことのない、とつ拍子《びょうし》もなく不合理な推論なのだ。

　庭の渡《わた》り道《みち》を、一人の黒人が、あわてふためいてやつてくるのが見えたときには、ポジオリ教授は、かすかな微笑をうかべていた。そのまつ黒な男の表情が、科学者の注意をとらえた。黒い顔がゆがみ、灰いろを帯びていた。黒いヒトミのグルリに白眼が出ている。渡り道の少し向うで、足をとめると、うろたえた声で、呼びかけた。

「ダンナさま、ホンのちよつとお目にかかりてえんですが」

「どうした、サム、なぜ、お客さまのあるときに、邪魔をしにくるんだ？」

黒人《ネグロ》は、必死の身振り《ジェスチュア》をして見せた。

「ダンナさま、ホンのちよつとでよろしいんで、ぜひお目にかかりてえんです」

製材所の支配人は、やりきれないというように、肩をすぼめて見せて、ポジオリに説明した。

「サムは、夜番《よばん》でしてね、たぶん、眠つているうちに、材木を盗まれたので、あわてているというようなことなんでしょう」

支配人は網戸《あみど》をあけて、庭の三本目のポインシエィナの木のところまで、出て行き、幹《みき》に片手をかけて、面白くもなさそうな口調で訊《たず》ねた。

「一たい、どうしたんだね？」

黒人《ネグロ》が、なにをこたえたのか、それは、声が低くて、心理学者の耳にはとどかなかつたが、口をききながら、しきりに、製材工場と貯木場《ドック》のほうへ、うなずいて見せていた。しばらくすると、ギャロウェイが、だしぬけに、大きな声を出した。

「なにッ！ チン・リーが？」

サムが、また、なにかを説明した。

「どうして、そんなことになつたんだ？ 今でも、そこにいるのか？」

黒人《ネグロ》は、こんどは、ポーチのポジオリ教授を指さしながら、ながながと、なにかかきくどいた。ギャロウェイは、頭を振つた。

「いやいや、そんなつまらんことで、ポジオリ教授にメイワクをかけてはいかん。それに、教授は、仕ごとにこられたんじやない。ゆつくりからだをやすめて、釣をたのしみにこられたんだからな」

自分のことが、話題になつたのに誘《さそ》われて、心理学者は、声をかけた。

「ぼくに、なんの用があるというんだね、ミスタ・ギャロウエイ？」

「いやなに、先生のきておられることをきいたから、と、そういうんですがね」支配人は、いいわけがましく、笑いながらこたえた。

「すると、ぼくが、犯罪学者だから、うす気味が悪いとでもいつているのかね?」ポジオリは、からかい半ぶんに、訊《き》きかえした。

「いや、サムは、なんでもないんです。自分のことをいつているわけではないんですがね。先生に、チン・リーの様子を見ていただくように、わたしから頼んでくれ、と、そうせがんでいるんです」

「チン・リーが、どうかしたのかね?」心理学者は、少し興味をそそられたように、訊《き》きかえした。

「それが、サムの話では、頭に、弾丸《たま》を射《う》ちこまれて、あの貯木場にころがつている、と、そういうんですよ」

ポジオリは、急に立ちあがつて、庭に出て行つた。

「いつ見つけたんだね、サム?」

「ホンのちつとばかり前でがす」

「君は、夜番だということだつたな。君自身、チン・リーとなにかゴタゴタをおこしたのではないかね——材木を盗み出すところをつかまえたとか、そんなことで?」

「とんでもねえこつた!」黒人は、あわてたように、大きな声を出した。「そうら見なせえ、ダンナさま、おらのいつた通りでねえかよ! この先生さまは、おらが、夜番だからつて、おらが、チン・リーを射《う》ち殺したにちげえねえ、と、そんなことを、考えていらつしやるだ。とんでもねえ。おらぁ、蹴《け》つつまずくまでは、チン・リーのやつが、射《う》たれたつてことも、まるつきり知らなかつただよ」

「ピストルを射つ音が、君にはきこえたはずだが」

「金輪際《こんりんざい》きこえなかつただね——おらあ、夜番してるときにや、ひと眠りだつてしねえだから、ピストルの音がすれば、きかねえはずはねえんだがね」

犯罪学者は、しばらく間をおいてから——

「じやあ、ミスタ・ギャロウェイ、ひとつ行つて、しらべてみようじやないか」

支配人は、セキばらいをした。

「そうですな——このぶんでは、行つてみなければなりますまいかね」

ポジオリは、支配人の煮えきらぬ態度に、少しばかり驚かされた。

「だつて、君は、むろん、行つてみるつもりでいるんじやないのかね？」

「それは、むろん、わたしは、行かなきやならんでしょうな」

「すると――ぼくが、おともをしてもいいだろうか？」

「そりやあ、かまいませんがね――」ギャロウェイは、またセキばらいをした。「しかし、先生、こんなことをいつて失礼ですが、この問題に、興味をおもちになるにしても、そこはひとつ――なんですな――純粋に学問的《アカデミック》な興味だけということにしていただきたいんですがね」

ポジオリは、ビックリしたような顔で、相手をみつめた。

「学問的《アカデミック》な？」

「そうです――もし、お差しつかえなければですがね」

「学問的《アカデミック》なというと、どういうことだろう？」

ギャロウェイは、眼をパチパチさせた。

「それは、つまり、犯人がわかつたとしても――まあ、必要もないことですから――あまりサワギ立てないでいただきたいということでして」

「要するに、そのことをしやべらずに――ソッとしておいて欲《ほ》しい、と、そういうんだね？」

「そう、露骨にいえば――つまり、内聞《ないぶん》にしておいていただきたいということなんですが」

ポジオリは、マジマジと、支配人の顔を見た。

「ほほう、ぼくも、そういう変つたことを頼まれたのははじめてだが」

支配人は、くちびるを湿した。

「そうでしょう。しかし、それには、わけがあるんです。大たい、この製材所の近辺《きんぺん》では、こうした人殺し沙汰《ざた》が、しよつちゆうありましてね。それが、こんどの事件を、新聞の連中にかぎつけられると、先生が関係しておられるということで、特ダネにして書き立てるでしょう。そればかりでなく、これまでの事件まで、のこらずほじくり出して、記事にしようと、ワイワイさわぎ立てます。いちぶしじゅうは、合衆国ぜんたいにひろまり、エヴァグレーズにとつては、とんだ悪い評判をばらまかれることになります。それは、投資家たちに、この土地について、よくない偏見をいだかせるでしょう。だから、わたしは、先生が、なにをつかんでも、それを内証にしておいていただきたいのです。いずれにしろ、ほかの連中の知つたことじゃないんですからね」

科学者は、この風変りな理窟に、あきれ顔で、耳をかたむけた。

「殺人事件が、土地にとって悪い広告になるとは、思いもよらなかつたな」

「先生だつて、わたしのように、ほうぼうの新開地を拓《ひら》く仕ごとをやつたことがおありだつたら、こういうつまらない殺人事件は、サワギ立てずに、ソッとしておくぐらいの才覚《さいかく》はおありのはずなんですがね。これが、銀行家とか、牧師とか、百万長者の運動家《スポーツマン》とか、そういう大物《おおもの》が殺されたのだつたら、わたしも、自分からサワギ立てますよ。大きな殺人事件の裁判ともなれば、エヴァグレーズにも、人が、ドッと押し寄せるでしょうから、われわれだつて、そうした連中に、家を売つたり、事務所の敷地を売つたり、そういつたことで、結構商売になりますからね。しかし、こんなつまらない殺人事件では――」ギャロウェイは、頭を振つた。「いいことなしの悪いことばかりですからな」

ポジオリは、そつけない微笑をもらした。

「なるほど、それが、フロリダ流のものの考えかたなんだな。とにかく、われわれだけの好奇心を満《みた》すためにでも、行つてみようじゃないか」

こんどは、三人が、貯木場まで、歩いて行くか乗つて行くかという議論になつた。支配人は、乗つて行くことを主張した。フロリダ州の新開地は、どこでもそうなのだが、エヴァグレーズも、とほうもないダダッぴろさにひろがつていて、ポツンポツンと建《た》つている家どうし、恐ろしく離れているので、隣りの家を訪問するにも、自動車を使うか、バスに乗るのでなければ、とても行けたものではないというのが、支配人の車に乗りたがる理由だつた。支配人は、サムにいいつけて、車をとりにやろうとしたが、ポジオリが、やつぱり歩いたほうが、しらべる上からもいいというので、三人は、歩き出した。

さんざんぱら歩きに歩いたあげく、やつとのことで、貯木場に着いた。見わたすかぎり、材木の架台が、一面に立ちならび、架台の端《はし》は、乾燥中の材木が強い日光を直かに受けてゆがまないように、板でかこつてある。ひろびろとした貯木場に入ると、サムの足は、次第に遅くなつた。しまいに、スッカリ立ちどまつて、その次の乾燥台の直ぐ向うに、死人がいるのだと教えた。

「いつ見つけたんだね？」ポジョリが、たずねた。

「一時間ばかり前のこつたがね」

「君は、死体にさわつたか、動かしたかしたかね？」

「いや、それは、しなかつたそうです」ギャロウェイが、こたえておいて、乾燥台の向うがわに、歩いて行つた。

「サム、君は、この界《かい》わいで、チン・リーに恨みをもつていた人間を、知つているかね？」

ポジオリがたずねたとき、台の向うがわから、ギャロウェイの戸まどいしたような大声が、きこえてきた。

「おい、サム、一たい、どこにあるんだ？」

「どこにあるかつて、ダンナさま、その眼の前に、そら、頭にアナがあいて、うつ向けにころがつているだよ」

「しかし、見えないぞ」

「そんなことをいつて、おらをおびき寄せて、ダンナさまの鼻つ尖《さき》にころがつて死んでいるシナ人を、これだといわせようたつて、そんなこたあ、おら、ごめんだあね」

「サム、わしに、始末をしろといつたつて、どこにあるんだか、それがわからなければ、どうにもならんじやないか。お前も、こんなところに、死人をころがしつぱなしにして、ノコノコよそへ行つたりしたのは、一たい、どういうつもりだつたんだ？」

「そんなら、おらに、どうしろというだね？」

「直ぐそこに、海があるじやないか。お前は、夜番の仕ごとを、なんだと思つているんだ？」

ポジオリは、乾燥台をまわつた。

「なくなつたのかね？」

ギャロウェイは、ホッとしたように、長い息《いき》を吐いて、タバコをとり出し、火《ひ》を点けた。

「どうも、なくなつたようです。おかげで、厄介な問題が片づいて、大たすかりです。マッチは、おもちですか？」

ポジオリは、葉巻《シガー》に、ライターをもつて行つた。

「問題が片づいたというのは、ぼくには、よくわからんが——かえつて、ややこしくなつたような気がするがね」

「いやいや、わたしのいつている問題が、どんなことだか、先生には、おわかりにならんのですよ」

「じやあ、どんな問題のことなんだね？」

「つまり、どういいつくろつて、とりしらべをかんべんしてもらい、製材所の仕ごとを、半日も休まずにすますかという問題なんです。とりしらべとなつた日には、製材所の人間は、一人のこらず、訊問されずにはすまされんでしようからね。そうなれば、たつた一人のシナ人が死んだばかりに、会社は、千ドルから千二百ドル、ふいにしてしまいます」ギャロウェイは、貯木場の中を、なにかをさがすように、あちこちとすかして見た。「たぶん、チン・リーを殺したやつが、もどつてきて、海の中に、ころがしこんだんでしような」

ポジオリは、架台の端《はし》の板がこいを、仔細《しさい》にしらべた。

「死体は、この汚《し》みのあるところにころがつていたらしいね」

「へえ、そうでがす。そうなんで」黒人は、うなずいた。

「そんなら、水の中にころがしこまれたのではないね」

「どうして、そんなことがいえるんです？」ギャロウェイは、つつかかるように、訊《き》きかえした。

「どこにも、引きずつたようなあとが、のこつていないからね」

製材所の支配人は、自分でも、あたりを見まわした。

「ほかの方角にだつて、そんなあとはありませんよ」

ポジオリは、あごの尖《さき》をつまんで、貯木場の水際《みぎわ》を、ずつと見わたした。しばらく経《た》つてから、ぼんやりと——

「うん、うん、それは、ぼくも、気がついていた……ところで、チン・リーは、よつぽど大きな男だつたのかね——重さは、どのくらいあつたかね？」

支配人と、黒人とは、この奇妙な質問を、考えはじめた。

「百五十ポンドか六十ポンドあつただかね」サムは、大して自信もなさそうないいかたをした。「だけんど、そんなこと、死んでしまつたら、どうでもいいことではねえだかな」

教授は、状況を考えつづけた。

「チン・リーは、エヴァグレーズで、誰か女とつきあっていたかね?」

ギャロウェイは、やつとのことで、ポジオリの質問の意味をつかんだ。

「いや、チン・リーは、ここへきてから女と一しよのところを見かけたことはありませんな……サム、お前はあるか?」

「ねえだな」サムも、それをみとめた。

「女と一しよのところを見なかつたとしても、それが、直ぐに、女とつきあいがなかつたことにはならないがね。いずれにしろ、エヴァグレーズにいる女で、白人にしろ、黒人にしろ、百六十ポンドもある男を、かつぎあげて、かがと一つ引きずらずに、はこんで行けるほど、力の強い大きな女の名簿をつくつてもらえないだろうか?」

「先生さまは、そんな名簿をもらつて、一てえどうするだね?」サムは、頭を前につき出して、口をポカンとあけた。

「名簿ができたら、エヴァグレーズの力もち女を訪《たず》ねまわつて、チン・リーの射《う》ち殺されたことを話し、どんな顔をするか、それを見てやろうと思うんだが」

「それにしても、どういうわけで、チン・リーを殺したのが女だと思うんですか?」

「殺した理由に、感情的なものがあつたからだがね」

「どうして、そういうことになるんです?」

「死体を、海にほうりこんで、フカの餌食《えじき》にくれてやらなかつたからだよ。人を殺して、興奮しているのだから、犯人が、男にしろ、女にしろ、一もくさんに逃げて、死体の始末など、忘れてしまつたとしても、ムリのないところなんだが、今のこの場合には、思いがけないことがおこつている。一たん逃げた犯人が、また舞いもどつてきて、自分の犯《おか》した罪の証拠《しようこ》を、簡単に失《な》くしてしまおうともせずに、ワザワザかつぎあげて、はこんで行つてしまつているのだ。

「犯人は、自分の愛した男の死体を、フカにくれてやつたり、よその人間の眼にさらしたり、検屍陪審に、冷酷に扱わせたり、そんなことを考えると、ガマンができなかつた。自分の射《う》つたピストルの傷に、繃帯をしてやつたりまでしている。ここのところが、ぼくには、どつちともわからないのだが……

「今となつては、役に立たないやさしい気もちから、頭を、布地《きれじ》でしばつてやつたのか、それとも、血がしたたつて、自分の死体をはこんで行つた方向をさとられない用心のためだけに、そんなことをしたのか、どつちだろう？　むろん、今さら、その当人をさがし出して確かめてみたところで、どうしようもないが、犯罪心理学のほうからすると、ちよつと面白い点なんでね」

ほかの二人は、死体が、あとをのこさずに、はこび去られたという、たつたそれだけの事実から、そんな細かな推理のできたことに、ビックリしてしまつた。しかし、それでもなお、二人は、チン・リーには、エヴァグレーズでは、女づきあいがなかつたという確信を、まげようとはしなかつた。

ポジオリは、両手をひろげて見せた。

「君たちのいうことが、ホントなら、こいつは、ぼくの今までに経験したことのない、もつとも不可解な殺人事件だということになるよ。チン・リーが、感情的な理由で、この貯木場から、姿を消したのでないとすると、どうしても、チン・リーが、はたして殺されたかどうか、それを、疑わないわけには行かないにことになるんだが」

「なぜ、トランプか闘鶏のバクチ仲間に殺されたと考えちやいけないんですか？」ギャロウェイが、イライラしたように、たずねた。「チン・リーは、どつちにも、ドッサリ賭《か》けていましたからな」

「なぜつて、そういう犯人なら、一も二もなく、死体を、海の中に、ほうりこんでしまつただろうからね。そんな場合には、そうするのが、世界じゆうどこに行つても、先ず一番あたり前のやりかただろうさ。君だつて、サムを、自分でそれをやつて、厄介ものを、ひと思いに片づけなかつたからということで、叱《しか》りとばしたぜ」

「うむ、なるほど、たしかに、そうでしたな」支配人は、うなずいた。「しかし、むろん、ホントのところ、わたしは、そんなつもりじやなかつたんですがね」

「だから、ぼくの考えは、どうしても、女ありというところにもどつてくるんだよ。ところで、例の力もちの女の名簿は、君とサムとに、考え出してもらうとして、その間に、食堂に行つて、チン・リーの身のまわりのものをしらべてみようじやないか。もしかすると、手紙か、女の写真か――犯人の手がかりになるようなものが、見つかるかもしれない」

　科学者の考えかたには、むげにしりぞけることのできない筋道の通つた堅実さがあつたので、支配人も、犯人が女とはどうしても信じられないのだが、と、むなしくつぶやいただけで、三人は、炊事場《すいじば》のほうに、とつてかえした。

　今では高くのぼつた一月の太陽が、ねばつこい暑さで、照りつけていた。またしても、ギャロウェイは、車をもつてこなかつたことをこぼした。三人で、トボトボと、日あたりを歩いているあいだに、ポジオリが、ふと思いついたように、いい出した。

「この附近に、警察犬《ブラッド・ハウンド》がいてくれると、こんな事件ぐらい、一時間かそこらで、片づいてしまうんだがね」

「いやいや」ギャロウェイは、頭を振つた。「治安官《シェリフ》や、警察犬に出てこられると、サワギが大きくなりすぎますからね――お気の毒ですが」

　エヴァグレーズ製材会社の飯場《はんば》は、壁のほとんどが、金網《かなあみ》を張つた窓と戸口とでできている、大きな木造の建物《たてもの》だつた。その飯場の中で、どうやら見ごたえのある立派なものといえば、製材所の自家発電で動いている大きな電気冷蔵庫と、会社のニュー・ヨーク支配人が、ブルックリンの船舶用具の競売で買いこんだ、古い船の台所用ストーヴとだけだつた。

　台所に入つて見ると、アーブ・スカッグスが、二人の黒人助手を使つて、ひなどりを料理していた。おけの中には、昼めしの用意に、二十人前か三十人前の揚げものの材料《タネ》が、積んであつた。平なべには、肝臓《リヴァ》と胃ぶくろが入つていた。

　アーブが、客を迎えた。「ちようど、ミスタ・ポジオリが、肝臓《リヴァ》がお好《す》きだかどうかと、考えておつたところだがね。肝臓《リヴァ》をうんとこさ詰めこんだひなどりを、まる揚《あ》げにして差しあげようと思つたもんだからね」

　ギャロウェイは、うなずいた。

「どうです、先生。アーブが、ご馳走《ちそう》をしようと思いこんだら、この通り、なにがなんでも、大ご馳走《ちそう》をせずにはおかないんですからな……ところで、アーブ、ここで、チン・リーの寝棚は、どこになつているんだね？」

料理人は、表情を、スッカリ変えてしまつた。

「チン・リーが、どこに寝ておるかつてそういうのかね？」

「そうだ、製材所の人間の宿所割りか、どんな工合になつているか、しらべているんだが。会社に、報告書を出さねばならんのでね」

料理人は、顔をしかめて、支配人を、ジロジロと、さぐるようにながめた。

「ミスタ・ポジオリまでが、そんな用できなすつたのかね？」

ギャロウェイは、短い笑い声を立てた。

「いや、製材所の連中の寝棚の様子を書くぐらいのことに、なにも心理学者に手つだつてもらうことはいらんのだがね」

「そんなら、あつしの寝棚は、あそこの台所のすみつこの、網戸でかこつたちつぽけな部屋の中だがね。よけいなものがありすぎるというんなら、会社に報告したつて、かまわねえよ。あつしは、外にでも、ハンモック一つ張つてもらえば、それで沢山だからね」

「お前の寝場所は、わかつているよ。チン・リーのは、どこだね？」

「ギャロウェイのダンナ」料理人は、大きな声を出した。

「ダンナが、製材所の連中の、いやな臭いのする汚らしい寝棚なんぞを、のぞきまわらねばならねえなんてことは、あつしにしたつて、恥《はず》かしいこつたよ。そういいなすつたら、あつしが、チャンとやつてあげるがね」

「いや、ホンのちよつと見るだけでいいんだが――」

「じやあ、一しよに行くとしよう――あつしが、案内するからね」

「なあに、教えてくれたら、わしらだけで、大丈夫行けるよ」

料理人は、相手にしないふりで、からだをゆすぶり、ストーヴの上で、しきりに、フライパンを動かしたが、しまいに、やつとのことで、納得した。

「チン・リーの寝棚は、あそこの小さな小屋の中だが――」

いいながら、いや応なしに、五、六歩ついて行きかけた。

「まさか、ダンナは、チン・リー本人のことを、しらべようというんじやねえでしような――あいつに、なにか、会社に不平があるのかないのか、それは知らねえが？」

「チン・リーに、そんな不平があるとは思つとらんよ」ギャロウェイは、こたえた。

スカッグスは、とりのこされた。

「そりやあ、そうだろうな……そう、そこの小さな小屋だがね」

その小屋は、大きな荷づくり箱に、毛の生《は》えたほどの代《しろ》ものだつた。その中には、三段になつた寝棚があつた。一番下の棚には、会社から支給される毛布が、ひろげてあつた。まんなかの棚には、カバンが二つのせてあつた。

「そのカバンをあけて、写真だか、手紙だかを、さがしてみますかね？」ギャロウェイが、たずねた。

「君が、かまわなければだが」

「おい、サム、そのカバンを、下におろせ」

黒人は、カバンを、こわごわ、汚《きたな》い床《ゆか》の下におろした。

それは、ごくあたり前の、旅行疲れのした、ブタ皮のカバンだつた。フタがあくと、二人の前に、いろいろな品ものが、ならべられた。シナ風のシャツとズボン、八本一組になつた、象牙《ぞうげ》のハシ、絹の紙はさみ《フォルダー》に入つたシナの版画、彫刻のあるアヘンのキセル、いくつかひと重《かさ》ねにした、小さな陶器の把手のない茶碗、そんなものがあつた。

心理学者は、椅子一つない小屋に、しやがみこんで、その蒐集品《コレクシ》を、引つくりかえした。やがて、小さな象牙の箱をあけてみると、その中には、金製の小間物が、一ぱい詰まつていた。ポジオリは、それを、支配人に、差しあげて見せた。

「なんだかわかるかね、ミスタ・ギャロウェイ？」

支配人は、一つつまみあげた。

「闘鶏の脚にはめる金《きん》の蹴爪《けづめ》のようだが、それにしては、刃がついていませんな」

心理学者は、しやがみこんだまま、不審顔で、それをしらべてみた。

「どうも、わからんな」

「じやあ、先生にも、なんの道具なのか、見当がつかないんですか？」

「ああ、いや、こいつは、爪のサックなんだがね。指尖《ゆびさき》にはめて、爪を長くのばすのに使うんだよ」

「一たい、なんのために、そんなことをするんです?」

「シナでは、長くのびた爪は、上流階級の目じるしなんだ――手しごとをやらないしるしになるからね」

「すると、なにがわからんとおつしやるんですか?」

「エヴァグレーズあたりの炊事場の下ばたらき風情《ふぜい》が、どういうわけで、金製の爪サックをもつているかということなんだが。苦力《クーリー》が、爪サックに、なんの用があるだろう?」

ギャロウェイは、その問題を、考えてみた。

「チン・リーのやつ、骨《こつ》とうのつもりで、人から買つたのかもしれませんな」

心理学者は、ゆつくりと頭を振つた。

「アメリカ人が、向うで買つてきたのなら、そうかもしれないが、シナ人が、そんなことをするわけはない。こんなものは、シナ人にとつては、われわれの葉巻切り《シガー・クリッパー》みたいなもんで、骨《こつ》とうといえるような代《しろ》ものじやないからね」

ギャロウェイにも、それは、うなずけた。

「そんなら、チン・リーも、以前には、ゼイタク三昧《さんまい》の人間だつたのでしような」

「じやあ、どうしたわけで、君のところの炊事場《すいじば》ではたらくまでに、落ちぶれたんだろう?」

「いや、そんなことは、なんでもありませんよ。フロリダで、なにをやつているからつて、それが、ここへくるまでの素性《すじよう》をあらわしているわけじやないですからな。マイアミきつての競馬騎手の一人などは、以前、コネクティカットでかくれもないエピスコパル教会の牧師だつた男ですよ。そうかと思うと、わたしは、シカゴのギャングだつた人間が、この地方の教育組織を、改革しようと、一生懸命になつているのを、知つています。その男は、演説をして、フロリダの子どもたちにも、シカゴの子どもたちと同様に、立派な人間になるチャンスが、あたえられなければならない、と、そんなことを演説してまわつていますがね」

「なるほど。いずれにしろ、こういう爪サックをもつているとなると、チン・リーには、どんな動機にしろ、少しも不思議でないような背景があつたと考えていいわけだ。なぜ、身を隠していたのだろう? これは、復しゆうの殺人だつたのだろうか? そうだとすると、なぜ、犯人は、死体をはこび去つたのだろうか？　どこかのシナ人の莫大な遺産の相続人を、亡《な》きものにするための殺人だつたのだろうか？　その場合なら、犯人は、相続人の死んだことを、証明するために、死体を、どこかに差し出して見せる必要があつたのかもしれない」

「ほほう、先生は、女がいるという説明を、あきらめようとしておられるんですね？」

「いや、そうじゃないよ。ただ、その男が、大へんな金もちだつたとすれば、ほかの可能性も、生れてくるというだけのことさ。それは、ともかくとして、ぼくは、どうあつても、死体を、さがし出したいんだが、治安官《シエリフ》と警察犬とを、頼んでみるとするか」心理学者は、支配人の心の中をさぐるような視線を向けた。

ギャロウェイは、気もちを動かされた。

「それじゃ、こうしていただけますか。つまり、チン・リーが、百万長者だつたことにして、会社の炊事場《すいじば》で、仕ごとをやつている最ちゆうに殺されたことにする、と、先生が、そう受け合つて下さるんだつたら、それこそ、わたしは、警察犬を頼むことを承知するばかりでなく、マイアミで一番の腕ききの新聞記者に、電話をかけて、飛行機でとんでこさせ、先生の手つだいをさせますよ。あの男が、金もちなら、わたしも、それだけのことをやりましょう」

「以前に金もちだつたことがあるのだつたら？」

「ダメです。今現在、金もちでなければ、どうにもなりません。むかし金もちだつたことのある男が、殺されたつて、そんな事件には、ニューズ・ヴァリューなど、ありませんからね——少くとも、開拓景気《ブーム》以後のフロリダではダメですな」

「しかし、こういうふうに考えられないかな？　つまり、君に、地面に石油の気配《けはい》のある場所を見せたとしたら、君は、なにも、ぼくが、必らず噴油井をぶちあてると受け合うことができなくたつて、井戸を掘つてみる気になるんじやないかね？」

製材所の支配人は、頭を振つた。

「今は、とても、そんな気になりませんな。五年前だつたら、石油のニオイでもしようものなら、わたしは、トコトンまで、先生のあと押しをしたでしようが、バカ景気このかたというものは、合衆国財務省が、保障してくれ、ロイド協会が、保険をかけてくれないかぎり、どんな思《おも》わくにだつて、ビタ一文賭《か》ける気にはなれませんよ」

科学者は、肩をすぼめて見せた。

「なるほど、よくわかつた。実は、ギャロウェイ、今のような不景気がつづいているのも、そういう君のような心理のせイなんだが、君たちは、そのことに、まるでソッポを向いているんだ。ぼくは、死体をさがしあてて、しらべてみることができれば、これにこしたことはないと思つているんだが。そのほうが、こんなカバンよりも、よつぽど、手がかりがつかめるだろうからね」

「それは、わたしにだつて、よくわかりますがね」支配人は、うなずいた。「どうにもお役に立てないことは、まつたく残念です」

この支配人の、とび切りの百万長者でないかぎり、たかが炊事場の下ばたらきを一人殺したぐらいの犯人を逮捕する手つだいをするわけには行かないという弁解は、三人に蔽《おお》いかぶさつた人かげに、さえぎられた。

黒人のサムは、ヒョイとふりかえつたかと思うと、胃のあたりを、したたかなぐられたようなうなり声をあげて、いきなり、一番上の寝棚に、もぐりこんだ。

ギャロウェイは、あわてたように、カバンから、うしろにさがつて、奇妙な笑い声を立てた。

「これは、どうしたことだ――チン・リーじやないか！」わめくような大声だつた。「わしらは、お前が、死んだと思つてね。このサムのバカやろうが――」支配人は、上の寝棚で、ビックリした眼をしている黒人のほうに、怒つたようにうなずいて見せた。

「わたし、死んでいない」チン・リーが、片こと英語で、こたえた。「わたし、落ちて、ケガしただけ。気がついたから、炊事場《すいじば》に、帰つてきたよ」

ギャロウェイは、カンシャク玉を、破裂させた。

「おい、サム、大バカやろうの黒ん坊めが！　とんでもない夜番だ！　ケガをした人間を、貯木場にほうりつぱなしにして、逃げやがつて！」

「死んでいただよ」サムも、負けずに、大きな声をはりあげた。「チン・リー、お前、頭に、デッカイ孔をあけて、たしかに死んでいたにちがえねえだよ!」

「わたし、大きなサカナ、釣りあげたね」料理人の下ばたらきは、なんでもないことのような口ぶりで、説明をした。

「足、すべつて、落ちたね。頭、打つたよ。自分で、気がついたね」

なるほど、助手の頭には、大げさな繃帯が、巻いてあつた。

「よろしい、チン・リー」ギャロウェイが、口を出した。

「勝手に、お前のものを引つかきまわして、すまなかつたな」

「いいよ、いいよ。わたし、死んだ。誰か、カバンをあけてみる、仕かたないよ」

「まつたく、その通りだ。とにかく、生命《いのち》がたすかつてよかつた」

チン・リーは、片手をあげて頭の繃帯にさわつて見せた。

「大きなコブ出きただけ――もう、大丈夫よ」

黒人も、寝棚から、ゴソゴソとおりてきて、三人は、出て行こうとした。

「君は、なぜ、ここにきたんだね?」ふと、ポジオリが、たずねた。「スカッグスが、君をよこしたのかな?」

「あんたがた、わたしの寝棚、見るいうたね。わたし、きて、寝棚、いい寝棚、悪いことない、いうね」

「すると、ぼくたちが、炊事場《すいじば》を歩きながら話したのが、きこえたのか?」

「そうよ」

「そのとき、君は、なにをしていた?」

「ポテト、詰めていたよ。スカッグスさん、ポテト、かごに詰めて、タンパにとどける、いうたね」

「なるほど。で、いつ出かけるんだね?」

「十一時の汽車、わたし乗るよ」

心理学者は、自分の時計をのぞいてみた。

「もう間もなくだ。ぼくたちは、引きあげるから、君も、荷づくりをすませたほうがいいね」

チン・リーも一しよに、四人の男たちは、掘つ立て小屋を出て、炊事場にもどつた。その窓にもトビラにも金網《かなあみ》を張りめぐらした大きな建物《たてもの》では、二人の黒人の助手が、電気仕《じ》かけのパンねり機に、水にといた粉《こな》を仕こんでいた。

「タンパにもどす馬鈴薯《ポテト》は、どんなふうに荷づくりするんだね？」ポジオリが、シナ人にたずねた。

「籠《かご》につめて、わたし、行くまで、冷蔵庫にしまっておくね」チン・リーが、説明した。

シナ人は、馬鈴薯の置き場にもどって、柳の枝でつくった籠《かご》に馬鈴薯を詰める単調な仕ごとをつづけた。犯罪学者は、しばらくの間、その仕ごとぶりを見まもった。やがて、二人の白人は、支配人の社宅《バンガロー》に引きかえした。

途《みち》すがら、ギャロウェイは、サムの臆病《おくびょう》さを――貯木場に見かけた人かげに脅《おび》えて、そばに寄って、生死をたしかめもしなかった臆病さを――口をきわめてののしった。

「あんときには、たしかに死んでいただよ、ダンナさま。そらもう間ちげえねえだ。今は、死んでやしねえが、あんときには、死んでいただ」

「そんなら、お前は、臆病なばかりでなく、とんでもない大バカ野郎だ！」

「まあ、そんなにサムをいじめるのはよしたまえ」犯罪学者が、なだめた。「ぼくには、チン・リーの復活に、なにかひどくわけのわからんことがあるような気がするがね」

「一たいどういうことです？」支配人は、鋭く訊《き》きかえした。

「うん、たとえばだね――あのシナ人は、どこで頭に繃帯《ほうたい》をしてもらつたのだろう？」

「炊事場でしようかな。なぜです？」

「そんなら、貯木場から、その炊事場まで、血のしたたつたあとのないのは、どういうわけだろうね？」

「多ぶん、そのころには、頭の出血がとまつていたのでしようね」

「しかし、動脈が切れたのだつたら、立ちあがつたときに、また傷口が破れるのではないだろうか？」

「それが、破れなかつたのですな」

「そうらしいね」犯罪学者は、同意した。

二人は、支配人社宅の庭に入り、パパヤの茂《しげ》みの、青緑いろの葉と、黄いろい実《み》の下をくぐり抜けた。

「それほどの傷を受けながら――」科学者は、まだ腑《ふ》に落ちない口調だつた。「その直ぐあとで、腐つた馬鈴薯《ポテト》を選《え》りわけたり、予定通りに、十一時の汽車で、タンパに出かけるつもりにしているらしいところなどは、どうも合点《がてん》が行かない」

「サムが思つたほどひどい怪我《けが》ではなかつたのでしようね」

「それも、考えられる」心理学者は、うなずいた。「それにしてもそれから、しばらく歩きつづけ、ふといい出した。それにしても、チン・リーの馬鈴薯《ポテト》を選《え》りわけていたあの様子には、ひどく妙に思える点が、二つあるんだ！」

「それは、どういうことですか？」支配人は、客のいやにこだわつたもののいいかたに、いささか皮肉めいたものを感じはじめていた。

「その一つは、両手が、どこまでもシッカリしていたことだ」

「つまり、なぐり倒されたばかりなら、手がふるえる筈だとおつしやるんですね？」

「そうだ。君は、そう思わないかね？」

「さあ、どうですかな。回復力が、異常に強いのかもしれませんよ」

「よろしい。ぼくも、差しあたつては、それに同意しよう。ところで、君なら、もう一つのこの矛盾を、どう説明するかね？　つまり、チン・リーが、馬鈴薯《ポテト》をつまみあげて、それを、籠《かご》に入れるやりかたは、君や、ぼくや、サムがやるのと、少しもちがわない、ごく当り前のやりかただつたぜ」

ギャロウェイは、客の顔を、ジッとみつめ、それから、急に笑い出した。

「先生、一たいそんなことが、ホントに納得《なつとく》できないような問題なんですか――馬鈴薯《ポテト》を籠《かご》に詰めるやりかたが、ごく当り前だつたというそんなことが？」

「そうだとも！」科学者は、辛らつに断言した。「なん年もかかつて、細心の注意をはらつて、指の爪を長くのばしたことのある人間なら、自然に、その長い爪を保護するような指の使いかたをする習慣ができているとは思わないかね？　ふつうのように、指を曲げずに、まつ直ぐにのばしたままで、馬鈴薯《ポテト》をつまみあげる筈だよ」

支配人は、戸《と》まどい顔になった。

「それが、一たいどういうことになるんです、ミスタ・ポジオリ？」

「こうした些細《ささい》な矛盾《むじゅん》というものは、すべて、一つだけを切りはなしたのでは、ほとんど無意味だが、それを一しよにすると、とんでもない意味をあらわすものだ。しかし、サムの最初の判断が、もし正しかったのだとすると、こうした矛盾《むじゅん》も、あるいは、充分論理的に解釈することができるかもしれない」

「サムの最初の――一たい、そのサムの最初の判断とは、どういうことですか？」

「チン・リーが死んでいるという判断だ」

黒ん坊のサムが、力をこめてうなずきはじめた。

「そう、ダンナさま、その通りに間ちげえねえだ」

ギャロウェイは、半信半疑の微笑をうかべた。

「一たいぜんたい、先生は、どういうお人なんです？　サムのやつが、チン・リーが死んでいる、と、そういいにきたときには、貯木場を、見てまわって、もし、チン・リーを殺したのが、力の強い大女でなかったとすると、実は、まるつきり死んでいやしないのだ、と、そんなことを、断言された。まあ、それはそれとして、立派な推理だったわけです。その推理は、ピタリと当った――チン・リーのやつ、生きてあらわれたのですからな。ところが、先生ときたら、チン・リーが、あそこで坐《すわ》りこんで、馬鈴薯《ポテト》をえりわけているのを見ると、こんどは、驚いたことに、やつは死んだにちがいないといいだした。わたしは、先生みたいなアマノジャクには、お目にかかったことがありませんよ。それも、自分で、一たんそうときめたことにまで、逆《さか》らおうとなさるんですからね」

心理学者は、その不平には、耳を貸さなかったが、やがて、まじめな口調でたずねた。

「腐《くさ》った馬鈴薯《ポテト》の籠《かご》を、タンパに送りとどけるのが、なぜ今日でなければならないのだろうね？」

「馬鈴薯《ポテト》だけのことなら、なにも今日でなくたっていいんですが、チン・リーは、どっちみち出かけなくてはならないのだから、アーブも、ことのついでに、馬鈴薯《ポテト》をもって行かせる気になったのでしょう」

「チン・リーは、なんの用で出かけるんだね？」

「マーヤグウェス号に積みこむ食料品を買い出しに行くんですよ。スカッグスは、その船に、野菜とかそんなものを渡さなければならんのです。さつき申しあげたように、あの男は、片手間に、船を相手の商売をやつていますのでね」

心理学者は、急に興味をそそられたようにうなずいた。

「この前に、キューバの船が入つたのは？」

「さあ、昨夜《ゆうべ》、ポーンセ号が出帆したと思いますが。どうしてまたそんなことを……？」

「いやいや、なんでもないよ。ちよつときいてみただけなんだ……ところで、ミスタ・ギャロウェイ、セッカク招《よ》んでもらつたのを、ぼくのほうで勝手にはしよつてはすまないが、ぼくも、その十一時の汽車で発《た》たなければならないことになりそうなんだがね」

支配人は、おきまり通りの引きとめ文句をならべ立てにかかつたが、やがて、ポジオリの部屋までついて行き、客が、身のまわり品の荷づくりをする間、立ち話をつづけた。

間もなく、二人は、支配人の車で出発した。


駅の見えるあたりまでくると、ポジオリは、プラットフォームに、一人だけ、大きな籠《かご》のわきに立つている人かげをみとめた。ギャロウェイも、その男に気がついた。

「ああ、あれが、チン・リーですよ——なかなか忠実なやつだ」
一、二分経《た》つと、駅に着き、二人は、待合室に入つた。出札口に行くと、ポジオリは、切符を買わずに、係員に合図をして、そばに呼び寄せ、低い声でたずねた。
「プラットフォームにいるあのシナ人だが——あの男は、アメリカの金貨で、切符を買つたかね？」

係員は、犯罪学者の顔を見てから、そうだとこたえた。

ポジオリは、礼をのべて、プラットフォームのほうに向つた。肩をならべて歩きながら、ギャロウェイは、好奇心にかられたようにたずねた。

「どうして、あんなことをきかれたのです、ミスタ・ポジオリ？」

「君のところの炊事場の下ばたらきが、キューバから渡つてきたばかりだかどうか、それを、確かめようと思つてね」

「そうでしたか？」

「うん」

「切符を金貨で買つたことから、どうしてそれがわかるんですか？」

「君のところでは、給料を紙幣《さつ》ではらつているが、キューバでは、アメリカの金貨が、かなり使われているからね」

「しかし、チン・リーは、キューバにいたことはありませんよ。きつと、自分で金貨をいく枚かもつていたにちがいない」

「そうかもしれないが、ほかに金《かね》があれば、そんなものを、ワザワザ使つたりしないだろう。いや、やつぱり、あの男は、キューバからやつてきたばかりなんだ。昨夜《ゆうべ》、ポーンセ号で着いて、これからニュー・ヨークに行こうとしているんだ」

ギャロウェイは、キツネにつままれたような顔で、連れをみつめた。

「一たい、どういうことなんです？　あそこに立つているのは、わたしのところのチン・リーじゃないとおつしやるんですか？」

「いや、今は、あれが、君には、チン・リーなんだ。今ばんマーヤグウェス号が入つてくれば、またべつのチン・リーがあらわれるだろう。しかし、君の思つているチン・リーは、死んでいる」

「とんでもない！」支配人は、いきなりなぐられたような声を出した。

犯罪学者は、それつきりなにもいわなかつた。二人は、プラットフォームに出て、炊事場の下ばたらきと一しよになつた。ポジオリが、籠《かご》の縁《へり》に手をかけた。

「君——」なにげない口調だつた。「君は、なぜ、チン・リーを射《う》ち殺したんだね？」

黄いろい顔の男は、きき手に、表情のない顔を向けた。

「わたし、チン・リーよ」

ポジオリは、うなずいた。

「うん、今は、君が、チン・リーだ。君は、ズラリとならんだ多ぜいのチン・リーの中の一人だが、その君が、どういうわけで、昨日《きのう》ここにいたチン・リーを射《う》ち殺したんだね？

なぜ、そのチン・リーにも、ニュー・ヨークかシカゴへ行かせてやらなかつたんだね?」

頭に繃帯をした男は、自分になんの関係もないことのようなこたえかたをした。

「知らんね。わたし、チン・リーよ」

科学者は、籠《かご》の中の腐つた馬鈴薯《ポテト》を、手あたり次第、線路の上にほうり投げはじめに。馬鈴薯《ポテト》は、まだ氷の冷たさがのこつていた。

「今は知らんだろうが、直ぐに知らせてやるよ」いいながら、両手で、馬鈴薯《ポテト》をすくい出しにかかつた。シナ人は、しばらく、相手の動作を見まもつていた。やがて、ふと思いついたようないいかたで——

「わたし、知つてるよ」

「そうだろうと思つたよ。じやあ、なぜ、チン・リーを殺したんだね?」

「シナ人の中にも、悪い人間いるよ。シナの政府と戦争した将軍——大へん悪いね——その人、外国に逃げ出す。もう一度、ひと旗《はた》あげるつもりね。そんな人、生《い》かしておけない…


…」シナ人は、その先をためらつた。

「なるほど、それはよくわかる」心理学者は、うなずいた。

「しかし、なぜ、君は、その男を、そんなヒマはあつたのに、貯木場から、海の中にほうりこまなかつたんだね? どういうわけで、こんな腐つた馬鈴薯《ポテト》の籠の中にかくして、もちまわるんだね?」

シナ人は、片ほうの眉《まゆ》をあげて見せた。とてもわかつてはもらえないというような顔だつた。

「悪い人でも、ヤッパリ、チン・リーは、シナ人ね。自分の国に送つて、そこで眠らせてやるよ。この国から、先祖《せんぞ》のところへ行かせる、よくないね」

心理学者は、うなずいた。

「まつたく簡単な理クツだ。ぼくが、自分で、そこまで考えなかつたことのほうが、妙だよ」

ギャロウェイが、口を出した。

「一たいぜんたい、どういうことなんです? チン・リーは死んで、この籠の中に詰めこまれているというんですね?」

「スカッグスは、シナ人を、キューバから密入国させる仕ごとをやっているんだよ。偶然、そのシナ人の中の一人が、自分の直ぐ前に入国した男を、つけねらっていた。それだけのことさ。ついでだが、君が、炊事場の下ばたらきの顔を、どうしてもおぼえられなかつた理由も、これで説明がつくわけだ」

（砧　一　郎　訳）

チークの巻煙草容器

エラリイ・クイーン

ニューヨークの西八十七番街にあるクイーンの質素なアパートへは、いろいろ奇妙な人々が訪ねて来たが、シーマン・カーターほど周章狼狽した男はなかつただろう。

「カーターさん——」とエラリイ・クイーンは煖炉の方へ両足を伸ばしながら言つた。「あなたは何か思いちがいしていやしませんか。私の父は警察に勤めていますが私は探偵じゃないんです。私はあなたと同様、公然と犯罪を調べる権利なんかない筈です」

「いや、それで特にお訪ねしたのです」とカーターは大きな眼をくりくりさせながら、喘息のような声を出して「私は警察には用がないのです。私は素人のあなたのご意見をお聞きしたいのです。私はあなたに是非お頼みして、あのおそろしい盗難事件を極く内密にお調べ願いたいのです。私は自分のアパートに悪評判を立てさせたくないのです。私は自分のアパートをなるべく立派な人たちのために提供して行きたいとつとめているのです——」

「だが、カーターさん。警察へ行かれる方が得策だと思いますよ」とエラリイは物うげに煙草の煙りをゆつくりと吐きながら「あなたのアパートではここ数ヵ月の間に相次いで五つの盗難事件が起つている。それも五人のアパートの住人たちから宝石類だけが盗まれたということだが、最近では二日前に、あなたのアパートの最も古い借手で、病人であるマロリイ夫人という人の寝室の壁金庫の中からダイヤの首飾が盗みとられたというのでしよう——?」

「マロリイ夫人は年寄りです」とカーターは蛸のように身体を震わせながら「夫人はすつかりヒステリーになつてしまいました。気の毒な人です。夫人は警察を呼べとか、保険会社へ知らせよとかいつて、わめき叫ぶので、すつかり私も当惑してしまつたのです」

「私は思いますのに——」とエラリイはカーターの震えている頬をじつと見つめながら「やはり、あなたは警察へお知らせになるのがいいと思います。もし、そうでなかつたら、とんでもない厄介なことになるかも知れません。あなたは自分のアパートの人気を案じて、公けにしたくないのでしょうが、それはかえつてあなたの損ではないでしょうか――」

電話のベルが鳴り響いたので、クイーンの少年助手ジュナが寝室へ入つて行つたが、間もなく、その小さな頭を扉口から出して

「エラリィ様、電話です。クイーン警部からですが、何だかそわそわしていらつしやる様でした」

「失礼します」

エラリイはそう言つて急いで寝室へ入つて行つたが、やがて彼は今までと違つて非常に緊張した顔つきで戻つて来た。彼は今までのみすぼらしいガウンを脱ぎ捨てて、外出着とかえていた。

「カーターさん。事実は小説よりも奇なりという実例に私たちはぶつつかりましたよ。これは、全く驚くべき暗合かもしれませんが、それに出喰わしたのです。ところで、マロリイ夫人はアパートの何階に住んでいるのです？」

シーマン・カーターは鳴動する火山の横腹のように、身体をふるわせ、眼をどろんとさせていた。

「なんですつて？」と彼は思わず身を乗り出して「何が起つたのです？　マロリイ夫人は十六階のF号室に住んでいるのです」

「ありがとう。ところで、カーターさん。あなたの折角の悪評揉み消しの努力も、すつかり無駄になつてしまいました。そして私の貧弱な援助が必要となつたのです。私たちは盗難よりも一層重大な犯罪の場面に遭遇したのです。父のクイーン警部から、あなたのアパートの十六階のH号室で一人の男が殺されていると知らせて来たのです」

直通エレベーターはエラリイとアパートの管理人とを十六階へ運んで、この建物の西側の廊下へ吐き出した。そこから中央の広間へ行くと、東側の廊下の向うの端にもエレベーターの真鍮の扉が見えていた。カーターは丸々とした身体を寒天のように震わせながら、右の方へ案内して、扉口の前に立つて口笛を吹いている警官のところへ連れて行つた。扉は閉

つていたが、Ｈの金文字が印されてあつた。カーターは扉を開けて入つて行つた。小さな控え室の向うの居間には、はや多数の人たちが集つていた。エラリイは制服の警官の側を通りぬけて行つて、鼠色の服を着た小さな輝く眼を持つた小鳥のようなクイーン警部に、ちよつと会釈しておいて、部屋の中央にある小さな卓子の傍の安楽椅子に腰をかけている死体を見下した。

「絞め殺されたのですか――」

「そうだよ」とクイーン警部は答えた。「ところで、お前と一緒のこの方は――？」

「このアパートの管理人シーマン・カーターさんです」

エラリイはあたりを見廻しながら、カーターが自分を訪ねて来た顚末を一と通り話してきかせた。

「カーターさん。この死人は誰です？　誰も心あたりがないようですが――」

カーターは重々しい足取りで近よつて

「誰だろう？」とつぶやいてのぞき込んでいたが「ああ、これあラボックさんじやありませんか」

その時、モーニング・コートの襟に花をさした、いやにめかしこんだ若い男が、もつたいぶつた咳払いをしたので、彼等はその方へ振りむいた。

「これはラボックさんじやありません。後から見るとラボックさんそつくりなところがありますが――」

「君は一体、誰です？」

エラリイが訊ねた。

「私の助手のフリスです」と管理人のシーマン・カーターは安楽椅子を廻つて、のぞき込みながら「なるほど、お前の言う通りだ」

そこへ赤ら顔の、清楚な背の高い男が黒い鞄を持つて急いで入つて来た。カーターはユーステース医師であると説明した。医師は鞄を椅子の傍へおいて、死人を調べはじめた。彼はアパート専属の医師だつた。

エラリイはクイーン警部を部室の一隅へ引つぱつて行つてたずねた。

「何かありましたか」

「それが駄目なんだ」と嗅ぎ煙草をかぎながらクイーン警部

は喘ぐように「全くの迷宮ものだ。死体は一時間ほど前に偶然な機会から発見されたのだ。C号室にいる女が、ここの部室を借りているジョン・ラボックを訪ねて来たのだ。勿論、これはその女の言葉だがね——」

彼は警官に護衛されて部室の隅に一人淋しく坐つている、折角のお化粧の顔も涙ですつかり台無しになつた、薄い金髪の若い女の方を顎でしやくつて示した。

「あの女はローマ劇場の喜劇女優ビリイ・ハームス嬢なんだが、二カ月ほど前からジョン・ラボックと良い仲になつていたということだ。女中の話では数週間前、あの女とラボックは痴話喧嘩をして、その結果、ラボックはあの女の室代も払つてやらなくなつたというのだ」

「ありそうなことです。それで?」

「彼女は何の気もなしに、この部室へやつて来たのだが、部室の中は卓子の上に電燈が点いているきりで薄暗く、男は椅子にもたれたままで、うたた寝をしているらしかつたので、ゆすり起してみたらラボックではなくて、その男は死んでいたというのだ。よくある話さ。勿論、女は金切声をあげて騒いだので、近くの部室の人たちが駈けつけて来たというわけだ」

エラリイはビリイ・ハームス嬢の椅子の近くにいる五人の人たちを見た。

「あの連中は皆この十六階のアパートにいる人達なんだ。あの年とつた両人はA号室にいるオーキンス夫妻で、その隣りに苦が虫を噛みつぶしたような顔をしているのがB号室のベンジャミン・スクレイという宝石商人だ。あとの二人はフォレスター夫妻でビリイ嬢の隣りのD号室に住んでいるのだ」

「で、あの連中から何か手がかりでも得ましたか」

「それが駄目なんだ」とクイーン警部はその胡麻塩の髭の先を噛みながら「ラボックは今朝出かけて行つたきりで、まだ帰つて来ないということだ。街へ出かけて行つて、多分どこかの女と遊び廻つているのだろうとのことだ。召使女の噂では、この頃、あの男はフォレスター夫人とも懇ろになつているというほどのしたたか者なんだ。大体、そのラボックという男は、何も仕事を持つていないのに、相当の収入があるものとみえて、なかなか贅沢な暮しをしているのも不審なんだ。まあ、ラボックのことはこれぐらいにして、一体この死人が何者であるか誰も心あたりがないというのはおかしなことだ。誰もこんな男は、これまで見たこともないとのことだし、またこの男の身もとを示すようなものを何も持つていないのだ」

ユーステース医師は検屍を終つて立ち上りクイーン警部に合図をしたので、彼等は元の椅子のところへ戻つて行つた。

「先生、どうでした？」

「背後から絞め殺されたもので、死後一時間と少しばかり経過していると思われます。そのほかのことは、どうも私には判りかねますが――」

「それだけで結構です。それで充分です」

エラリイ・クイーンは死人の傍の卓子へ近よつて、その上に並べられている死人の所持品を調べてみた。五十七ドル入つている古びた安物の蟇口、銀貨、小型ピストル、エール錠の鍵が一個、ニューヨーク新聞の夕刊、皺くちゃになつたローマ劇場のプログラムと今日の日附の入場券の半片、汚れたハンカチーフが二枚、ここのビルディングの名前の入つたマッチ、緑色の紙包の巻煙草――これは口封も中の銀紙も破つてあつて、煙草は四本しかなかつた。

エラリイは小さな鍵を手に取つて、クイーン警部にたずねた。

「この鍵はどうです？」

「それは、この部室の鍵だということだ」

「合鍵ですか」

シーマン・カーターはエラリイの手から、その鍵を受けとつて助手のフリスと相談していたが、やがてそれを返しながら

「これは合鍵じゃありません。親鍵です」

エラリイは、鍵を卓子の上へ戻して、鋭い眼でそこらあたりをさぐつていたが、卓子の下に紙屑入のあるのを見つけ出した。調べてみると掃除をして間もないのか、その中には巻煙草の包紙の断片と銀紙の丸めたのと、上包みのセロファンの皺くちゃになつたのがあるばかりだつた。彼はその紙屑を卓子の上の巻煙草の包紙と引き合わせてみたが、ぴつたりとよく合つた。

クイーン警部はエラリイが熱心に煙草の紙包を調べているのを見て笑いながら

「それは別になんでもないことだよ。一時間半ほど前にこの男が階下のロビイへ入つて来て、そこの売り場で、この煙草とマッチを買つて、エレベーターでここへ上つて来たのだということだ。エレベーター係がよく知つているよ。この男を最後に見たのはエレベーター係だからね」

「犯人のほかはでしよう――」とエラリイは眉をひそめながら「ところで、あなたは煙草包の中味を見ましたか」

「いや。一体、それがどうなんだ?」

「ご覧になれば、わかるのですが、この中味は四本しかないのです。買いたての煙草が四本になつているというところに何かわけがありそうです」

そう言つておいて、彼は部室の中を歩き廻つた。かなり贅沢な家具付器などの調度を備えた広い部室であつたが、エラリイはジョン・ラボックの趣味などには無頓着で、しきりに灰皿を調べていた。あちらこちらに、大きさや型のちがつた灰皿がおいてあつたが、どれもこれもが、きれいに掃除されていた。彼は床の上に眼を転じて、何も見つからなかつたかのように、南西の隅の扉を指さしながら言つた。

「あれは寝室なんでしよう?」

クイーン警部がうなずくのを見て、彼は部室を横切り、寝室へ入つて行つた。

その後へニューヨーク警察の写真班や指紋係や検屍官たちの一団がどやどやと入つて来た。写真のフラッシュが閃めき、十六階の人たちの訊問が再開された。

エラリイは寝室の中を見廻した。寝台は天蓋附の豪華なもので、絹の布やふさで飾り立てられていた。床には青色のふくやかな支那絨氈が敷きつめてあつた。エラリイはこの部室の派手な装飾に眼が痛むような気がした。彼はこの部室の扉口を調べた。三つの出入口があつた。一つは今、彼が入つて来た居間に続いたものであつた。右手の扉口を開いてみると、それは廊下に通じていた。左手の扉は把手を廻してみたが錠がかかつていた。見ると鍵は鍵穴にさし込んだままになつていたので、そつと開けて中をのぞいてみた。そこは、こちらの部室と同じように寝室であつた。調べてみるとその向うに、やはり居間と控え室とが附いていた。これは、勿論、H号室の隣りのG号室に相違なかつた。今は空き室になつているので、どの扉口にも錠がおりていなかつた。

エラリイは溜息をついて、元のラボックの寝室へ戻つて来て、扉を閉め、鍵はそのままにしておいた。気がついて彼はハンカチーフを取り出し、扉の把手を丁寧に拭いておいた。そして彼は衣裳戸棚へ近づいて行つて、乱雑にかけてある外套や上衣や帽子などを調べてみた。その調べかたが、ちよつと変つていた。彼はポケットをさぐつていた。ポケットの中のごみ屑に興味を持つているようだつた。ポケットを裏返してみて縫い目をよく調べていた。

「煙草の粉らしいものは見あたらない」と彼はつぶやいた。

「一体、これはどうしたということだろう？」

彼はポケットを元の通りに直しておいて、戸棚を閉め、右手の扉口から廊下へ出て、ラボックのH号室の前へ行つた。その時、警察の写真班や、指紋係や、検屍官のプラウテイ医師たちが、エレベーターの扉口の前で、しきりに話し合つていた。

H号室の入口で、やはり口笛を吹きながら立ち番をしている警官に会釈をしておいて、控え室へ入つて行き、そこの押入の中に掛つている服のポケットも調べてみたが、やはり駄目だつた。

居間の方でクイーン警部の声がきこえて来た。

「ラボックさん。どうか私たちに協力して下さい」

エラリイはいそいで押入を閉めておいて、居間へ入つて行つた。隣り近所の人たちは、もう引きあげて、この事件の主役たるシーマン・カーターとユーステース医師とが残つていた。それに、もう一人見なれぬ男が交つていた。薄茶色の頭髪に、青い眼の、頬のこけた、痩せがたの小柄な伊達男だつた。死人をじつと見おろしている彼の顎のあたりは妙にびくびくとふるえていた。

「この人は——？」

エラリイはクイーン警部にたずねた。

その男は振り返つてエラリイを眺めたが、また、すぐに死体の方に眼を転じた。

「このかたはジョン・ラボックさんだよ。この部室を借りている人だ。ハグストロムが捜し出して連れ帰ったのだ。それで、やつと死人の正体を知ることが出来たのだ——」

エラリイはジョン・ラボックの顔を、まじまじと眺めながら、

「ラボックさん。あなたの身内のかたでしよう。よく似たところがあります」

「ええ、そうです——」ラボックはやつとわれに返つたように「私の弟なんです。今朝、グァテマラからこのニューヨークへ帰つて来たところです。弟は技師なんです。この三年間ほど会つていなかつたのです。朝、クラブへ私を訪ねて来たのですが、私には約束があつたので午後にゆつくり会うことにして、私のアパートの鍵を手渡しておいたのです。弟はローマ劇場の昼興行を見てから私のアパートへ来る約束でした。ところが、とうとう、こんなことになつてしまつたのです——」彼は肩を張り、大きく息を吸い込んでやつと気を取り戻し「私にも何が何だかさつぱり判りません」

「ラボックさん。弟さんには敵があつたのですか」

クイーン警部にたずねられて、ラボックは卓子の端をしつかと握りながら、がつかりした様子で、

「私に心あたりはありません。ハリイは少しもそんなことをほのめかしていませんでした」

「ラボックさん。この卓子の上の品について何かお気付きになることはないでしようか。これは弟さんのポケットの中にあつたものなんですが、何か紛失しているとは思いませんか」

ラボックは卓子の上の品を一と通り調べて頭を振りながら
「私には何も気づきませんが——」

エラリイはラボックの腕をそつと捉えて、

「ラボックさん。シガレット・ケースが紛失していはしませんか」

ラボックはおどろきの眼を見はつた。クイーン警部はあきれ返つて唖然としてしまつた。

「シガレット・ケースだつて？　エラリイ。そのシガレット・ケースがどうしたつて言うのだ？　そんなものは見あたらなかつたよ」

「ラボックさん。どうですか——」

ラボックは唇をなめながら、やつと訊ねた。

「どうして、そんなことを――? 私でさえ気付かなかったことをどうして、ご存知なんです? すっかり忘れてしまっていました。三年前に弟が中部アメリカへ行く時に彼はこれと同じシガレット・ケースを一つ持っていたのです」と言いながらラボックは自分のジャケツの内側のポケットをさぐって東洋風の銀細工模様のある黒味がかったケースを取り出した。その模様の銀細工が一ヵ所だけ脱落して失くなっていた。

エラリイはケースを開けてみたが中には巻煙草が六本ほど入っていた。

「ハリイの友人がバンコックから二つのシガレット・ケースを送ってくれたのです。これは東印度産のチーク材で作ったものです。ハリイは私にその一つをくれたので、今でもこのように持っています。どうして、そのシガレット・ケースが紛失しているとご存知なんです?」

エラリイはシガレット・ケースの蓋を閉めて笑いながらラボックに返した。

「それが私の仕事なんですよ」

ラボックが何か大切なものでも仕舞い込むように、シガレット・ケースを内ポケットへ入れた時に、控え室の方で急に人の気配がして、白い服を着た二人の人夫が入って来た。警部が彼等にうなずいてみせると、人夫は担架をそこへ拡げ、無造作に安楽椅子の死人を抱え起して、そこへ寝転がし、その上へ毛布をかけ、まるで肉屋が牛肉を運び出すようにさっさと出て行ってしまった。

ジョン・ラボックは再び卓子の端を捉えて身体をやっと支えているようであったが、顔色は一層蒼ざめてしまって、ぐっと息を呑み、嘔き気を催して床の上へくずれかけた。

「あッ! ユーステースさん! プラウテイ先生も! 早く、早くッ!」

クイーン警部が叫んだので、エラリイはとび出して行ってラボックを抱きとめた。

ユースティース医師が鞄を開けているところへ、プラウテイ医師も飛び込んで来た。

「ああ、可哀想なハリイ……連れて行かれてしまった……。何か……、何か薬を……。私を起して下さい――」

ラボックはうわごとのようにつぶやいた。

プラウテイ医師は、なんのことだと言わんばかりにそのまま、また、出て行つてしまつた。ユースティスは鞄から薬壜を取り出して、ラボックの鼻先へ持つて行つた。鼻をひくひく動かしてラボックは笑顔を見せた。

「さあ、煙草一服喫い給え」とエラリイはシガレット・ケースを取り出して「そしたら気が落ちつきますよ」

ラボックは頭を振つて、エラリイの手を払いのけながら、

「煙草は駄目なんです。ええ、もう大丈夫です——」

彼は自分で起きあがろうとした。

エラリイは、顔に汗を流して、扉のように卓子の傍に立つている管理人のシーマン・カーターに向つて言つた。

「カーターさん。この部室を掃除した女中をここへ呼んで来て下さらぬか。すぐですよ——」

カーターはうなずいて、まだ、慄える足どりで、あたふたと居間から出て行つた。彼と入れちがいに巡査部長ヴェリイが入つて来た。エラリイはクィーン警部を見て、控え室の方へ頭を振りむけて合図をした。

「ラボックさん。あなたはここで休んでいて下さい。すぐ戻つて来ますから——」

クイーン警部はそう言つておいて、エラリイと控え室の方へ出て行つた。エラリイは外へ出ると居間の扉をそつと閉めた。

「どうしたつて言うのだ?」

いぶかしがる警部の言葉をさえぎつて、彼は微笑を浮べ、両手を後ろへ廻して部室の中を歩きはじめた。

扉が開いて黒い服を着た小柄な女が心配顔にのぞき込んだ。

「さあ、お入り。お前がいつもこの部室を掃除する女中さんだね?」

「ええ、そうですの」

「今朝も、いつもの通り掃除したのだろう?」

「はい」

「灰皿に煙草の灰があつたかね?」

「いいえ。ラボックさんのお部室は、お客様があつた時だけしか灰皿は汚れていません。」

「それに相違ないね?」

「はい」

女中が退くのを待つて、クイーン警部は言つた。

「わしにはどうも腑におちないね」

エラリイは急に真剣な顔になつて、父のクイーン警部の痩せた小柄な身体を引きよせながら、

「まあ、きいて下さい。あの女中の訊問が必要だったのです。これで、ほぼ推察出来ますよ。殺されたハリイ・ラボックのポケットに入つていた巻煙草の紙包は、まだ、新しかつた。あれはハリイ・ラボックが、この部室へ来る前に階下の売り場で買つたものに相違ないのです。あの紙屑入から出て来た包紙と銀紙の破片や皺くちやになつていたセロファンの上包みなどから考えて、彼がこの部室へ来てから封を切つたことは明らかです。ハリイは兄に会うために、この部室へやつて来て、控え室を背に、安楽椅子に腰をおろしていたのです。灰皿には吸殻や煙草の灰のなかつたことからみて、彼は煙草を喫つていないのです。ところが、彼のポケットから出た、まだ新しい紙包の中には巻煙草が、四本しか残つていなかつた。二十本入りの紙包の煙草が四本しかないとすれば、十六本はどうなつたのでしよう? 先ず第一に考えられることは犯人が持つて行つたということです。だが殺人犯人が被害者の巻煙草を十六本盗み去るなどいうことは心理学的に考えて、どうもおかしなことです。すると第二の可能性は、ハリイ・ラボックが犯人の来る前にシガレット・ケースへ巻煙草を入れ替えたということになるのです。十六本という煙草の数が、それを証明しています。それは大抵のシガレット・ケースは十六本入りなんだから——。失くなつている十六本の巻煙草は、きつとハリイ・ラボックの手でシガレット・ケースの中へ入れ替えられたものと私は確信するのです。ところが、ここにはシガレット・ケースがなかつた。だから犯人がそれを持つて行つたものにちがいない」

クイーン警部はうなずいた。

「すると、どうなるでしよう? 巻煙草は特別に珍らしいものではないから盗みの対照にはならない。シガレット・ケースが盗みの対照だつたのです。」

「じや、どうしてそんなものを盗んだのだろう?」とクイー

ン警部が口をすぼめながら「シガレット・ケースに何か仕掛でもあるのだろうか。あんな薄い木製のケースにどんなものが隠せるだろう?」

「私にもそれが判らないのです。どうして、そんなものを盗み去る理由があるのか少しも判らない——。だが、やはり盗まれたのですからね。ところで次にジョン・ラボックについて考えてみましょう。ここに三つの重要な暗示を得ることが出来たのです。先ず第一に女中の訊問でしたが、それによると来客のあつた時だけしか灰皿に煙草の吸殻がなかつたということです。これは彼が喫煙家でない証拠です。次に、ジョン・ラボックが失神しようとして何か気つけ薬を求めた時、私が煙草をすすめたら、彼は手を振つて断つたが、あのような場合、煙草好きの者だつたら神経をしずめるためにぜひ一服するところです。これも彼が煙草好きでない証拠です。それから、もう一つの場合だが、彼の服のポケットには煙草の粉末らしいものが少しも見あたらなかつたことです。衣裳戸棚の中の服や外套のポケットを一つ一つ裏返して丁寧に調べてみたが、どこにもそれらしいものは見あたらなかつた。これも彼が決して喫煙家ではないという証拠です。お判りでしよう?」

「なるほど——。彼は喫煙家ではないね。だが、どうしてポケットにシガレット・ケースを持つていたのだろう?」

「先刻も言つた通り、被害者のシガレット・ケースは犯人によつて盗み去られたことは間違いないのだから、喫煙家でないジョン・ラボックがシガレット・ケースを持つているとすればどうなるでしよう? それは彼の弟の持つていたものにちがいないのです」

「じや、ジョン・ラボックが殺害犯人だということになるね。だがあのケースの中には十六本入つていなかつた。種類の異つた巻煙草が六本入つていただけだ」

「勿論、シガレット・ケースを盗んでから中味を入れ替えたのでしよう。この点から考えて、彼が同じシガレット・ケースが二つあるというのも、彼が突差に思いついた嘘かも知れない。もし、身体を調べられてシガレット・ケースが出た場合を予期しての言い逃れだつたのでしよう」

奥の扉を叩く音がしたので、クイーン警部が振り返ると、ユーステース医師が奥の居間との扉を開け放つたままで入つて来た。

「お話中をお邪魔いたします」と医師は謝るように言つた。「私は、まだ、他に患者がありますので、これで失礼させていただきます」

「さあ、どうぞ、ご自由に——」クイーン警部は、はつきりとした声で「今も私たちで話していたのですが、これからジョン・ラボックを本署へ連行して少し調べたいと思つているのです。先生にもまた、手続上の供述をお願いいたします」

「えッ！　ラボックを？」とユーステース医師は眼を見張つて、肩をすぼめながら「いや、私には何も関係ないことです。クイーン警部、いつでもおいで下さい。私は事務室にいますが、留守の場合には行先を書き残しておきますよ」

彼は会釈して出て行つた。

「あまりラボックを脅かさないようにして下さいよ」とエラリイは居間の方へ行こうとするクイーン警部に呼びかけた。「私の推理は間違つてないと思うのですから——」

奥の居間には巡査部長のヴェリイが、ハリイ・ラボックが殺されていた椅子に腰をかけ、両足を卓子の上へ投げ出していた。

「ラボックは？」

エラリイは早口でたずねた。

ヴェリイは大口を開けて欠伸をしながら閉つている寝室への扉を指さして、

「つい先刻、寝室へ入つて行きました。別になんにもないでしよう」

「君は大馬鹿だッ！」

エラリイは叱りつけ部室を横切つて行つて寝室の扉を開いた。寝室の中には誰もいなかつた。

クイーン警部は廊下にいる部下に合図をした。ヴェリイ巡査部長は顔を真赤にして飛びあがつた。警笛が鳴り響いた。部室々々から人々が出て来た。A号室からオーキンス老夫妻の白髪頭がのぞいていた。ビリイ・アームス嬢が薄いシミーズなりで廊下へ飛び出して来た。F号室の扉があいて妖婆のような老婦人が車椅子に乗つて出て来て、無器用な運転で二人の警察官を逃げまどわせたが、その光景は、まるで高速度撮影の映画を見ているようであつた。

エラリイは悄然としてしまつたヴェリイ部長を叱りつけるのをやめた。西側の廊下にいた警官たちによつてラボックは廊下へ出なかつたことが判つた。エラリイは東側の扉口へ駈けよつた。それは隣りのG号室の寝室に通じている扉口だつたが、鍵穴にさし込んだままになつていた鍵が見あたらなかつた。扉を開けようとしたが錠がおりていた。

「東側の廊下だッ！　あちらから入ることが出来る――」

エラリイは叫んで、ラボックの部室から外へ出ると東側の廊下へ飛んで行つた。G号室は空き部室だつたので扉口は錠がおりていなかつた。すぐ飛び込んで奥の寝室へ入つて行つた。扉を開けた瞬間、彼等は思わず立ちすくんでしまつた。

ジョン・ラボックが床の上に俯伏せに倒れていた。帽子も外套も着ていなかつた。暴力によつて殺されたらしく、苦悶のあまり身体を捻じまげていた。

彼は絞殺されていたのだつた。

エラリイは開いた口が塞がらなかつた。彼が犯人に相違ないと目星をつけていたジョン・ラボックが殺されているではないか。彼はH号室の寝室に通じている扉口へ近づいて行つた。そこにはH号室の寝室側で見られなかつた鍵が差し込んだままになつていた。彼はそつとそれを触つてみてから、部室を出て行つたが、警察の指紋係に廊下で出合つた。彼は早速、指紋係をラボックの寝室へ連れて行つて、二つの寝室の間の扉を示した。

「この把手の指紋を調べてみて下さい」

指紋係が仕事をしている間、エラリイは心配顔でじつと見まもつていた。扉の把手に振りかけた白い粉の中に指紋がはつきりと現れた。写真班が来て指紋の写真を撮つた。

それがすむと彼等はG号室の寝室へ入つて行つた。医師は検死をすませて、クイーン警部と何か話し合つていた。エラリイは死体を指さして指紋係にラボックの指紋を依頼した。

指紋係はラボックの十本の指の指紋をとつた紙片を手にして立ちあがつた。そして、隣りの寝室との扉を開けて、先刻の把手に現れた指紋と引き合わせていたが、

「大丈夫、同じ指紋ですよ」

エラリイは溜息をついた。

彼は死体の傍に膝をついて、ラボックの上衣の胸の内ポケットをさぐつていたが、やがてチークのシガレット・ケースを取り出した。

「ああ、私はこの男を疑つたりして相すまぬことをした。やはり、この男の言つた通りシガレット・ケースは二つあつたのです。これは先刻、この男が見せたのとちがうシガレット・ケースです」

クイーン警部は啞然としてしまつた。先刻、この男が見せたシガレット・ケースの銀細工模様には一ヵ所脱落したところがあつたが、このケースは完全なものだつた。

「説明は簡単です。ジョン・ラボックを殺した犯人が、このシガレット・ケースを彼の胸ポケットへ入れたのにちがいないのです。これで何もかも明瞭です。ここで犯人はジョン・ラボックを絞殺して彼のシガレット・ケースを奪い取り、その代りにハリイ・ラボックから奪いとつたシガレット・ケースをポケットへ入れたのです。勿論、ジョン・ラボックのシガレット・ケースの中の六本の煙草の数だけ入れ替えておいて、これがジョン・ラボック〃のものにちがいないと思わせようとしたのだが、犯人はジョン・ラボックのシガレット・ケースの銀細工が一ヵ所欠けているところまでは気がつかなかつたのです――」

エラリイはがやがやと騒いでいる人々の方へ向きなおり、手をあげて彼等を制したので静かになつた。

「皆さん。殺人犯人はうまくやつてしまつたのです。だから私たちが捜しますまで皆様は用心していて下さい。カーターさん、そういつまで慄えていなくつてもいいですよ。もうあなたの心配するようなことはないのです」

エラリイは無表情な顔つきをして死人の足元のところに立つていた。人々は呆気にとられたように彼の顔を見ていた。エラリイの合図で扉口に立つていた警官が退くとオーキンス夫妻や、部室着のままのビリイ・ハームス嬢や、D号室のフォレスター夫妻や、車椅子に乗つたマロリイ老夫人たちが部室の中へ入つて来た。

「私の推理は間違いなかつたのです」とエラリイはジョン・ラボックの絞められた頸のあたりをじつと見ながら、誰に言うとなく、講義口調で喋り出した。「まず第一の殺人事件に於ける犯人の唯一の目的はハリイ・ラボックの持っているシガレット・ケースを奪いとることだったのです。ところで第二のジョン・ラボック殺害事件では、彼の盗みとったシガレット・ケースをジョン・ラボックのシガレット・ケースと掏り替えることが、犯人の目的だったのです。この点から推して第一の殺人と第二の殺人とは同一犯人によってなされたことは明白です。では、何故ハリイ・ラボックは殺害されたのでしょう？　この理由は極めて簡単です。犯人は兄のジョン・ラボックと間違えて殺されたのです。犯人は背後から彼を絞め殺し、シガレット・ケースを奪いとって、はじめて人違いだったことに気付いたのです。そのシガレット・ケースは犯人が狙っていたものとは違っていたのです。どうしてこのような間違いをしたのでしょう？　それは彼が背後から忍びよって絞め殺したからです。椅子に掛けているハリイの後姿は、ジョン・ラボックそっくりだったからです。したがってその場合犯人が奪い取ったシガレット・ケースは何の役にも立たないものだったのです。犯人は無駄骨を折ったのでした。言葉をかえて言えばハリイ・ラボックの持っていたシガレット・ケースはこの犯罪には関係のないものだつたのです」

エラリイ・クイーンは一層身体を前へ乗り出して喋り続けた。

「では、なぜこのようなシガレット・ケースを犯人は狙つたのでしよう？　このケースには変つた仕掛もなさそうだし、さりとて非常に高価なものとは思えないです。だから、犯人が狙つていたのはシガレット・ケースそのものではなくて、その中味だつたと推察出来るのです。じや、そのケースの中味は何でしよう？　それは巻煙草です。だが、どうして巻煙草のために人殺しなどするのでしよう？　それは巻煙草そのものが目的ではなくて、何か巻煙草の中にかくされているものが目的だつたのでしよう。そこで私たちはいよいよ最後の問題に到達するのです」

エラリイは背のびをして大きく息を吸い込み、車椅子に乗つている老夫人に向つて、

「あなたはマロリイ夫人ですね？」

「そうですよ」

「あんたは二日前に首飾りのダイヤを盗まれたということですが、どれくらいの大きさですか」

「小さな豌豆の粒ほどのもので——、全部で二万ドルの値打ちがあるのです」

「うむ、小さな豌豆ほど——とは、ご婦人らしいたとえですね」とエラリイは笑つた。「ところで、先刻の巻煙草の話ですが、私はジョン・ラボックの巻煙草の中に何か高価なものが、匿されているのではないかと思うのです。今もマロリイ夫人が、お話しになつた高価な豌豆粒のような——」

一同は相互に顔を見合わせて、がやがやと騒ぎはじめた。

エラリイは彼等を制して、

「さて皆様——。私はとうとうジョン・ラボックの正体がどんなものであるか知ることが出来たのです。実のところ、彼は宝石盗賊だつたのです。」

「あのラボックさんが——?」

シーマン・カーターがおどろいたように思わず声を立てた。

一同のものは一時ほつと安心したようだつたが、すぐに、また、恐怖におそわれて黙り込んでしまつた。マロリイ夫人は死んでいるジョン・ラボックの顔を憎々しげに見下していた。

エラリイは意地悪い笑いをうかべながら静かに言つた。

「ところで、私たちはいよいよこの事件の最後として、第二の殺人について考えねばならないのです」と言いながら彼は指紋係の男に向つて「ジミイ君、あなたの調査の結果を話して下さい」

「この死人の指紋が、あの扉の向うの寝室にあつたのです」

「ありがとう。ところで、皆さん、私はジョン・ラボックが殺される前に、向うの寝室側の扉の把手は、きれいに拭いておいたのです。だから、ラボックがこちらの部室へ入つて来る時に、扉の把手に指紋を残したにちがいないのです。彼はこちらの空き部室へ入るためにあの扉口を開けたのです。ジョン・ラボックは逃げようとしていたのでしようか。いやいや。彼は帽子も外套も着ていなかつた。彼は遠くへ行くつもりではなかつたのです。もし逃走したとすれば、彼の弟殺しに対する疑いを一層深めるばかりです。だが、彼は殺されたのだから弟殺しの犯人は彼ではなかつたのです。では、彼は何故、空き部室へ逃げ込んだのでしよう？　先刻、私がジョン・ラボックが弟殺しの犯人に相違ないと話している時に、ユーステース医師が奥の扉を開けて出て来られました。医師は他に患者の診察があるとかの話でした。その時、迂闊にもクイーン警部はユーステース医師に向つて、ジョン・ラボックを警察へ拘引して訊問したいことがあると話したが、生憎、扉が開け放たれたままだつたので、奥の居間へもその声がきこえたらしいのです。ヴェリイ部長、あなたは、あの時、ジョン・ラボックとあの居間にいたのだから、クイーン警部の声がきこえたでしよう？」

「ええ、きこえました」とヴェリイ巡査部長は靴のかかとで床をこつこつと叩きながら「ラボックもきいたと思います。すぐそのあとで寝室に何か用があると行つて入つて行きました」

「ラボックは警察へ連れて行かれては大変だと思つた。盗んだダイヤはシガレット・ケースの巻煙草の中へ匿くしてある。警察で調べられたら見つかるかもしれない。何とかして巻煙草をかくしてしまわねばならない。彼が隣りの寝室へ入つて行つたのは逃げるためではなくて、巻煙草をどこかへ匿すためだつたのです。彼はそれをうまく匿しておいて、後ほど取りに来るつもりだつた。だが、どうして犯人に、ジョン・ラボックが隣りの寝室へそれを匿そうとしていることが判つたのだろう？　もし、犯人もクイーン警部がラボックを警察へ連行するというのをきいたとすれば、ラボックもきいていて、それを匿そうとするだろうということを予知したにちがいないのです」と、エラリイは意地悪そうに笑いながら身を前へ乗り出して「この警部の言葉を知つているのは五人だけでした。即ち警部自身と、この私と、ヴェリイ部長とジョン・ラボックと——」

ビリイ・ハームス嬢が金切声をあげた。マロリイ夫人が傷ついた鸚鵡のように叫んだ。

誰かが出口の方へ人々を掻きわけて傷ついた猛獣のように逃げて行つた。その後からヴェリイ巡査部長の二百五十ポンドの肉体が飛びかかつて行つた。恐ろしい格闘がはじまつた。ヴェリイ部長の拳が音を立てた。埃が立ちあがつた。

エラリイは黙つてみていた。これまで幾度かヴェリイ部長の武勇伝を見ているクイーン警部は、ただ、溜息をつくばかりだつた。

「二重殺人と同時に、世間の眼を欺いていた悪漢だ――」とエラリイ・クイーンはヴェリイ巡査部長の武勇の鉄拳で、くたくたにされた男を見て言つた。「この男は自分の宝石盗賊であることや殺人犯人であることを知つている仲間のジョン・ラボックを殺してしまうのみならず、マロリイ夫人のダイヤを自分一人のものにしようとたくらんでいたのです。お父さん、この男の鞄か身体のどこかにそのダイヤがかくされていますよ。調べてみて下さい」

エラリイは煙草に火をつけて、おどろきあきれている人々の眼の前でゆつくりと煙りを吸い込んだ。

「問題は極く簡単なものでした。すべての事実が、その男が犯人であることを示しているのです」

ヴェリイ巡査部長に押さえつけられてもがいている男はユーステース医師だつた。

（西田政治訳）

メグレの煙管《パイプ》

ジョルジュ・シメノン

1　家具の身動きする家

七時半だつた。部長室で、六月の暑い一日の終りに肥つた男の洩らす溜息――疲れと安らぎの一緒になつた溜息を洩らすと、メグレは機械的にかくしから時計を引つぱり出した。それから彼は手を伸ばして、桃花心木《アカジユー》の机の上の書類を寄せ集めた。バネ付きの扉が背後で閉ると、彼は控え室を通り抜けた。赤い肱掛椅子には人影もない。年寄りの使丁《こつかい》は、ガラスの仕切りの中の彼の座にいた。司法警察部の廊下はからつぽで、灰色のところどころに陽の当つた、長い遠見《みとおし》があるばかり。

日々のきまりきつた動作。彼は自室に帰つて来た。オルフェーヴル河岸に向いて大きな窓が開いているのに、いつも漂つている煙草の匂い。彼は机の隅に書類をおくと、窓枠のところへ行つて、まだ熱いパイプの火皿《かま》をはたきつけ、帰つて来て坐つた。彼の手は右側にある筈の別のパイプを、機械的にまさぐつた。

そいつが、なかつたのだ。灰皿のそばにパイプは三本たしかにあつた。その一つは海泡石のだ。が、彼の探していた好もしい奴、何かというとそれに手が伸びるし、いつも肌身はなさず持ち歩いていた、あの少し曲りを帯びたブライヤの大パイプで、もう十年も前に彼の妻が誕生日の祝いにくれた、彼の好もしい古いパイプと呼んでいた奴が、結局そこになかつたのだ。

彼はかくしを撫でまわした。驚いて両手を突込んだ。黒大理石の煖炉の上をながめた。実のところ、なくなつたと思つてはいなかつたのだ。パイプが一本、すぐに見つからなくたつて、別に不思議ではない。彼は二三度、室内を堂々めぐりして、手洗い用の琺瑯の洗面台が収まつている、造りつけの戸棚を開けても見た。

誰でもやることだが、かなり間の抜けた探しかただつた。その午後中、この戸棚を開けたことはなかつたのだし、六時ちよつと過ぎにコメリヨ判事から電話があつた時には、彼は丁度そのパイプを咥えていたのだから。

そこで彼は使丁を呼鈴で呼んだ。

「ねえ、エミール、おれが部長のところへ行っていた間に、ここへはいつた者はないかね?」

「誰もいませんね、警部さん」

彼はまた、かくしを掻きさぐつた。上着のも、ズボンのも。面喰つた肥大漢《ふとつちよ》といつた恰好で、ぐるぐる廻り出した。それで彼はのぼせて来た。

刑事部屋に行つてみたが、誰もいなかつた。そこへパイプの一本を忘れて来たこともあつたのだ。オルフェーブル河岸の役所の部屋が、まるで休暇中の気分で、こんなにがらんとしているのを見るのは、珍らしくもあり気持がよくもあつた。が、パイプはなかつた。彼は部長室の扉を叩いた。部長は出て行つたばかりだつた。はいつて見たが、はいる前から彼は、パイプがそこにないことにも、六時半にやつて来て、裁判中の事件やこの次の地方出張について、お喋りをした時には、他のパイプを吸つていたことにも、気がついていた。八時二十分前だ。八時にはリシャール・ルノワル通りの家に帰つている約束になつていた。義妹と彼女の夫を招いてあるのだ。それから何を持つて帰る約束をしたつけ? 果物だ、そうそう。家内に桃を買つて来てくれといわれたのだつた。

だが、黄昏の重たい空気の中を歩きながら、彼はパイプのことを考え続けた。或るちよつとした附帯《つけたり》の事件だが訳の分らぬ事があつて我々をまごつかせるように、丁度そいつが幾分知らぬ間に彼を悩ましているのだつた。

彼は桃を買つて家に帰り、義妹に接吻した。妹はまた肥つていた。彼は彼等に食前酒《アペリチフ》を振舞つた。ところで、こんな時にこそ、彼が口に咥えていなければならないのは、あの好もしいパイプなのだつた。

「お仕事でいつぱい?」

「いや、平隠無事さ」

こんな時期もあるのだ。同僚のうち二人は休暇を取つていた。三人目は今朝がた電話で、家族が地方から出て来たので、二日の欠勤許可をもらつたと知らせて来た。

「なんだか心配そうね。メグレ」と、彼の妻が夕食の途中で気づいていつた。

でも、彼をくさらせているのがパイプのせいだとは、打ちあけかねた。彼はもちろん八つ当りする気も起らなかつたし、その事が彼の機嫌を損じさせる程のこともなかつたのだ。

二時にである。そう、二時何分だつたかには、彼は彼の事務室に坐つていた。リュカが来ていて、月賦品不正転売事件のことを、それから赤ん坊の出産を待つているジャンヴィエ刑事のことを彼に話した。

それからは心静かに、上着を脱ぎネクタイを少し弛めて、一時は殺人と間違えられた自殺事件の関係書類をまとめあげた。

それからがジュジェーヌだ。モンマルトルの淫売《おんな》の情夫《ひも》で、稼ぎ手の女をナイフでぐつさりやつた奴だ。奴の言い草によれば《ちよつぴり突《つ》ついた》のだ。が、ジュジェーヌは机のそばに近寄らなかつた。でなくとも、奴は手錠を嵌められていた。

リキュール酒が出された。女二人は料理の話をしていた。義弟は巻煙草をふかしながら、ぼんやり耳を傾けていた。そしてリシャール・ルノワル通りの物音が、開け放した窓まで登つて来るのだつた。

彼だつて、その午後は机のそばを離れて、ドーフィヌ麦酒店へ半リットル入を飲みにも行かなかつた。

待てよ、女が来た……ええと、何という女だつたつけ？ロワかルロワだ。彼女は予約面接ではなかつた。エミールがこういいに来たのだ。

「婦人と、その息子です」

「何の用かね？」

「それをいいたがりません。部長に話すつて、いい張つてます」

「通しなさい」

彼の時間の切り盛りに合間《あき》があつたのは、混り気なしの偶然なのだ。でなかつたら、その女を迎え入れなどしなかつただろうから。今では細かい事まで思い出すには骨の折れるほど、彼はその訪問に重きを置いてなかつた。

義妹と義弟は帰つて行つた。妻は後片附けしながら気にかけていった。

「今夜は口が重かったのね。何か思わしくない事があるんだわ」

いいや。あべこべに何もかも、とても旨く行ってるんだ、パイプの一件を除いたら。日が暮れ出した。そして、この時刻にパリの窓々でパイプや紙巻をふかしながら涼を取る、幾千の人々のように、メグレはシャツの袖で窓に肱をついた。

女は——というよりも、ルロワ夫人は——警部の真ん前に来て腰かけた。勿体ぶった人に有勝の、ちょっとぎごちない歩みぶりで。四十五才ばかりの、降り坂で干《ひ》からび出した女の一人だ。メグレとしては、年肥りのする型の方が好きだった。

「お目にかかりに参りました、局長様……」

「局長は留守です。私はメグレ警部です」

おっと！　ひとつ思い出した。身動《じろ》ぎもしなかったのだ。彼女は新聞を読まないのに違いない。だから、もちろん彼の評判も聞いたことがないのだろう？　それよりも、司法警察の長官じきじきの面接でないのに当惑した様子で、ふとした片手の身ぶりが、「やれやれ！　でも我慢しなけりゃ、ならなそうだわ」と、いっているようだった。

メグレがそれまで注意を払わなかった青年の方は、それとは反対に、愕然《ぎくり》とした様子で、貪るように熱心に警部へ眼をそそいだものだ。

「寝ないの、メグレ？」メグレ夫人は夜具を整え終って、着物を脱ぎはじめながら、訊いた。

「直《じ》きにね」

さて、あの女は正確なところ何を話したのか？　実によく喋った！　立板に水で、繰り返し力を入れて話す。ほんのちょっとした言葉にも相当の重みをおいて話し、それが真面目に取れないのを、いつも懼れているという人達の流儀だ。ご婦人方、特に五十代に近づいた女達のくせだともいえる。

「私ども、悴と私は……に住んでおります……」

語るところ、その割りに彼女に悩まされはしなかった。というのは、メグレはぼんやり耳を貸していたに過ぎないのだから。

彼女は寡婦《やもめ》だった、結構！　数年前に寡婦になったと、彼女がいつたのだ。五年だつたか十年だつたか、それは忘れちまつた。かなり長い年月だつたことは、息子を育てるのに酷《ひど》く苦労《くろう》したとこぼしていたくらいだから。

「この子のためには何でもやりましたよ、警部さん」

あの年配の、同様な境遇の、同じような気位いと、似たりよつたりの悲しそうな顰め面をした女達が、くどくど喋る言葉を、どうやつたら注意深く聞いていられるのだ？　ではあるが、その寡婦暮しの依つて来るところに、何か事件があつた。何だつたかな？　ああ！　そうだ……

彼女はこういつた。

「私の夫は現役将校でした」

そうすると、息子が訂正した。

「特務曹長だよ、母さん。ヴァンセンヌの経理局にいた……」

「ごめんなさい……私が将校というからには、そういうだけの理由があるのですよ。あの人が死ななかつたら、あの人に較べれば碌でなしの上官達が用事を何もかも押しつけたお蔭で、過労で自滅《まい》つちまうような目に遭わなかつたら、今頃はあの人、将校になつていましたよ……ですから……」

メグレはパイプのことを忘れてはいなかつた。それどころか彼は問題になる点を摑んだのだ。その証拠には、このヴァンセンヌという言葉にパイプとつながりがあつた。それがいわれた時、彼がそのパイプを吸つていたことは確かなのだ。ところで、それきりヴァンセンヌは問題にならなかつた。

「ええと、どちらにお住まいでしたかな？」

彼はその河岸の名を忘れていたが、直ぐあとで、シャラントンのベルシ河岸だつたと分つた。だだ広い河岸の景色が、荷置場や陸揚げ中の団平船《ペニッシュ》と共に、記憶に浮んだ。

「角店のコーヒー店と、大きな貸家の間にある、小つちやな二階家ですよ」

青年は机のそばに坐つて、麦稈帽《むぎわらぼう》を膝の上に載せていた。つまり彼は麦稈帽をかぶつて来たのだ。

「悴は私がお目にかかりに来るのを好まなかつたのですよ、局長様。ごめんなさい、警部さん。ですが、私はいつてやりました――お前に気の咎めることがなかつたら、そんな、理由もないことで……」

彼女の服はどんな色だつたかしら？　総体、黒で、赤つぽい紫がまじる。勿体ぶつた中年女が、よく着る物の一つだ。随分ややこしい恰好の帽子は、何度も型を変えた跡が歴然。黒つぽい編み手袋。彼女は嚙みしめた話し方をした。話の冒頭には、きまつてこんな言い廻しがついた。

「こうだと思つて下さい……」

でなければ、

「誰だつて、こう申しあげるでしよう……」

メグレは彼女の相手をするために上着をひつかけたので、暑くてウツラウツラしていた。辛いおつきあいだ。早いとこ刑事部屋へ廻してしまわなかつたのを、彼は悔んだ。

「もう何度も、家へ帰つて見ますと、誰かが留守中に来ていた証拠を見つけてるんですよ」

「ええと、あなたはご子息と二人きりで暮しておいでだつた？」

「そうですわ。ですから最初はあの子だと思つたんですの。でも、それがあの子の勤務時間中だつたのでね」

メグレは、不服そうな青年をながめた。これも見馴れたタイプだ。十七才ぴたりというところ。痩せてひよろ高い。顔に面皰《にきび》、赤つぽい髪の毛と鼻のまわりの雀斑。

腹黒か？　たぶん。母親も少し後で、それをいわずにはいられなかつた。自分達の悪いところを、ぶちまけるのが好きな人もいるものだ。どつちみち気が小さくて、人前に出るのが嫌いな性質《たち》。彼は絨氈を見つめていた。絨氈でなくとも、事務室の中にある物なら何でもよかつたのだ。誰も彼に眼を止めていないと思うと、彼は鋭い一瞥を素速くメグレに投げた。

そこにいることが彼の気に入らなかつたのだ。ということはハッキリしていた。彼は始めから、こんな手数をかけることの実利について、母親と意見が合わなかつたのだ。たぶん彼は彼女や彼女の気負いや彼女のお喋りを、いくぶん羞かしく思つていたのではないか？

「ご子息は何をしていらつしやる？」

「理髪屋《とこ》の職人です」

するとと青年が苦々しげに言明して、

「ニオルで理髪店をやつている従父《おじ》があるからなんです。母の考えでは……」

「理髪屋《とこ》だからつて羞じることはありません。これがいうのは、警部さん、これの通《かよ》つているピュブリックのそばのお店を、離れることができないと申しあげようつてのですわ。それは私も確かめてあります」

「うかがいますが、あなたはご子息があなたの留守に家へ帰つていたと疑つて、彼を見張つていたと仰つしやるのですか？」

「そうですわ、警部さん。別に誰彼《だれかれ》を疑うわけではありませんが、男つてものは、何でもやろうと思えば出来るつてことを、私は知つてるんですよ」

「ご子息があなたの知らぬ間にお宅でやることがあるとすれば、何ですかね？」

「さあ」

そして、ちよつと黙りこんでから、

「たぶん女の子でも引つぱりこむくらいのことでしようね？三月前に、これの服のかくしから娘つ子の手紙を見つけだしたんです。若し、これの父親が……」

「お宅に誰かはいりこんだということが、どうしてはつきり分るんです？」

「先ず、すぐにそんな感じがしたんですわ。扉を開けなくたつて、私にはそういえたでしよう……」

あまり科学的だとはいえないが、要するにかなり本当だし、人間的でもある。メグレもそうした感じには、かねて覚えがあつた。

「それから？」

「それから、ほんのちよつとした事ですが。たとえば鏡付の箪笥です。私は決して鍵をかけとかないのですが、それに鍵が一ひねりしてかかつているのを見つけたんです」

「お宅の鏡付の箪笥には、貴重品が入れてあるんですか？」

「私共の衣類や下着など、その他には家族の記念品といつた物です。が、何も失くなつてはいませんでしたよ。仰つしやりたいのがそういう事でしたらね。地下室の中でも、箱の置場所が一つ変つていました」

「とは、何を容れた？……」

「空壜ですわ」

「要するに、お宅では何も失くなつていないのですな？」

「失くなつてるとは思えませんね」

「お住居に誰かやつて来るという感じを受けたのは、何時からですか?」

「感じではございません。はつきりした事実ですわ。もう三月ほどになります」

「あなたのご意見によると、何回ぐらい来たことになるんです?」

「たぶん全部で十回ですわ。最初の時の後は、だいぶ間を置きました。たぶん三週間は来ませんでした。でなかつたら、その時は私が気がつかなかつたんですね。それから二度、続けて来ました。その次はまた三週間かそれ以上、間がありました。四五日前から続けてやつて来ています。そして一昨日、あの物凄い嵐があつた時に、私は足跡と湿り気を見つけたのです」

「男の足跡か女のか、分りませんか?」

「どつちかといえば男のですね。でも確かとはいえません」

彼女はその他いろんなことを喋つた。引き出す手間もかけずに、ごつそり話した! たとえば、この前の月曜日には故《わざ》と息子を映画《シネマ》に連れて行つた。月曜には理髪師は仕事をしないからだ。そうやつて、彼は充分に監視された。午後中、彼は彼女のそばを離れなかつたのだ。彼等は揃つて帰宅した。

「ところが、やはり来ていたのですわ」

「にも拘らず、ご子息は、あなたがその事を警察に話すのを好まなかつたのですな?」

「その通りです、警部さん。それだから私には気が知れないんですよ。これは私と同じに足跡を見たのですわ」

「君は足跡を見たのかね、若い方?」

彼にはそれに答えるよりも、頑固に押しだまつている方がよかつたらしい。母親は空騒ぎをしていて、彼のような良識に欠けているのだといわんばかりだつた。

「その訪問者か、訪問者達が、どこから家に侵入したのか、分つてますか?」

「入口の扉からだと思いますね。私、窓を開けておいたことはありません。中庭からはいるには壁が高すぎますし、隣りの家の庭《にわ》を通らなければならないでしょうからね」

「錠前に痕がついてるのを見ませんでしたか?」

「掻き傷ひとつありません。亡くなつた主人の虫眼鏡まで持ち出して、ながめたんです」

「で、お宅の鍵は誰も持つていないのですな?」

「誰も。娘でもいましたらね(青年はぴくりとした)が、娘はあれの夫と二人の子供と一緒に、オルレアンに住んでます」

「娘さんとは、うまく行つてますか?」

「能なしと一緒になるなんて、馬鹿なことをしたと、いつもあれにいつてやつたんです。それ以来、往来《ゆきき》もしてませんから……」

「あなたは、よく家を明けるんですな? 未亡人だと仰つしやいましたが、軍からもらう年金では恐らく足りませんね」

彼女は毅然とした一面、謙譲な素振りを見せた。

「働いてますよ。結局ね! 始め、というのは主人に死なれた直ぐ後のことですが、下宿人を二人おきました。ですが、男達ときたら、ひどい不精なんでね。あの連中が部屋を放《ほ》つたらかしにしとく態《ざま》を、ごらんになつていらしたらね!」

その時には、メグレは聞いていた積りはなかつたが、それなのに今は、いわれた言葉ばかりか、抑揚まで思い出したのだ。

「一年前から、ラルマンの奥さまのお相手役をしてます。たいへん良い方ですわ。お医者さまのお母さんです。シャラントンの水門のそばに、ちようど真ん前に、独りで暮しておいでです。で、毎日午後、私は……いつて見ればお友達なんです。お分りになります?」

実のところメグレは、その話にちつとも重きを置いていなかつた。変つた癖のある人物? といつたところか。彼には面白くもなかつた。諸君の半時間を無駄に潰させる訪問の類《たぐい》なのだ。部長が丁度その時、事務室へはいつて来た。というより、よくやるように、ちよつと扉を開けた。彼は訪問者に一瞥をくれると、彼等の物腰を見ただけで、彼もくだらない用事だと悟つたのだ。

「ちよつと来てもらえるかね、メグレ?」

彼等は隣室で、二人とも立つたままで、ディジョンから電報でいつて来たばかりの逮捕状の件で、ちよつと議論した。

「トランスに任せなさい」と、メグレはいつた。

彼は彼の好もしいパイプを持つていなかつた。が、他の奴を使つていた。好もしいパイプは、論理的にいつて、その少し前、コメリョ判事が電話をかけて来た時、机の上に置いたに違いない。が、その時はまだ、それに気がつかなかつた。

帰つて来ると、彼は両手を背後《うしろ》で重ねて、窓の前に佇んだ。

「要するに奥さん、あなたは何も盗まれなかつたのですな?」

「そう思いますわ」

「盗難届けにいらしつたのでないと、いいたいんですが?」

「届けはできませんわ。というのは……」

「この数カ月、特にこの数日、あなたの留守に誰かがお宅に忍びこむクセがついた、という感じをお受けになつてるだけなんですな?」

「それに一度などは夜中にもですよ」

「誰かをごらんになつた?」

「音が聞えたのです」

「何の音を聞いたんです?」

「台所で、茶碗が落ちて砕《か》けました。私、すぐ降りて行つたんです」

「武器を持つて行きましたか?」

「いいえ。恐くはありませんでした」

「そうしたら、誰もいなかつた?」

「もう誰もいませんでした。茶碗の砕片《かけら》が床に落ちてました」

「だと、お宅には猫はいませんかね?」

「ええ、猫も犬も。獣物《けだもの》はひどく汚《よご》しますんでね」

「猫なら、お宅へ忍びこめたんじやありませんか?」

すると青年は、だんだん居辛《いづら》そうな様子になつて来た。

「あんたはメグレ警部の辛抱に甘え過ぎるよ、母さん」

「早くいえば、奥さん、あなたは誰がお宅に這入りこむのかも知らないし、そこへ何を探しに来るのか、思い当ることもないというわけですな?」

「別に何も。私どもはいつも堅気《かたぎ》に暮して来ましたし、それに……」

「若し、手前にご忠告できることがあるとすれば、それはお宅の錠前を取り変えさせたらということですね。それでもその摩訶不思議な訪問が続くかどうか、結果が分るでしょうな」

「警察では何もして頂けないのでしょうか?」

彼は彼等を戸口へ追いやつた。もう直き、部長が部長室で彼を待ち合わせる時刻になつていたのだ。

「一応、明日、部下を一人さしむけましょう。だが、朝から晩まで、それに晩から朝まで家を見張つてでもいなかつたら、私には何ともいえんが……」

「何時お見えになりますか?」

「朝のうちはお宅にいると伺いましたが」

「買い物に出る他はね」

「十時では如何です?……では、明日の十時に。さよなら、奥さん。さよなら、若い方」

呼鈴を鳴らす。リュカがはいつて来た。

「君かい?……明日十時にこの所書の場所へ行くんだ。行けば何だか分るよ」

別に何の所信もない。警視庁はあらゆる気狂いや変人を引きつける特権を、新聞の編集局と頒け合つているのだ。

ところで今、冷んやりした夜気の忍びこんで来出した窓辺で、メグレは唸つた。

「憎い小僧め!」

机の上のパイプを掻払つたのは、どう考えても、奴だつたからだ。

「寝ないの?」

彼は寝た。彼はむつつりして、むくれ顔だつた。寝床はもう、しつとりと温まつていた。眠りに入る前に、彼はもう一度ぶつくさいつた。そして朝になると、彼は厭な思いを残して眠つた時のように、元気なく眼を醒した。予感というわけではなかつたが。その一日を不吉な踏み出しから始めたという感じがあつた。彼の妻もそれを感じていたが、何もいおうとはしなかつた。そのうえ、空は荒模様で、空気は朝つぱらから重たかつた。

彼は河岸伝いにオルフェーヴル河岸まで歩いて行つた。その間にうつかり、かくしをさぐつて、彼の好もしいパイプを探したことが二度もあつた。彼は埃だらけの階段を、息を切らしながら、のぼつた。エミールがこういつて彼を迎えた。

「あなたに面会ですよ、警部さん」

ガラス張りの待合室に眼をやると、ルロワ夫人の姿を見つけた。彼女は草色のビロードを被せた椅子の端つこに、ちょこんと腰掛けて、今にも飛上ろうと構えているようだつた。彼を見つけると、雑多な感情の餌食になつていると見た、痙攣《ひきつ》つた、狂暴で苦しげな態度で、飛びついて来、彼の服の襟をつかんで、彼女は叫んだ。

「私、あなたに何と申しあげましたつけかね？　奴等、昨夜やつて来たんです。悴がいなくなりました。今度こそ、私のいうことを信じるでしょう？　おう！　あなたが私を気狂い扱いにしたつてこと、私にはピント来てたんですよ。私はそんな馬鹿じやありません。ごらんなさいよ、そら、そら……」

彼女は震える手で手提袋を掻きさぐり、青い縁飾りをした手巾《ハンカチ》を引つぱり出すと、勝誇つたように、振りかざした。

「そう。ええ、そうです。証拠品ていうんでしょうか？　ウチには青いもののついた手巾なぞ、ございません。にも拘らず、私は台所のテーブルの下にこれを見つけたんです。それに、それだけじやありません」

メグレは、朝の活気で埋つている長廊下を、陰気な眼つきでながめた。そこにいた者が彼等の方を振りむいた。

「こつちへいらつしやい、奥さん」彼は溜息をついた。

災難だ、まつたく、彼女がやつて来そうな気はしていた。

彼は自室の扉を押し開け、いつもの場所に帽子を掛けた。

「おかけなさい。話をうかがいましょう。ご子息がどうしたんですつて？……」

「悴が昨夜の中に消えてなくなつたんです。そして、あれが今頃どうなつてるかは、神様だけがご存じだつて、いつているんです」

2　ジョゼフの上靴

彼女が息子の身の上を、はつきりどう考えているのか知るのは、むずかしかつた。さつき司警部で、夏の嵐がふいに襲って来るように爆発した泣きの涙の最中に、彼女は泣き喋りにいった。

「そらごらん、奴等があれを殺しちまったのは確かですよ。あなのに、あなたはその間、何の手も打ってくれなかった。あなたが何を考えていたか、私が知らないとお思いなんでしょう！　あなたは私を気狂い女だと思っておいでだった。そうですとも！　そして今、あれはきっと死んじまってるんです。そして私はこれから、支《ささ》えなしの、全くの独りぼっちになってしまうんですわ」

ところが今、ベルシ河岸の並木が枝をさしかわす下を転がって行く、田舎の郵便馬車みたいなタクシーの中で、彼女の顔つきはもうシャンと直っており、眼《まな》ざしは鋭かった。そして彼女はいうのだ。

「あれは気の弱い子なんですね、警部さん。あれには女に逆らうことは到底できないでしょうよ。あれの父親がそうでした。私によく辛い思いをさせたものですよ！」

メグレは彼女と並んでタクシーの席に腰かけていた。リュカは運転手の隣りに席を占めていた。

おや、パリ市の境界からシャラントン地区にはいっても、河岸はあいかわらずベルシ河岸と呼ばれている。が、もう並木はなかった。セーヌ河の向う岸には工場の煙突。ここにあるのは倉庫と、それにここらがまだ殆んど田舎だった頃に建てられて、今は貸家の間に楔のように挟まっている小屋。街のとある角には、威勢のいい赤い色で塗って、黄色で字を書いた小料理屋が、若干の鉄の卓を並べ、樽植えの痩せ枯《が》れた月桂樹が二本。

ロワ——否、ルロワ——夫人は苛々して、ガラスの仕切を叩いた。

「ここですよ。散らかってますから余り見ないで下さいね。掃除をする気にもなれなかったと、申しあげる必要もないですね」

彼女は手提の中の鍵を探した。扉は黒っぽい茶色、外まわりの壁は煙のような灰色だった。メグレはその間に破壊の跡のないのを確かめた。

「どうぞ、おはいりになって。後で部屋を全部ごらんになる、お積りだと思います。ほら！　茶碗の砕片《かけら》は私が見つけた場所に、まだございますわ」

彼女が清潔だといつたのは、嘘ではなかつた。どこを見ても埃はなかつた。きちんとした感じだつた。が、なんとまぁ佗し気だつたことか！　佗しいという以上に、物悲しい！　狭すぎる廊下は、壁の下方が茶色、上が濃い黄色に塗り分けてある。茶色の扉。二十年以上も前に貼つた壁紙は、まるで色が抜けてしまつたほど褪せていた。

女はあいかわらず、まくし立てた。彼女は恐らく独りぼつちの時でも、その静寂《しじま》が耐えきれずに、何か喋つているのだろう。

「いちばん不思議なのは、何も聞えなかつたつて事なんです。私、一晩に何回も眼を醒すほど、眠りが浅いんですの。ところが、昨夜ときたら、鉛のように眠つてたんですわ。若しや……」

彼は彼女の顔をながめた。

「若しや、あなたを眠らそうとして、一服盛られたんじゃぁないか、というわけですね？」

「そんなこと出来ませんよ。あれは、そんな事しますまいよ。どうしてです？　どうして、あれがやつたと仰つしやるのです？」

彼女はまた挑戦的になつて来たのか？　息子をけなしているように見えるかと思うと、彼を犠牲者のようにいうのだ。

一方メグレは重つたくのろのろしていて、小家の中を見廻つている時にも、山のように動かない感じだつた。彼はその場で、彼の周囲に滲《にじ》み出て来るものを、海綿のようにゆつくりと吸いこんで、ふくれて行つた。

そして女は、彼の後について廻り、彼が何を考えているか知りたがつて、疑い深そうに彼の身ぶりや視線を、いちいち眼で追うのだつた。

リュカもまた、この気狂い染みているのでなかつたとしたら、本気には取れないところのある捜査に面喰つて、親玉の反応をそつと窺つていた。

「茶の間は右の方、廊下の向う側にあります。でも、私共だけの時は、それにいつも私共だけなんですけど、台所で食事を頂くことにしてますわ」

若し、メグレが機械的にうろうろ探し廻つている物が、実は彼のパイプだつたと感づいたとしたら、彼女はたいへん驚いたろうし、たぶん気を悪くしたことでもあろう。彼は廊下よりもまだ狭くて、危つかしい手摺りのついた、横木のガタガタいう階段をあがりだした。彼女も後に続いた。彼女は説明した。彼女の場合は、説明することが自然の要求だつたからだ。

「ジョゼフは右側の部屋を使つてました……何てことでしょう！　私、使つていたなんて、いつてしまいました、まるで……」

「何にも手を触れなかつたんですね？」

「何にも。誓つていえます。ごらんの通り、寝床は寝乱れてますが、あれがそこで眠らなかつたという事になら、賭けでもしますよ。悴はひどく寝相が悪いんです。朝になると、いつでも敷布がまくれあがつていて、時どき夜具が床に落つこちてるんです。大きな声で寝言をいうこともあれば、眠つていて叫び声を立てることだつてありますよ」

　寝台の正面に衣裳戸棚があつた。警部はその扉を開けた。

「彼の服は全部ここにありますか？」

「いいえ。それに着ていた服やシャツは、あつたにしても椅子に投げかけてあつたでしようね。あれはだらしがないんですから」

　青年は夜中に物音を聞きつけて台所へ降りて行き、そこで不思議な訪問者、か訪問者達に襲われた、と考えてよかろう。

「昨夜、彼が寝床にはいつていたのを、ごらんになつたのですな？」

「いつも、あれが寝んでから、接吻しに来ることにしてたんです。昨夜も私、いつもの日のようにやつて来ました。彼はもう着物を脱いでいました。服は椅子の上にあつたんです。鍵は……」

　或る考えがひらめいたらしい。彼女は説明した。

「いつも私が最後まで階下《した》に残つて、表の扉に鍵をかけるんです。その鍵は私の部屋へ持つて行つて、用心に枕の下へ収つておくんです……」

「ご主人はちよいちよい外泊したんですか？」

　すると彼女は、毅然とした、それでいて悲しそうな様子で、

「結婚後三年目に、一度、家をあけました」

「で、その時から、枕の下に鍵を突つこんどく癖がついたんですね？」

彼女は答えなかつた。それで、父親も息子と同様、厳重に監視されていたことは確かだと、メグレは頷いた。

「それでは今朝、鍵はあなたの置場所にありましたか？」

「ええ、警部さん。そのこと直ぐには気がつかなかつたんですが、思い出しました。して見ると、あれには出て行く気はなかつたことに、なるじやありませんか？」

「ちよつと待つた。ご子息は床にはいつた。それからまた起きて、服を着たんですよ」

「いいですか！　ほら、あのネクタイが床に落ちてます。あれはネクタイをしなかつたのですよ」

「では、靴は？」

彼女は素速く、くるりと部屋の一隅へ向つた。そこには穿き古した靴が一足、片方ずつ相当はなして置いてあつた。

「やつぱり穿いてません。あれは上靴のままで出て行つたんです」

メグレはあいかわらずパイプを探していたが、見つからなかつた。もつとも、実のところ何を探しているのだか、彼にも分らなかつた。何とかなるだろうという気で、若い男の住んでいた、この陰気な貧しい部屋を掻きまわしていたのだ。戸棚には服が一着、紺の服で、日曜日にしか着ない筈の、彼の「よそゆき」だ。それに、艶拭《つやぶ》きした靴が一足、シャツ若干、ほとんどが着古しの、カラや袖口に継ぎの当つたやつばかり。手をつけた巻煙草の箱がひとつ。

「実際に、ご子息はパイプを吸わなかつたですか？」

「あれの年頃では、そんなこと許せませんわ。半月ほど前に、小さなパイプを咥えて家に帰って来たことがありました。荒物屋で買つたと見えて、粗《ひど》い品物でしたわ。口からひつたくつて、火の中へ投《ほう》りこんでやりました。あれの父親は四十五になつても、パイプなぞ吸いませんでしたよ」

メグレは溜息をついた。ルロワ夫人の部屋に行くと、彼女はまた繰り返した。

「寝床が直してないんです。散らかっていて、ごめんなさい」

ケチ臭い平凡な感じで、厭気がさして来た。

「上には、寡婦になりたての何カ月か、下宿人を置いていた頃に、私共が寝起きしていた屋根裏部屋があるんです。仰つしやつて下さい、あれは靴もネクタイも着けなかつたんですから、あなたのお考えでは……？」

すると、メグレは、うるさそうにいつた。

「私には何も分りませんな、奥さん！」


***

もう二時間も、リュカは家中を、ほんの隅々までも念入りに掻きまわしていた。ルロワ夫人は附ききりで、時どきこんな事をいつているのが聞えた。

「これですよ、一度はこの抽出が開いてたんです。上の棚に積んである下着類も、ひつくり返してありましたよ」

外では重たい太陽が蜜のように濃い光を漲らせていた。が、家の中は薄暗がり、永遠の灰色絵だ。メグレは仲間と一緒に行つたり来たりする気力もなく、ますます海綿になつて行つた。

本庁を出る前に、彼は刑事の一人にオルレアンへ電話して、嫁に行つている娘が最近パリへやつて来ていないかどうか、確かめるように指令した。それは手懸りという程ではなかつた。

ジョゼフが母親の知らぬ間に予備鍵を作らせたと、考えなければならないだろうか？ だが、そうすると、彼がその晩、出かける積りでいたのなら、何故ネクタイや、特に靴を穿かなかつたのだろう？

メグレには、例の素晴しい上靴が何に似ているか、今では分つていた。ルロワ夫人は経済《しまつ》して、自分でボロ裂れを使つて、それを拵えたのだ。底はフエルトの切れ端を断《た》つて作つた。

何もかも貧乏くさい。彼女がそう思いたがらない、それだけに一層苦しく息の詰るような貧しさなのだ。

昔の下宿人達は？ ルロワ夫人はそのことも彼に話した。彼女が窓へ札を出した時、最初に訪ねて来たのは、年よりの独り者で、メグレがベルシ河岸を通りがけにその小屋を見かけた、酒の卸屋スウテルの店員だつた。

「お行儀を知つてる躾けのよい人でしたよ、警部さん。でも、所嫌わずパイプをはたくような人を、あらまし躾けのよい人と呼んだつて構わないでしょうか？　それにあの人、夜中に起きて、降りて来て、煎じ薬を飲んで温まる癖があつたんです。或る晩など、私が起きて出た時に、寝間着に股引だけの彼と、階段の途中で出合つたこともありましたわ。それでも教育のある人だつたんですよ」

もう一つの部屋には最初、石工が住んだ。職長だと彼女はいつたが、若しも息子がいたら、その人聞きのよい肩書を、きつと訂正したことだろう。石工は彼女にチヤホヤして、結婚を申し込んだ。

「彼は始終、彼の貯金のことや、モンリュソンの近所に持つていた家のことを話しました。一緒になつたら、そこへ連れて行きたいつて、いうのです。そういつても、あの人を見下《くだ》す積りはないんですよ。彼が家に帰つて来ると、私はいつたもんです――ジェルマンさん、手をお洗いなさいよ。そうすると彼は、水道のところへ洗いに行つたもんです。日曜日に中庭をセメンで塗つてくれたのも、あの人でした。セメン代を払わしてくれつて、頑張らなければなりませんでしたわ」

それから、石工《いしく》は行つてしまつた。たぶん諦めたのだろう。そして、その後へ、ブルースタン氏なる者が、代つてはいつた。

「外国人ですよ。フランス語をとても上手に話すんです。ちよつと訛りはありましたがね。商用で旅行してる人で、週に一度か二度しか泊りに来ませんでしたよ」

「下宿人は鍵を持つていましたか？」

「いいえ、警部さん。その時分は私、いつも家におりましたからね。外出しなければならない時には、表の樋の後ろの隙間に、鍵をそつと押しこんで行つたんです。で、あの人達はそれがどこにあるか、よく知つてました。或る週から、ブルースタンさんはもう来なくなりました。あの人の部屋には、欠けた櫛が一枚と古ライターが一個、それにボロボロの下着しかありませんでしたわ」

「あなたに予告なしですか？」

「ええ。でも、あの方もやつぱり躾けのよい人でしたわ」

茶の間の隅にあるミシンの上には、四五冊の本が置いてあつた。メグレはそれを、好い加減にめくつて見た。それは普及版の小説本で、冒険物が多かつた。頁の余白のあちこちに、JとMの二文字を抱き合わせに、鉛筆だのインクだので書いてあるのが目についた。ほとんどどれでも、MはJより大きく、念入りに美術的に形をつけてあつた。

「Mで始まる名の人を誰かご存じですか、ルロワの奥さん?」彼は階段のところへ行つて、どなつた。

「Mですつて?……いいえ、思い当りませんね。待つて下さいよ……主人の義妹《いもうと》で、マルセルつてのが、いたにはいたんです。が、イスーダンで、お産で死にましたよ」

リュカとメグレが表に出たのは、正午だつた。

「一杯やりますかね、主任《おやじ》さん?」

彼等は角店になつている、小さな赤い飲屋のテーブルに坐つた。二人とも同じくらい陰気な顔つきだつた。リュカはむしろ、むしやくしやしていた。

「なんて店だ!」と、彼は溜息まじりにいつた。「ところで、こんな紙切れを見つけましたよ。どこからだと思います?　小僧の煙草の箱の中なんですぜ。奴はお袋と来ると、よほどビクビクものだつたんですな。恋文《ラヴレター》を煙草の箱に匿すなんてね!」

それは実際、恋文だつた。

——私の親愛なジョゼフ。

昨日は、私があなたを馬鹿にしていて、あなたみたいな人と一緒になることを、決して承知しまいなんていつて、私を困らせたわね。私がそんな女でないことも、あなたが私を愛してるくらい、私もあなたを愛してることも、よくご存じのくせに。でも、お願いだから、もう、お店のあんな近くで待つていないで下さい。あんた見つけられたのよ。そしてローズの婆さんたら、自分でもやつてるくせに、意地悪女で、当てこすりをいうの。これからは、地下鉄《メトロ》の近くで待つていて。明日は駄目よ。母さんが歯医者へ行くので、迎えに来ることになつてますから。それから、特に、もう余計なことを考えないようにしてね。愛のしるしに接吻を送ります。

マチルド——

「なるほど、これだ！」メグレは紙片を紙入に挿みながら、いつた。

「何がこれなんです？」

「JとMだ。人生よ！　それはこんな具合に始まり、黴とあきらめの匂いのする小さな家の中で終る。

「だから、あん畜生、おれのパイプをちよろまかして行つたというんだ！」

「本当に持つてかれたと思つてるんですか、あなたは？」

リュカがそう考えていなかつたのは、様子で分つた。ルロワ婆さんのいつた事も全部、信用しなかつたろう。この事件の話なら、彼にはもう沢山だつた。そして、何だかわけの分らない考えを慎重に噛みしめているような主任《おやじ》の態度が、まるで腑に落ちなかつたのだ。

「若しも、奴がおれのパイプを盗まなかつたとしたら……」

メグレは始めた。

「そうしたら！　どうなるつていうんです？」

「お前には分らないよ。おれはもつと静かにしていられたろうつてのさ。若者よ！　おれが君に何をしたつていうんだ」

彼等はバスを待つ間、並んで立つて、ほとんど人気のない河岸をながめた。起重機は午の小憩み時で、腕を宙にあげたまま止つていた。団平船は眠りこけているようだつた。

バスの中で、リュカは図星をさした。

「お宅へ帰らないんですね？」

「役所へ寄りたいんだ」

いつたかと思うと、パイプの管のまわりに、短かい思い出し笑いを洩らして、

「気の毒な男さ！……たぶん生涯にたつた一度、細君を欺したお蔭で、残りの時を毎晩、自分の家に、ビジョーで締めつけられていた、特務曹長のことをいつてるんだよ！」

そして、一刻《いつとき》、重たい物思いに沈んでから、

「君は気をつけて見たことがあるかい、リュカ、墓地には鰥《やも》夫《お》の建てた墓より寡婦《やもめ》の建てた墓の方が、ずつと多いつてことをさ？（何某ここに眠る、一九〇一年亡）それから、その下に鑿の跡もずつと新しく（某女ここに眠る、何某未亡人、一九三〇年亡）彼女が彼氏とまた一緒になつたことは、請合

いだ。が、二十九年も経つてからね！」

リュカは、何のことをいつてるのか考えて見ようともしなかつた。そして彼の妻と一緒に午飯にするために、バスを乗換えた。

＊＊

記録室で、法の女神と鏂銭を頒け合えた（警察と引つかかりのあつた）ブルースタン諸氏を調べさせている間、メグレは日常の事務にかかつていた。そしてリュカはレピュブリック区で、彼の午後の楽しい一部を過した。

嵐はやつて来なかつた。鉛色の空が性《たち》の悪い癤瘍《ねぶと》のような紫色に変るにつれ、暑気はますます重苦しくなつた。メグレはありもしない彼の好もしいパイプへ、少くとも十回は思わず手を伸した。そして、その度にぶつくさいつた。

「憎い小僧め！」

二度、彼は電話を内線に切り換えた。

「リュカの行方はまだ分らないかね？」

だが、しかし、理髪店でジョゼフ・ルロワの同僚を訊問し、彼等の口から間違いなく、例の甘い便りを書いたマチルドを手繰り出すのは、それほど面倒な仕事ではなかつた筈だ。

先ず、ジョゼフはメグレのパイプを盗んだ。それからその同じジョゼフが前の晩は、すつかり身仕度したのに、上靴ばきでいた――あれを上靴と呼んでもよければだ。

メグレはふいに調書を読むのをやめて、記録室を電話で呼び出し、彼としては珍らしい性急さで問いかけた。

「どうだね！　例のブルースタンは？」

「やつてますよ、警部殿。本物だの偽物だの一山あるんです。日附と住所を調べてます。いずれにしても、或る時期にベルシ河岸で登録された者は見当りませんな。何か掴んだら、お知らせしますよ」

やつとこさリュカが現れた。登庁する前に、ドーフィヌ麦酒店で半リットル入をぐつと引つかける暇はあつた、あのリュカが汗をかいて……

「やりましたよ、主任。楽にやれたとはいえませんがね、私はすらすら運ぶものと思つていたらしいですね。ああ！　まつたく。我等のジョゼフは訝《おか》しな野郎で、打開話をしたがらなかつたんですな。鰻の寝床みたいな理髪店《とこや》を想像して下さい。理髪殿堂《パラス・コワフユール》つてんですが、鏡の前に十五台か二十台ばかり椅子がズラリと並んでいて、同じ数だけ職人がいる……店の中は朝から晩まで、ごつた返しでさ。いらつしやいませ、お粗末さま、お苅りします、髪をお洗いします、油をおつけします！

「——ジョゼフですと？　店主がいいました。チビで肥つた胡麻塩頭です。いつたい、どのジョゼフです？　はあ、はあ、面皰《にきび》のジョゼフね。それで、ジョゼフが何をしでかしたんです？　私は彼に従業員を訊問させてくれと頼みました。で、今度は、薄笑いと眼交《ま》ぜを取りかわしてる連中を、椅子から椅子へ歴訪つてわけです。

「——ジョゼフですか？　いいえ、私はつきあつたこと、ありません。奴はいつだつて一人で帰るんですよ。牝鶏咥えてたかつて？　そのくらいの事はあるでしょう……たとえ、あのご面相でもね……そして、さも、笑止だつて風をするんです。奴の内密《ないしょ》の話ですつて？　木馬に訊いた方がましですよ。先生は理髪稼業が羞しいんで、床屋風情とつきあうのを潔《いさぎよ》しとしないんでしような。

「こんな調子なんですよ、主任。でなかつたら、お客の頭をひとつ仕上げるのを、待つてなければならなかつたんです。店主《おやじ》も私が邪魔になつて来たようでした。到頭、帳場へたどり着く。現金係つてのが三十がらみの、ふつくらした、ばかに大人しつくつて、ひどくセンチな子で、——ジョゼフが何か馬鹿なことをしたんですの？　と、いきなり訊くんです。

——いや、別に、お嬢さん。その反対ですよ。彼にはこの近所に、好きな娘《こ》がいましたつけね？」

メグレはぼやいた。

「よかつたら、切り詰めてもらえないかね？」

「娘に会う積りなら、出かけて行つた方が早いですぜ。手つ取り早くいえば、マチルドが逢いに来られない時、ジョゼフはその現金係から手紙を受取つてたんです。煙草の箱から私が掘り出した奴は、一昨日の日附の筈です。小僧がひとり、理髪店へ飛びこんで来て、——ジョゼフさんに、と囁いて、帳場へその手紙を置いてつたんだそうです。現金係は幸い、その問題の小僧が、ボンヌ・ヌーヴェル通りのモロッコ革屋へはいつて行くところを、何度も見かけていました。というわけで、糸から針へ、到頭マチルドを探し出せたんですよ」

「せめて彼女には何もいわなかつたろうな?」

「私が探つてることだつて、気がついちやいませんよ。店の主人に、マチルドつて名の使用人がいるかどうか、ちよつと訊いただけなんです。彼は勘定台《カウンター》にいる女がそれだと教えてくれました。彼女を呼ぼうとしたので、何もいわないどいてくれと、頼んでおきましたよ。なんなら……いま五時半ですぜ。もう半時間もすると、店が閉りますよ」

⁂

「失礼ですが、お嬢さん……」

「いいえ、どうぞ」

「ちよつと、お話が……」

「どうぞ、歩きながら」

かなり綺麗なシャンとした娘だ。その上、彼女の想像ではメグレが……気の毒にも!

「警察の者です」

「なんですつて? 私に何か……?」

「二言三言、お話しできたら、ええ、あなたの恋人のことで」

「ジョゼフですか?……あの人、何をやつたんですの?」

「さあね、お嬢さん。だが、彼が今どこにいるか、知れたらと思つてね」

そういつたとたんに、彼は考えた。(ちよつ! へまな……)

彼はまるで駈出しのやることを、やつていたのだ。彼女が不安そうに周囲に目を配るのを見て、それに気がついたのだつた。彼女を尾行するかわりに、彼女に話しかける何の必要があつたのだ? 彼女は地下鉄のそばで、彼と逢引きする筈ではなかつたのか? 彼女はそこで彼と会う積りではなかつたのか? 彼女は何故、道を急ぐかわりに、歩き渋り出したのか?

「あの人、いつものように仕事中だと思いますけど?」

「いいや、お嬢さん。それに、そうでないってことは私と同じくらい、いや私以上にご存じの筈ですな」

「それ、どういう意味でしょう？」

大通りは雑閙の時間だつた。人波が地下鉄の入口の方へ流れて行き、群集はその中へガツガツ飲みこまれた。

「よろしかつたら、ちよつとここで立話しをしましょう」停留所の近くに、引つぱつて行きながら、彼はいつた。

彼女がいらいらしていることは、目に見えて分つた。彼女はきよろきよろしていた。彼女は十八才の若々しさと、小柄な丸顔と、パリ娘の落着きを持つていた。

「誰が私のこと、あなたにお話ししたんですの？」

「そんなこと、どうでもいいでしよう。ジョゼフについて何か、ご存じですか？」

「知つてることつて、どんなこと、お話ししたら、いいのでしよう？」

若しジョゼフに、マチルドと一緒のところを見られたら、奴さん周章てて姿をくらますだろうと思いながら、警部も群集に目をつけていた。

「あなたの恋人は、彼の境遇に近々に変化が起るというようなことを、あなたに話しはしませんでしたか？　おや！　あなたは嘘をつきそうですな」

「何故、私が嘘をつくんですの？」

彼女は唇を噛んだ。

「いいですか！　あなたは嘘を考える暇をこさえるために、反問してばかりいるんですよ」

彼女は靴の踵で歩道を蹴つた。

「だつて、あなたが本当に警察の方だということ、誰が証明してくれるんです？」

彼は名刺を出して、見せた。

「ジョゼフが彼のパッとしない境遇を悩みにしてたってこと、認めるんですな」

「それが、どうしたんですの？」

「彼はひどく悩んでた。大袈裟なくらい」

「一生、床屋の職人でいる気はなかつたでしようね。それが罪になりますの？」

「私がいおうとしてるのが、そんな事でないのは、ご存じの筈だ。彼は住んでいる家にも、している暮しにも、怖毛《おじけ》をふるっていた。母親さえ恥にしてましたね？」

「そんな事いったこと、ありませんわ」

「だが、あなたもそう感じてたでしよう。そこで、最近あなたに生き方を変える話をした筈ですな」

「いいえ」

「いつ頃から彼をご存じなんです？」

「半年ちよつとになります。冬でしたわ。あの人、紙入を買いに、お店へはいつて来たんです。彼が品物を高過ぎると思つていたのは、私には分りました。でも、そうといい切れずに、ひとつ買つて行きましたわ。その晩、私、彼が歩道に立つているのを見つけたんです。私に思い切つて話しかけるまでに、幾日も後をつけて来ましたわ」

「どこへ一緒に行きました？」

「たいがい、いつも、表で四五分、逢うだけだつたんです。時どきは地下鉄で、私の住んでいるシャンピヨネ停車場まで、送つてくれました。日曜に一緒にシネマへ行くこともありました。でも、私の両親のせいで、それもむずかしかつたんですの」

「彼の家へ、母親の留守に寄つたことはありませんか？」

「決して。誓えますわ。一度、私に教えるつもりで、遠くから家を見せたがつたことはありますの」

「ひどく不幸だつたんだ……と思うでしよう？」

「あの人、なにか悪いことをしたんですの？」

「いや、いや、可愛いお嬢さん。彼はただ姿を消しただけなんです。それで、実をいうと、彼を見つけるために、あなたをちよつと便りにしてるんです。たいしてではありません。彼が市内に部屋を借りてたかどうか、お訊きしても無駄ですな」

「彼をご存じないと見えますわ。それに、そんなお金を持つてやしません。働いただけ全部、お母さんに渡してたんです。お母さんは彼に、やつと煙草を何本か買えるくらいしか、くれなかつたんですよ」

彼女は赧くなつた。

「私達、シネマへ行く時、入場料を自分自分で払つてたんです。一度なぞ……」

「続けて下さい……」

「もちろんですわ……話して悪いことなんかじゃありません……一月前に、一緒に田舎へ行きました。その時なぞ、あの人、午飯《おひる》の代を払うお金も、足りないくらいでしたの」

「どちらへおいででした？」

「マルヌの川畔《ばた》です。シエルで下車して、マルヌ川と運河の間を散歩しました」

「ありがとうございました、お嬢さん」

彼女は人ごみの中にジョゼフが見つからなかつたので、ほつとしただろうか？　それとも口惜しかつたろうか？　二人とも、きつとそうだ。

「何故、警察が彼を探してるんですの？」

「母親に頼まれたからですよ。心配することはありませんよ、嬢さん。そして、私を信用して下さい。若し我々より先に彼の便りが分つたら、直ぐ知らせて下さいよ」

彼は振り返つて、地下鉄の階段をためらい勝ちに降りて行く、彼女の姿を見た。

役所の机の上には、一枚のカードが彼を待つていた。

ブルースタン・ステファーヌと名乗る、三十七才の男が、一九一九年二月十五日、ニースのネグレスコ・ホテルの自室で殺された。彼は数日前、同所に止宿した。ブルースタンには、かなり頻繁に、しばしば夜遅く、来客があつた。犯行は、六・三六ミリ口径の自動拳銃に依るも、兇器は見出されない。

当時行われた捜査は、犯人の発見に到らなかつた。被害者の荷物は加害者によつて徹底的に掻き廻されており、翌朝、室内は名状しがたい乱雑さを示していた。

ブルースタン本人に就いては、身元にも不可解な点が多く残され、彼が何処から来たかを知るための調査も無効に終つた。ニース到着の際は、パリ発の急行から下車している。

ニースの憲兵遊動隊は、より広汎な情報を持つている筈である。

殺人の日附は、ブルースタンがベルシ河岸から消えた時と合致していた。そして、もう一度そこにないパイプを探して、見つからなかつたメグレは、お冠《かんむり》でぼやいたのだつた。

「憎い鼻たらしの薄のろ奴《め》が！」

3 家出人捜査

たとえば汽車に乗つている時など、ある極《きま》り文句が頭の中に滲みこんで来て、ガタンゴトンという進行のリズムと完全に合致してしまい、払い退けることができなくなることがあるだろう。キイキイいう、おんぼろタクシーの中で、そいつがメグレをつけ廻していたのだ。弛《たる》んだ屋根を打つ豪雨の音が、そのリズムをつけていたのだ。

家―出―人―捜―査、家―出―人―捜……

結局、彼がここにこうして蒼ざめた顔で彼の隣りに緊張《しゃちこば》つている娘や、補助席の上のちびのリュカと一緒に、闇の中を突つ走つて行く理由は、何もないのだから。ルロワ夫人のような人物が悩ましに来たら、決して最後まで哀訴《くどき》をいわせるものではない。

「あなたは何も盗まれちやいないのですな、奥さん？　あなたは訴えに来たんじやないのですな？　だつたら、残念ですな」

たとえ彼女の息子が行方不明になつたのだとしても、

「彼が出て行つたと仰つしやるんですね？　家から出て行つた人を全部、探さなけりやならんとしたら、警察全体がそれに掛り切りになつても、まだ人員《ひとで》が足らんでしような！」

（家出人捜査）と、こう、そいつは呼ばれてるんだ。それは、捜査の申請人が費用を持つ場合にだけ行われる。成績の点になると……

とはいえ、始終、風采のよい、眼つきのやさしい善良な人人がやつて来て、老いも若きも、男も女も、いくぶん周章て気味に、頑固で敬虔な声で、

「誓つて申しますが、警部さん、私の家内は――私は誰よりもあれ《ヽヽ》のことをよく知つてますが――自分の意志で出かけたのではございません」

それが娘の場合だと、「娘はそれは無邪気で、それは優しくつて、それは……」

　こんなのが日に数百人は来るのだ。（家出人捜査）。むしろ、彼等の奥さんなり、娘さんなり、ご亭主なりを、探し出さない方が、彼等のためにもよつぽどましなんだ。結果は返つて幻滅だよ、といつてやるのは、辛いだろうか？　家出人捜……

　そして、メグレはまたしても、それに巻きこまれたのだ！　自動車《くるま》はパリを出て、司警官区外の国道を走つていた。彼にとつては何にもならないのだ。かかつた費用も彼の財布には帰らないだろう。

　これがみんな、一本のパイプのせいなのだ。ちようどベルシ河岸の家の正面でタクシーを降りた時、嵐が襲つて来た。呼鈴を鳴らすと、ルロワ夫人はたつた一人、台所で、パンとバタと燻製の塩鯟を食つていたところだつた。不安の重なつている際だろうのに、彼女は鯟を匿そうとしたのだ！

「この男に見覚えがありますか、奥さん？」

　すると彼女は、ためらわずに、だが驚いた様子で、

「これは昔、ウチに下宿してた、ブルースタンさんですわ。なんて変な恰好……この写真だと、あの人の服装《なり》はまるで……」

　まるで、上流社会の人間だつていうのだろう、そうなんだ、シャラント時代は、かなり貧相な恰好をしていたのに。その写真も、どういうわけか保管所では見つからなかつたので、或る大新聞の整理部へ探しに行かなければならなかつたのだ。

「いつたい、どういうわけなんですか、警部さん？　この男はどこにいるんです？　彼が何をしたというんですの？」

「死んだんですよ。あなた――」彼は室内をぐるつと見渡した。戸棚や抽出の中身があけてあつた。「私と同じ事を思いついたと見えますな」

　彼女は赧くなつた。はやくも弁明《いいわけ》をしようと構えた。が、警部はその晩は気短かになつていた。

「家の中にある物の、棚降しをやりましたね。匿さないでもいいですよ。ご子息が何か持ち出さなかつたか、知る必要があつたんでしょう？　結果は？」

「何にもありません、誓っていいますよ。何もなくなってないのです。どうお考えになります? どちらへおいでですの?」

彼が忙がしそうに出て行つて、またタクシーに乗つてしまつたからだ。またしても、うつかり手抜かりをやつていた。さつき、ボンヌ・ヌーヴェル通りでは、例の娘が目の前にいた。ところが彼は、彼女の住所をはつきり訊いておこうと、思いつかなかつたのだ。そして今、彼には彼女が必要だつた。幸いにも、モロッコ革屋は、あの建物内に住んでいた。

またタクシーだ。大粒の雨が割栗道路《マカダン》に音を立てて降つた。通行人は駈けて通つた。車は片揺れした。

「シャンピヨネ街、六九番地へ……」

父と母と娘と、十二才の少年の四人が、円《まる》テーブルの周りでスープを食べている小部屋へ、彼はいきなりはいつて行つた。マチルドは胆を潰して立ちあがつた。いまにも叫び声を立てそうに口をあけていた。

「失礼します、皆さん。お宅の娘さんがお店で見た客の面通しをするために、娘さんが必要なんです。お嬢さん、一緒に来て頂けますか?」

家出人捜査! ああ! 気の好い死骸君は、検証に行けば直ぐ手掛りを与えてくれるし、殺人犯を追い廻して、反応を見破るのも、むずかしくはない。だが、こいつは別物だ。

素人衆が相手となると、泣きわめくやら、震えあがるやら! パパやママにも気を置かなければならん。

「どこへ行くんですの?」

「シエル――へ」

「あの人、あそこにいるとお思いなの?」

「私は、実は何も知らないんです、お嬢さん。運転手……ひとまず本庁へ寄ってくれ」

そして、そこで彼を待っていたリュカを、車に乗せたのだつた。

家出人捜査……彼はマチルドと一緒に車の奥に坐つていた。彼女は彼の方へ滑つて来る傾向があつた。大きな水玉が、破損した屋根を通して、彼の左膝へ落ちて来た。眼の前でリュカの巻煙草の先の、赤く光つているのが見えた。

「シエルつてところ、よく憶えてますかね、お嬢さん?」

「ええ、ええ！」

何だ！　彼女にとつては、最も美しい恋の思い出だつたのじやあないか！　たつた一度、パリを脱出して、川添いの高い草の間を、駈けまわつた時だつたのだ！

「暗くても、我々を案内できると思いますか？」

「思いますわ。停車場のところから行つて頂けさえすれば。私達、汽車であそこへ行つたんですから」

「宿屋で昼飯を食べたつて、いいましたね？」

「ガタピシの宿屋でしたわ。ええ、とても不潔で、陰気で、恐いみたいでした。私達、マルヌ川沿《ぞ》いの道を行つたんです。或るところから先は、道はもうほんの細道でした。待つて下さい……左側に、もう使われてない石灰焼きの竈がありますわ。そこから、たぶん五百メートルぐらいのところに、二階建の小ちやな家があつたんです。そんなところに家があつたので、私達すつかり驚いてしまいましたわ……

「はいつて見ると、右側に、亜鉛《とたん》張りのカウンターがあつて……石灰塗りの壁に、色刷の石版画が何枚か、それに鉄のテーブルが二つと、椅子が幾つかあるきり……男が……」

「とは、亭主のこと？」

「ええ。髪の黒つぽい小男で、そんな所の人というより、何か他の感じ。どういつたらいいか分りませんけど、想像して頂戴。何か食べさせてくれるかつて訊いたら、潰し肉《パテ》とソーセージと、それから兎肉《ラパン》を自分で煮直して出してくれました。とても美味しかつたの。主人は私達とお喋りして、釣に来る人達の事を話しました。その人達が彼の花客《おとくい》なんです。それに、隅の方に釣竿が一山ありましたわ。分らないところは、想像して下さい」

「ここかね？」運転手が車を止めたので、メグレはガラス越しに訊いた。

小さな駅だ。闇の中に灯りが点々とついていた。

「右へ」と娘がいつた。「それから次の角をまた右へ。そこで私達、道を訊いたんです。だけど、何故ジョゼフがここへ来ていると、お思いになるの？」

何のためでもない！　或いはむしろパイプのせいだ。が、そいつは彼もいわないで置いた。

家出人捜査！　彼が嘲弄物《さかな》にされる材料《ねた》だ。が、しかし……

「ここからは真直ぐよ、運転手さん」マチルドが口を出した。「川の見えるところまでね。橋があるけど、渡らずに左へ曲りなさい。気をつけてね、道は広くないのよ」

「どうだね、ウチの嬢ちゃん、ジョゼフは最近、彼の境遇に変化が起りそうだ、いや必ず起るつて、あなたにいつたろう」

いまに彼女も、たぶんルロワ夫人ぐらい、筋ばつてしまうことだろう。ルロワ婆さんだつて、むかしは優しい、そしてきつと綺麗な娘だつたのではないか?

「あの人には野心がありましたわ」

「未来のことをいつてるんじやない。すぐ先の話ですよ」

「理髪師でないものに、なりたがつてましたわ」

「そして、金持になるのを期待してたでしようね?」

彼女は搾木《しめぎ》にかけられているようだつた。ジョゼフを裏切りはしないかと、それほど恐れていたのだ!

車が減速して、マルヌ川の縁の悪路を辿つて行くと、左側に無恰好な小屋が若干、たまにはもつと気取つた別荘も見えた。灯りが此処に一つ、彼処《かしこ》に一つ。かと思えば吠えかかる犬。それから急に、橋から略《ほぼ》一キロの辺りで、轍がめりこみ出した。タクシーがとまり、運転手は宣告した。

「これから先は、もう行けません」

雨は一層、派手になつた。自動車の外に出ると、驟雨が彼等をずぶ濡れにした。足もとのツルツルした地面も、通り路で彼等に絡みつく灌木も、みな濡れて、べたべたしていた。少し行くと、彼等は一列に重なり合つて歩かなければならなくなつた。その間に運転手はぶつくさいいながら車の中へ腰を落ちつけて、一眠りする気らしかつた。

「変だね。もつと近いかと思つたが。その家はまだ見えませんか?」

マルヌ川は彼等のすぐそばを流れていた。彼等の足は水溜りに踏んごんでハネをあげた。メグレは先に立つて、枝を掻きわけた。マチルドが彼の背中にくつついて歩き、リュカはニューファウンドランド犬のように、平気で殿軍《しんがり》をつとめた。

娘は恐くなりだした。

「だつて、橋も石灰の竈も見つかつたのですわ。道を間違えてる筈がありませんわ」

「あなたには無理もないですよ」と、メグレはぼやいた。

「ジョゼフと一緒に来た時より、今日はずつと時間がかかるような気がしてもね……そら……左の方に灯が見えますよ」

「きつと、あそこですわ」

「黙《しっ》！　音をたてないように気をつけて」

「あなたがお考えになつてるのは……？」

と、彼はいきなり遮つて、

「私は何も考えちやいません。断然なんにもね、お嬢さん」

自分の立つているところまで、彼等にあがつて来させると、彼は声を殺してリュカにいつた。

「この子と一緒に、ここで待つてるんだ。呼ぶまで動くなよ。しやがんでなさい、マチルド。ここから家の正面が見えるね。どう、見覚えがあるかね？」

「ええ、ここらしいわ」

メグレの大きな背中は、もう衝立のように彼女と小さな燈火の間をふさいでいた。

そして彼女は濡れ鼠の恰好で、川縁の深夜の雨の中に、一本また一本、巻煙草を静かに吸い続けている知らない小男と二人きりになつたのだつた。

4　釣人宿

陰気というよりも不安な場所だつたという、マチルドの言い方は誇張ではなかつた。ぶつ壊れた四阿《あずまや》みたいなものが、鎧戸の閉つた灰色のガラス窓のある小家の、脇腹にくつついていた。嵐はまだやつと空気を冷やしかけたばかりだから、表の扉は開け放しになつていた。

黄色つぽい灯りが汚れた床を照らしていた。メグレはいきなり闇から湧いて出て、戸口の枠の中に立ちふさがつたが、実際よりも一際大きく見えた。彼はパイプを啣えたまま、帽子の鍔にちよつと触つて、口ごもつた。

「今晩は、皆さん」

粕取《マール》の壜と厚手のコップが二つ載つている鉄のテーブルで、男が二人、喋つていた。その一人はシャツ一枚《いち》の、髪の黒い小男で、静かに顔をあげると、ちよつと驚いた眼つきを見せ、腰骨の上にズボンをずりあげながら立ちあがつて、呟いた。

「今晩は……」

もう一人の男は背を向けていた。が、もちろんジョゼフ・ルロワではなかつた。がつちりした肩幅の男で、極く明るい灰色のスーツを着ていた。こんな遅い時刻にやつて来たことに、多少、時ならぬ感じがあつたとしても、その男が身動きもしないのは妙だつた。震えあがらないように怺えたようだつたともいえるのだ。壁にかかつている陶器の時計は、十二時十分を指していたが、実際はもつと遅い筈だつた。その男が、はいつて来た者を見るために振り向く程の好奇心も持たなかつたというのは、自然だろうか？

服から滴《しずく》がしたたり落ちて、鼠色の床の上に暗い沁《しみ》をつくて行くのに、メグレはカウンターのそばへ突立つたままだつた。

「泊めてもらえる部屋があるかね、ご主人？」

すると相手は、返事の時を稼ぐために、カウンターの後ろへ廻つた。いかがわしい酒壜が三四本きり並んでない棚の前に立つと、今度は彼の方から訊いた。

「何かさしあげますか？」

「その気があるならね。部屋があるかつて訊いたぜ」

「お気の毒だが、ありません。旦那は歩いていらしつたですか？」

今度はメグレが答えずにいう番だ。

「粕取《マール》を一杯もらおう」

「自動車のモーターの音を聞いたような気がしましたがね」

「そうかも知れない。部屋はあるのかないのかね？」

あいかわらず例の背中が、彼から数メートルのところにある。石に刻まれたように動かない背中だ。そこには電気が来てなかつた。室内には粗悪な石油ランプが点《とも》つているだけだつた。

男はこちらを向かない積りなのか……あの厳《きび》しい難儀な不動の姿勢を守り続ける積りか……

メグレは不安になつた。彼が素速く目測したところでは、店とその後ろにある調理場の大きさからすると、二階は少くとも三部屋ある筈だ。亭主の風采《みてくれ》やその場のみすぼらしい有様や、乱雑で投げやりな様子から見て、この家には女気がないと、彼は晢えたろう。

ところが、誰かが彼の頭の上を、忍び足に歩いたのだ。それは何か重大な事だろう。亭主が思わず頭をあげて、困つた顔をしたからだ。

「目下、泊りは多勢《たくさん》あるのかね？」

「誰もいません。……の他は」

彼は例の男を、というよりもむしろ、その動かない背中を、示した。そのとたんに、メグレは相当な危険を直感した。非常に素速く、しかもやり損じなしに行動しなければならないと感づいた。男の手がテーブルの上を、ランプの方へ這つて行くのを見てとつたのだ。彼は一飛びで前に出た。

一足おそかつた。ランプは土間に落ちて、ガラスの砕《か》ける音響と共に壊れ、石油の匂いが室内にひろがつた。

「どつかで見たことがあると思つてた、この野郎」

彼はうまく、男の上着を摑んでいた。しつかり抑えこもうとすると、相手は振り放そうとして、殴りかかつて来た。まつたくの闇仕合だ。戸口の長方形がぼんやりした夜の光で、それと分るか分らないくらいの真の闇だつた。亭主は何をしてるんだ？　花客《とくい》を助けにやつて来るかな？

今度はメグレが殴つた。それから、あつ、手を噛まれた。そこで彼は全身の重みを敵にぶつつけて行つた。そして二人共、床の上のガラスの破片の中を転げまわつた。

「リュカ！」メグレは力いつぱい叫んだ。「リュカ……」

男は武器を持つていた。メグレは上着のかくしの中に、拳銃のコチンとした形を感じた。で、そのかくしに手を滑りこませまいとして、躍起になつた。

予想に反して、亭主は動かなかつた。コトリとも音をさせなかつた。彼はカウンターの後ろで、じつとしているのに違いなかつた。たぶん無関心に。

「リュカ！」

「いま行きますよ、主任」

リュカは表の、水溜りや轍の跡の中を駈けまわりながら、繰り返しどなつていた。

「そこで待つてろつてんだ。分るかい？　ついて来ちやいけない」

きつと、恐怖で真蒼になつている筈のマチルドに、いつているのだ。

「もう一度、噛みつくような真似をしたら、卑怯者め、頬桁を叩き割つてやるぞ。分つたか？」

メグレの肱は、拳銃がかくしから出るのを邪魔していた。男は彼と同じくらい手強《てごわ》かつた。闇の中で、たつた一人の手では、警部たりとも、取抑えかねたのだ。彼等はテーブルにぶつかつた。と、それは引つくり返つて、彼等の上に倒れて来た。

「ここだ、リュカ。君の懐中電燈を」

「ありますぜ、主任」

蒼白い光の矢が、ぱつと点《つ》いて、絡みあつた二人の男を照し出した。

「畜生！　ニコラだ！　またお目にかかるなんて、なあ！」

「あなたが分らなかつたかつて思うかも知れないが、いくら私でも、あなたの声だけじやあね」

「手を貸せ、リュカ。このケダモノは危険なんだ。一つ、ガンとぶつ喰わして大人しくしてやれ。殴れ。心配するな。こいつは頑丈に出来てるんだ……」

そこでリュカは、彼の小さなゴムの梶棒で、男の頭を力いつぱい殴りつけた。

「手錠だ。よこせ。ここで、こんな悪党にめぐり会おうとは思わなかつたよ。さあ、これでいい。立てるだろう、ニコラ。気絶したふりなんかするな。お前の石頭はそんな事じや参りやしないぜ。亭主《パトロン》！」

彼はもう一度、呼ばなければならなかつた。それに、カウンターのそばの暗がりから起つた、経営者のおだやかな声を聞いた時は、かなり変テコな気分だつた。

「はい、旦那方……」

「家の中にもう一つランプはないのかね、でなかつたら蠟燭でも？」

「蠟燭をお持ちしましよう。調理場を照らして下さるなら」

メグレは手巾《ハンカチ》を出して、ひどい力で噛まれた手頸をおさえた。戸口のそばで啜り泣きが聞えた。きつとマチルドだ。何が起つたのか分らずに、たぶん警部とジョゼフがどうかしたんだと、思ったのだろう……

「おはいり、ウチの娘や。心配することはないよ。もう直きケリがつくと思うよ。ニコラ、お前はここへ坐れ。下手に身動きでもすると……」

彼は彼の拳銃と相手のとを、テーブルの上の手の届くところへ置いた。亭主は何事もなかったような穏かな顔で、蠟燭を持って帰って来た。

「今度は」と、メグレは彼にいった。「行って、若いのを連れて来てくれ」

ちょっと逡巡《ためら》う様子だ。嫌だという積りなのか？

「若いのを連れて来てくれと、いってるんだ。分ったかね？」

そして、扉の方へ行きかけるのへ、

「他の事はとにかく、奴はパイプを持ってるかね？」

＊＊＊

泣きじゃくりながら、娘は訊ねた。

「あの人がここにいるってのは、そして無事でいるってのは、確かなんですの？」

メグレは答えずに、耳を澄せていた。亭主が二階で、扉を叩いているのだ。彼は小声で何かいい張っていた。その言葉が、とぎれとぎれに聞えたのだ。

「パリの旦那方と、娘さんが一人です。開けても大丈夫です、請合います……」

そしてマチルドは泣き萎《しお》れて、

「彼等があの人を殺してしまってたら……」

メグレは肩をすくめると、やおら立上って、階段の方へ行きかけた。

「お荷物に気をつけろ、リュカ。君は我々の昔馴染のニコラを覚えてるだろうね？　おれはこいつ、やはりフレーヌの監獄にいるとばかり思ってたよ！」

彼は階段をゆっくりと上って行き、扉に屈みこんでいる亭主を押しのけた。

「私だよ、ジョゼフ、メグレ警部だ。開けても大丈夫だぜ、若いの」

そして、亭主には、

「どうして階下《した》へ行かないの、何を待ってるんだね？　行って娘さんに火酒場《グログ》か何か出してやってくれ。力のつくものなら何でもいいよ。どうした！　ジョゼフ！」

到頭、錠前の中で鍵の廻る音がした。メグレは扉を押し開けた。

「灯はないのかね？」

「待って下さい。いま点けます。蠟燭の燃えさしが残ってます」

ジョゼフの手は震えていた。蠟燭の炎が照らし出した顔は、恐怖を示していた。

「奴はあいかわらず階下《した》にいますか？」彼は喘いだ。

そして連絡のない言葉、混沌《ごたごた》と頭に浮ぶ考え。

「どうやって、あなた、私を見つけ出せたんです？　奴等はあなたに何をいったんです？　娘さんて誰です？」

田舎びた部屋、ひどく床の高い寝台、さつきまでは、型通りの籠城といつた格好に、扉の前へ引き寄せてあつた筈の簞笥。

「あれは、どこへやつたね？」メグレは極く当り前の調子で訊いた。

ジョゼフはすつかり吃驚して、彼の顔を見つめると、警部が何もかも見通しなのを悟つた。父ナル神が部屋の中に飛びこんで来たとしても、彼は別の見つめ方をしなかつたろう。

熱に浮かされたような身ぶりで、彼はズボンの尻のかくしを探り、そこから極く小さな新聞紙の包みを引つぱり出した。

彼は髪の毛をくしやくしやにし、服は皺くちやだつた。警部は思わず彼の足もとに眼をやつたが、それはやはり不格好な上靴しか穿いてなかつた。

「私のパイプを……」

今度は、小僧は泣き出しそうな様子になり、唇がふくれあがると、子供つぽい膨れ面になつた。いまにも膝まづいて、赦を乞うのではないかと、メグレが思つたほどだ。

「落ち着くんだ、若いの」と彼は注意してやつた。「階下《した》には人が大勢いるんだよ」

そして彼は、相手が目に見えてわなわな震えながら差し出すパイプを、にこにこしながら受けとつた。

「黙《しっ》！　マチルドが上つて来たよ。彼女は我々が降りて行くのを、待ち切れないんだ。髪に櫛を入れなさい」

彼は水差しを持ちあげて、洗面器に水を注いでやろうとしたが、水差しは空つぽだつた。

「水もないのかね？」警部は驚いた。

「飲んじまつたんです」

そうなのか！　なるほどな！　どうして、そこへ気がつかなかつたのだろう？　この蒼ざめた顔、悴《やつ》れきつた顔つき、暈《ぼか》したような眼。

「腹が空いてるんだね？」

そして、振り向いて見ないでも、階段の踊り場の暗がりにいるのを感づいていたマチルドへ、

「はいつといで、ウチの娘や……私の忠告が聞きたいなら、余り熱烈にならないことだね。彼はあんたの事をそれは愛してるよ、分つてるね、だが何よりも先ず、彼には物を食う必要があると、私は思うね」

5　ジョゼフの奇妙な逃走

いま、雨が家のまわりの青葉の鍵盤を叩くのを聴き、特に大きく開け放した戸口から忍びこんで来る夜気の、湿り気を帯びて冷いやりした息吹に当るのは、気持がよかつた。

食い気は旺盛でもジョゼフは、亭主が拵えて来てくれた漬し肉のサンドイッチを食うのに、ひどく骨を折つた。ことほど彼の喉は詰つてしまつていて、時折その喉仏がごくりごくり上下するのが目立つた。

メグレの方はもう二杯か三杯、粕取《マール》のコップを重ねていて、いまはやつと取り戻した彼の好もしいパイプをふかしていた。

「いいかね、若いの。これは何もコソ泥を奨励するわけじゃあないが、君が若しおれのパイプを失敬していなかつたとしたら、君の胴体はいつかマルヌ川の葦の中から見つけられて

た と思えるね。メグレのパイプをだよ、なあ!」

そして、事実、メグレは、自惚がかなり気持のよい効目《ききめ》のある人物らしく、この言葉を或る種の満足を以て、いつたのだ。大作家から鉛筆を、著名画家から絵筆を、人気女優から手巾《ハンカチ》などの小間物を、といつたぐあいに、彼からパイプを盗んだ奴がある。

それは、警部には最初から分つていた。(家出人捜査)だ……彼が手をつけるような事件ではなかつた。

ではあるが、ここに、自己にひけ目《い》を感じて悩んでいる青年があつて、彼のパイプを盗んだ。そして、その青年は次の晩、姿を消した。その青年はまた、母親が警察に出頭しようというのを、何とか思い止まらせようとしたのだ。

というのは、彼が自分の手で捜査を行う気だつたからだ。いやはや! というのは、彼にそれが出来る積りだつたからだ! というのは、メグレのパイプを歯にひつかけて、彼には自信が……

「不思議な訪問者が君の家へ探しに来たのが、ダイヤモンドだつたと、いつ気がついたのかね?」

ジョゼフは虚栄心から嘘をつこうとした。が、彼はマチルドをちらと見てから、思い直した。

「ダイヤとは知らなかつたんです。何か必ず小さな物には違いありませんでした。誰かが、ほんの隅々まで引つ掻きまわして行つたからなんです。薬のはいつていた小箱の蓋まで、開けて行きました」

「どうだ、ニコラ! おい! ニコラ!」

呼ばれた男は片隅の椅子にぐつたりして、手錠でつながれた両拳《こぶし》を膝の上にのせたまま、狂暴に眼の前を見つめていた。

「お前がニースで、ブルースタンを殺《ばら》した時……」

彼は身動きもしなかつた。骨ばつた顔の筋ひとつ動かさなかつた。

「おれはお前に話してる、うむ、むしろ、お前が自分で喋つても同じことになる話を、聞かせてやつてるつてことは、お前には分つてるな。お前がネグレスコで、ブルースタンを眠らせた時、奴がお前を騙していたのに気がつかなかつたかい? どうだ、テーブルへ来て坐らんか? そうか! まあいい。奴はお前になんていつたんだ、ブルースタンは？　ダイヤはベルシ河岸の家にあるつてな、もちろん！　だが、そんなちつぽけな物なら、匿すのはわけないと、お前は思つた筈だ。たぶん奴は嘘の匿し場所をお前に教えたか？　でなかつたら、お前が自分の狡猾さを買いかぶつていたかだね？　いや！　喋るな。ダイヤがどこから出た物か、訊く気はない。明日、専門家が鑑定すれば分ることだ。

「運わるく、ちようどその時、お前は古い事件でひつ拘られた。何だつけかな？　おれの思い違いでなければ、サン・マルタン通りの強盗事件だね？　やつぱり、そう！　宝石商だ。一方で捜査に身をやつしている時、なあ、そうだろう！　お前は三年の年貢をおさめた。そして、三ヵ月前に、自由の身になると、家のまわりをうろつきに、やつて来た。お前はブルースタンが作らせた鍵を持つていたんだ！……そうだな？……よし！　勝手にしろ」

若者と娘は、びつくりして彼を見つめていた。彼等はメグレが急に上機嫌になつたわけが、分らなかつた。つい、さつきまで彼が、どんな不安を感じていたか、知らなかつたからだ。

「どうだね、お前、ジョゼフ。おや！　お前呼ばわりしちまつたな。こんなのは、朝飯前だつたよ。下宿人をおくのを止めてから三年たつた家に、見知らぬ男が侵入した……おれは直ぐ、監獄から出て来た男を頭に浮べたんだ。病気なら三年は続かないよ。その時すぐ免囚のリストを調べればよかつたんだ。そうしたら、我等が友ニコラを抑えていたんだつた……火を持つてるかい、リュカ？　おれのマッチは湿つちまつてる。

「では、今度は、ジョゼフ、例の素晴しい晩、どんな事があつたか、おれ達に話してごらん」

「私は見つけ出す覚悟だつたんです。それは、なんかひどく高価な物で、一財産できると考えたんです……」

「で、お前のママが、おれを事件に引つぱりこんだものだから、あの晩のうちに是非とも見つけたいと思つたんだね？」

彼は頸垂れた。

「それで、邪魔をされないように、何だか知らないが、ママの煎薬の中へ垂らしたつてわけだね？」

彼は否定しなかつた。彼の喉仏は急調子に上つたり下つたりした。

「私はそれ程、ほかの生き方をしたかつたんです！」やつと聞きとれる程に低い声で、彼は呟いた。

「お前は上靴のまま降りて行つたんだ。何故あの晩は、必ず見つけるという、それ程の自信があつたのかね？」

「それまでに家中を、茶の間だけ残して、全部探し尽してたからなんです。私は部屋をきちんと分割して調べました。もう茶の間以外にありえないという点は確かでした」

羞恥と落胆の中に自負の色合が差して来ると、彼は言明した。

「見つけたんです！」

「どこにあつた？」

「茶の間の中に、古い吊燭台型のガス燈があつて、蠟燭差しと陶器《せともの》の蠟燭の作り物がついてるのに、たぶん気がおつきになつたでしょう。その蠟燭を外して見ようと、どうして思いついたのか覚えがありません。その中に小さな紙切れの巻いたのがあつて、その紙の中に固い物がはいつていたのです」

「ちよつと待つた！　部屋から降りて来た時、若し成功したら、どうする積りだつたね？」

「さあ」

「出て行く積りじやあなかつた？」

「いいえ、そんな事はありません」

「けど、探し出した宝を、たぶん他所へ匿す気はあつたろう？」

「ええ」

「家の中へかね？」

「いいえ。今度はあなたが探しに来る番だと予期してましたし、そうすれば、必ずあなたに見つかると思つてましたから。きつと理髪店に持つて行つて匿したでしょうね。そして、しばらく経つてから……」

ニコラが冷やかに笑つた。亭主はカウンターに肱をついたまま動かなつた。彼の着ているシャツが薄暗がりに白い沁《しみ》を作つていた。

「お前は蠟燭差しのトリックを見破つてから……」

「それを元通りにしている最中でした。自分の近くに、誰かいるのに気がついたんです。はじめはママだと思いました。私は電燈を消しました。懐中電燈で手もとを照らしていたんです。誰かがいて、だんだん近づいて来ました。それで、私は戸口へ走り寄つて、表へ飛び出しました。とても恐かつたんです。駈け出しました。扉はバタンと乱暴に閉りました。私は上靴を穿いたままで、帽子もネクタイもなしでした。私は一散に走りました。後ろで足音が聞えてたんです」

「この若い猟犬ほど、駈けつこは速くなかつたんだな、ニコラ！」メグレが冷やかした。

「バスチーユの方には、警官が巡回していました。彼等がそばにいる間は、男が襲いかかることはあるまいと安心して、私は足をゆるめました。こうやつて、東停車場の近くまで来たんです。と、そこで或る考えが頭に浮んだんです……」

「シエルつて考えだろう、うん！　甘い思い出だ！　それから？」

「朝の五時まで待合室にいました。人が多勢いたんです。ところが、自分のまわりに、そんなに多勢、人がいたんですが……」

「分つたよ」

「ただ、誰が私を尾行《つけ》てるんだか、分らなかつたんです。私はそこにいた人達の顔を、きよろきよろ見廻しました。切符売場が開いた時、私は二人の女の人の間へ、うまく滑りこみました。低い声で、切符を頼みました。だいたい同じ時刻に発車する汽車が、幾つかあつたんです。私は一台に乗ると、反対側へ通り抜けて、別の車に乗るつて風にしました」

「どうだい、ニコラ、この悪戯つ子には、おれよりも余程、お前の方が窘《いじ》められたらしいな！」

「私の切符が何処行きだか、彼は知らなかつたんですからね。シエルでは、汽車が動き出すまで、降りるのを待つてたんです」

「うまいぞ！　うまいぞ！」

「私は駅の外へ飛び出しました。街には誰もいませんでした。私はまた駈け出しました。後ろから追つて来るような足音は聞えませんでした。ここへ着くと、いきなり部屋を頼みました。もう怺えられなくなつていたし、早く奴の手から逃れたいと……」

彼は話しながら、また震えあがつた。

「母親は私に、決してたくさん小遣いをくれないんです。部屋に落着いたのはいいが、もう十五フランと補助貨幣四五枚しか、持つてないのに気がつきました。私は直ぐに発《た》つて、ママが何しない前に家に帰つてようと……」

「したら、ニコラがやつて来た」

「奴がここから五百メートル先で、タクシーから降りるのを、窓から見つけたんです。奴はラニーまで行き、車を拾つて、シエルへやつて来て、私の足どりを嗅ぎつけた、と直ぐ分りました。そこで、私は鍵をかけ閉じこもつたんです。それから、階段をあがつて来る足音を聞いたので、箪笥を扉の前に引きずつて来ました。奴は私を殺すに違いないと思つたんです」

「ためらわずにな」とメグレは唸つた。「ただ、こうなんだ。奴は亭主の前であくせくしたくなかつたんだ。だろう、ニコラ？　そこで、奴はここへ根をおろした。そのうち当然、お前が部屋から出て来るだろうと思つてな……物を食いに来るだろうじゃあないか」

「私は何も食べませんでした。奴が梯子を使つて、夜になつて窓から、はいつて来やしないかつてことも恐かつたんです。だもんですから、鎧戸を閉めることにしたんです。眠る気にもなれませんでした」

表に足音が聞えた。運転手だつた。嵐が過ぎ去ると、お客のことが気になり出したのだつた。

するとメグレは彼のパイプを、靴の踵でコツコツとはたいた。それに煙草をつめかえると、満足そうに撫でさすつた。

「若しもお前が、こいつをぶつ砕《か》きでもしてたらな……」と彼はぼやいた。

それから、同じ言葉つきで、

「さて、子供たち、お出ましだ！　結局ジョゼフよ、お前の母さんに何て話す積りだね？」

「さあ？　それが頭痛の種です」

「なんの、なんの！　お前は探偵ごつこをしに茶の間へ降りて行つたんだよ。誰かがそこから出て行くのを見つけたんだよ。そいつの後をつけたんだよ。探偵をやるのが大得意でね」

始めて、ニコラが口をきいた。軽蔑をこめて、こういうためにだ。

「そんな謀らみに、おれまで仲間入りすると思ってたらね！」

が、メグレは平気な顔で、

「そいつは、やがて分るだろうな、ニコラ？　おれの事務室で、さし向いでな……どうだね、運転手。そろそろ君のぼろタクの中へぎゆう詰めにしてもらつた方がよさそうだな！いいかね？」

それから間もなく、腰掛の隅にマチルドと一緒に小さくなつているジョゼフへ、彼は耳打ちしていた。

「お前には別のパイプを進呈しような！　その方がよければもつともつと巨《でか》いのをね」

「ただ、なるべくなら」と、小僧がやり返した。「あなたのでないのをね！」

（日影丈吉訳）

管理人と花嫁

アガサ・クリスティー

「やあ、きようは具合はどうですね？」と、ヘイドック博士は自分の患者にたずねた。

ミス・マープルは力なげに枕の上から微笑を返した。

「だいぶいいように思いますけれど――でも、すつかり元気がなくなつてしまいました。いつそあのとき死んでしまつていたらどんなに楽だつたろう、という気がしてなりませんの。どうせこんな年よりですし、わたしのことなど気にかけてくれるものは一人もないのですから――」

ヘイドックはいつもの無遠慮な調子で相手の言葉をさえぎつた。「わかりました、わかりました、この型のインフルエンザにつきものの予後反応ですよ。あなたにいま必要なことは、なんとかして気持を引きたたせること――つまり精神的強壮法ですな。」

ミス・マープルはため息をして、頭を振つた。

「それで、」とヘイドックはつづけた。「わたしもひとつ薬を持つてきてあげましたよ。」

彼は細長い封筒をベッドの上にぽいと投げた。

「あなたに打つてつけのもの。つまり、謎解きの一種ですがね。」

「謎ですつて？」ミス・マープルは興味をそそられたようだつた。

「わたしの文学的労作とでもいいますか。」博士はちよつと顔を赤らめながら言つた。「そいつを一篇の物語に書いてみたのです。〈彼は言つた〉とか、〈彼女は言つた〉とか〈その娘は考えた〉とか、といつたぐあいにね。しかし、話の内容は全部本当のことですよ。」

「でも、どうしてそれが謎なのですか？」とミス・マープルはきき返した。

ヘイドック博士はニヤリと笑つた。「その解釈をぜひあなたに下していただきたいからですよ。あなたがいつものように、こんども聡明であるかどうかを見せていただきたいですな。」

そう言いおわると、博士はさつさと帰つて行つた。

ミス・マープルはベッドの上の原稿を取り上げると、読みはじめた。


「花嫁さんはどこにいるの？」と、ミス・ハーモンは人々をかき分けながら、陽気な調子でたずねた。

村人たちは、ハリー・ラクストンが海外から連れかえつた金持の美しい花嫁を見ようとして、大騒ぎをしていた。その空気には、あのやくざな若者のハリーが、よくもまあすばらしい幸運をひきあてた、という寛大な気持が流れていた。彼らは昔からハリーにはいつも寛大な気持をもつていた。彼がやたらに飛ばすパチンコの流れ玉で窓ガラスを割られた家々の主人でさえ、小さなハリーのいかにも後悔しているような、しよんぼりした表情を見ると、いつのまにか怒りが消え失せてしまうのだつた。彼は窓ガラスをこわしたり、果樹園を荒らしたり、兎の密猟をしたりしただけでなく、後にはそこら中に借金をこしらえたあげく、土地の煙草屋の娘といざこざを起したので——事件が解決すると、すぐアフリカに追つぱらわれた。が、そのときでも、村の多くの老嬢たちは、寛大につぶやいたものだつた。「やれやれ、あれも若気のあやまちさ！　あの男もこれで落ちつくだろうよ！」と。

ところが案の定、その放蕩息子はおちぶれるどころか意気揚々と帰つてきたのである。ハリー・ラクストンは俗にいう「うまくやつた」のである。彼は立ち直ると、一所懸命に働き、最後には莫大な資産をもつた若い英仏混血娘と知合いになつて、首尾よく彼女を口説きおとしたのだつた。

ハリーはだからロンドンに住むことも、あるいはどこか流行の狩猟地区に地所を買い求めることもできたわけだが、彼は自分の生れた土地へ帰ることをのぞんだ。そしてそこで、なんとロマンティックにも、自分がかつてその幼年時代を過ごした「未亡人の隠居所」の立つている荒れはてた屋敷を買いとつたのである。

キングスディーン荘は、七十年近くも空家のまま放つておかれたので、次第に荒れ朽ちて、今では廃墟のようになつていた。ただ以前から一人の年とつた管理人とその妻が、この荒れはてた建物の一隅に住んでいた。それは宏壮な、見るからに無気味な感じのする大邸宅で、一面に草や樹木の生い茂つた広い庭が、暗い魔法使の洞窟のようにそれをとりかこんでいた。

未亡人の隠居所は気持のいい、地味な作りの建物だつたので、この方はハリーの父親のラクストン少佐に長期の契約で貸されていた。それで、子供のころのハリーは毎日のようにキングスディーンの邸内を走り廻り、どんな入りくんだ森の中でも隅から隅まで知りつくしていたので、この古い屋敷そのものが彼にはこの上もない魅力あるものとなつていた。

だが、そのラクストン少佐も数年前に世を去つたので、ハリーにはもう彼をここへ引きもどす何のきずなも残つていないはずだつたが、それにもかかわらず彼が花嫁を連れてもどつてきたのは、自分が少年時代を過ごしたこの屋敷だつた。荒れ朽ちたキングスディーン荘はたちまち取りこわされた。そしてそのあとへ建築技師や大工左官がドッと押しよせてきたと思うと、ほとんど奇跡的な短時日で、白い、木の間がくれにチラチラかがやく新しい家が建てられた。

その次には一団の庭師があらわれ、つづいて家具を満載した荷馬車の行列がやつて来た。

こうして家の準備がひと通り整うと、次には召使たちが到着し、最後にぜいたくなリムジンがハリーとハリー夫人をその新宅の正面玄関におろした。

村人たちは訪問に殺到した。村で一ばん大きな家を所有し、この土地の社交界をリードしていると自認しているプライス夫人は直ちに「花嫁歓迎」のパーティーの招待状を発した。

これは大事件だつた。婦人たちの中には、この会のためにわざわざ新しい衣裳を作つたものも何人かあつた。誰もが興奮し、好奇心で胸をおどらせ、この伝説にでも出てきそうな花嫁を見るのに熱中した。彼らはまるでお伽噺のようだ、と言つた。

世の中の荒波にもまれた、元気なミス・ハーモンは、人々の群がつている客間の戸口の雑沓をかき分けながら、彼女の質問を発した。痩せた、気むずかしやの、小柄なミス・ブレントは、さつそくベラベラと情報を披露におよんだ。

「ねえ、あんた、とてもチャーミングな花嫁よ。物ごしが上品でね、それにとても若いのよ。本当に、誰だつて、あんなに何もかも持つている人を見たら羨ましくなるわ。きりようはいいし、お金はあるし、教育はあるし、下品なところなんかこれつぽつちもないし――それにご亭主のハリーは首つたけだし……。」

「まあ、でもまだ初めのうちですからね。」と、ミス・ハーモンは言つた。

ミス・ブレントのとがつた鼻が相手の言葉をかぎわけるようにふるえた。「あんた、本当にそう考えているの？」

「あたしたちは誰だつて、ハリーがどんな人間かつてことを知つてるはずですわ。」とミス・ハーモンは言つた。

「でもみんなが知つてるのは、ハリーがどんな人間だつたかつてことでしよう。けれども、いまは――」

「でもね、あんた、男つていつも変らないものよ。浮気で嘘つきだつた男は、いつになつても浮気で嘘つきなものよ。あたしよく知つてるけれど――」

「おやおや、可哀そうに、あの花嫁さん。」だがミス・ブレントはひどく幸福そうに見えた。「そうね。そりやあたしだつて、実をいうと、彼女はハリーのことで苦労するだろうと思つているわ。誰か彼女に警告してやらなければいけないわね。彼女は昔の話をなにか聞いているかしら？」

「彼女に何も知らせずにおくのは、まちがつていると思うわ。殊に、村に一軒しかないあの薬屋のことなんかね。」

かつての煙草屋の娘は、いまでは薬屋のエッジ氏と結婚しているからであつた。

「もつとも」とミス・ハーモンは言つた。「ハリーはそのうちに自分でそのことをほのめかすかもしれないわよ。」

そして、二人はもう一度意味ありげな視線を交換した。

「しかし、どつちにしても」とミス・ハーモンはつづけた。「彼女は知らなければいけないと思うわ。」

「けだものだわ！」クラリス・ヴェーンは憤然とした調子で伯父のヘイドック博士に言つた。「まつたくけだものだわ、あの人たち！」

ヘイドックはいぶかしげに彼女をながめた。

クラリスは、背の高い、暗色の髪の毛をもつた、美しい娘で、思いやりの深い、一本気なところがあつた。「あの人たちときたら——物をしやべつたり、あてこすつたりする猫みたいな連中よ！」彼女の大きなトビ色の眼は、怒りで燃えていた。

「ハリー・ラクストンのことかい？」

「そうよ。ハリーと煙草屋の娘の事件のことよ。」

「ああ、あのことかい！」医師は肩をすぼめた。「若い人間には、あの種の事件はめずらしいことじゃないよ。」

「もちろんですわ。それにもうすつかりすんだことじゃないの。それなのに、なぜいつまでもくどくど言うんでしょう？　何年も前のことを問題にするんでしょう？　死肉に舌づつみを打つ食屍鬼《グール》みたいだわ。」

「うん、お前にはそんな風に思えるかもしれないがね、しかし、こんな田舎ではほかに話題らしい話題がほとんどないのだよ。それでしぜん、過去の醜聞《スキャンダル》をいつまでも問題にしたがるんだと思うね。それにしても、なぜそんなことがお前をそんなにいきり立たせたのか、知りたいもんだね。」

クラリス・ヴェーンは唇をかんで、パッと顔を赤らめた。それからへんに口ごもりながら答えた。「あの人たち——あの人たちは、とても幸福そうに見えるのよ。ラクストン夫妻のことですわ。二人とも若くて、愛し合つていて、本当に美しいと思うわ。それが、蔭口だの、あてこすりだの、皮肉だの、意地悪などで傷つけられるのを見ると、わたし、とてもいやな気がするのですよ。」

「ふん、なるほどね。」

クラリスは言葉をつづけた。「つい今しがたも、ハリーはわたしに話していましたけれど——あの人はこんど望みどおりキングスディーンの家を建て直したので、とても幸福を感じ、感激しているのですよ。彼女だつてそうですわ——あの人は生れてから今まで何ひとつうまく行かなかつたことはない人だし、いつだつてあらゆるものに恵まれてきた人でしょう。伯父さんもお会いになつたわね。あの人をどんなふうにお思いになつて？」

博士はすぐには答えなかつた。他の人々には、ルイズ・ラクストンは羨望の的になつているかもしれない。甘やかされた運命の寵児。けれども彼には、この娘はむかし聞いた流行歌の一節を——「あわれな小さき富める娘よ——」というリフレインを、思い出させたのだ。

顔のまわりにやや不自然にカールさせた、亜麻色の髪と、大きな利巧そうな青い眼をもつた、小柄な、きやしやな彼女。

ルイズは少し元気を失つていた。長いお祝いの言葉の流れが彼女を疲れさせてしまつたのだ。彼女は早く帰る時間がくればいい、と待ちのぞんでいるのだつた。今にもハリーがそう言つてくれるかも知れない。それを願うように、彼女は横眼でチラッと彼をながめた。この怖るべき、退屈なパーティーに有頂天になつている、背の高い、肩幅の広い夫を。

あわれな、小さき、富める娘よ——

「ああ!」それはやつと解放されたという安堵の溜息だつた。

ハリーは愉快そうに妻の方を振りかえつて見た。二人はいまパーティーから車でもどる途中だつた。

彼女は言つた。「ねえ、あなた、なんておそろしいパーティーなんでしよう!」

ハリーは声をあげて笑つた。「そう、かなりおそろしかつたね。でも、気にしない方がいいよ。どうせ一度はやらなければならなかつたのさ。なにしろあの婆さんたちは僕が子供のころここで暮していた時分に、みんな知つていた連中だからね。彼らとしたら、君の顔をすぐそばでよく見たかつたにちがいないさ。」

ルイズは顔をしかめた。「まだああいう方々に多ぜいお会いしなければならないのでしようか?」

「えつ? いや、そんなことはないさ。もちろん、名刺をもつて儀礼的な訪問に来る連中はあるだろうが、そのときはお返しに一度だけ訪問しておけば、あとは気にかけることはないさ。君はここで君自身の友達をつくるなり、好きなことをなんでもできるわけだよ。」

ルイズは一、二分間黙つていてから、言つた。「ここにも生活をたのしんでいる人はいるのでしようか?」

「そりや、いるとも。君も知つてるように、州の社交界というものがあるよ。もっとも君から見れば、その連中はすこし退屈に思われるかもしれんがね。たいてい球根だの、犬だの、馬だのに興味をもっている連中だよ。もちろん、君も馬乗りはするだろう。やってみたまえ、たのしいものだよ。君にぜひ見せたい馬がエリングトンにあるのだ。完全に仕込まれた、悪い癖の少しもない、すばらしく元気のいい美しい馬だよ。」

自動車はキングスディーン荘の門内へまがるために、速力をおとした。そのとき何者ともしれないグロテスクな姿が道路のまんなかにとび出したので、ハリーはあわてて罵りながらハンドルを廻し、辛うじてそれを避けることができた。そのグロテスクな恰好の人間はその場に立ったまま、拳を振り上げて、自動車のうしろからわめき立てた。

ルイズはハリーの腕にしがみついた。「あれ誰ですの――あの怖ろしいお婆さん?」

ハリーの眉が曇った。「あれはマーガトロイドという婆さんだよ。亭主と二人であの古屋敷の番人をしていた婆さんさ。三十年近くもここに住んでいたのだよ。」

「どうしてあのお婆さんはあなたに拳を振り上げたのでしょう?」

ハリーの顔は赤くなった。「あの婆さんは――うん、あの婆さんは家が取りこわされたのをうらんでいるのだよ。むろん、彼女はおはらい箱になったのでね。亭主の方は二年前に死んだのだが、みんなの話によると、なんでもそれから少しおかしくなったということだ。」

「あの人は――あの人は、飢えにせまられているんじゃないでしょうか?」

ルイズの考えは漠然としていた上に、いくぶんメロドラマティックだった。富は彼女が真実に触れるのを妨げたのだ。

ハリーは感情を害して言った。「とんでもないこったよ、ルイズ。なんていうことをいうのだ! もちろん僕は彼女に解雇手当を支払ったよ――しかもたっぷりとね。その上、新しい小屋まで建ててやったのだ。」

ルイズは当惑しながらたずねた。「それなら、なぜ彼女はおこっているのでしょう?」

ハリーは眉をひそめ、額にしわをよせた。「おお、そんなこと、どうして僕にわかるかね？　狂気のさただよ！　彼女はあの家を愛していたのだ。」

「だつて、あの家はまるで廃墟じやなかつたですか？」

「もちろん、そうだつたよ。そこら中ボロボロにくずれて――雨もりはするし――とにかく安全な代物じやなかつた。でもやつぱり僕は、あの家が彼女には何か執着するだけの意味があつたのだと想像しないわけには行かないね。何しろ長い間あそこに住んでいたのだから。ああ、僕には何がなんだかわからない！　きつとあの婆、気がふれてるんだ、と思うよ。」

ルイズは不安げに言つた。「あのお婆さん――わたしたちを呪つているのではないでしようか。ねえ、ハリー、そうでなければいいと思いますけれど――」

ルイズには、自分たちの新しい家庭が気の狂つた老女のいまわしい影によつて汚され、毒されたように思われた。自動車で外出するときも、馬に乗つて出かけるときも、犬をつれて散歩するときも、いつも必ず同じ姿が彼女を待つているのだつた。背をまるくしてうずくまり、白髪まじりの頭にぺちやんこの帽子をかぶり、ゆつくりと何かわけのわからぬことをブツブツつぶやいている姿が――。

ルイズは、ハリーの言うことが本当だと信じるようになつた――たしかにあの女は気が狂つているのだ。だがそれだからといつて、事態は少しもよくならなかつた。マーガトロイドは家には決してやつて来なかつたし、はつきりした脅迫もしなければ、乱暴もはたらかなかつたからである。ただいつも彼女のうずくまつた姿が門前にあるだけだつた。だから、警察へ訴えてみたところで、おそらく無駄であることはわかつていたし、それにハリーはその種の手段にうつたえることには反対だつた。そんなことをすれば、あの老婆にたいして土地の同情を起させるだけだ、と言つた。彼は事態をルイズよりもずつとのんきに考えていた。

「気にかけることはないよ、君。彼女だつて、いまにこんな馬鹿げた呪いごとには飽きてくるよ。たぶん、ちよつとやつてみているだけなんだよ。」

「そんなことありませんわ、ハリー。あの人――あの人、わたしたちを憎んでいるのですよ！　わたしにはどうもそう感じられるわ。彼女はわたしたちの不幸を祈つているのですよ。」

「彼女は魔女じやないんだよ、君。もつとも恰好だけは魔女みたいだけれどね。そんなことに神経をとがらせるなんて、つまらんよ。」

ルイズは口をつぐんだ。家をもつたことについての最初の興奮がさめてしまうと、彼女は妙にさびしくなり、手持ぶさたを感じた。彼女はこれまでロンドンとリヴィエラの生活に慣れてきたので、イギリスの田舎の生活についてはなんの知識ももつていなかつたし、趣味ももたなかつた。「花を活ける」という最後的技術のほかは、園芸の仕事にもまつたく無知だつた。実際には犬もあまり好きでなかつた。その上、彼女が会つた隣人という隣人は、彼女をうんざりさせずにはおかなかつた。彼女が一ばんたのしめたのは乗馬で、ときにはハリーと一緒に、また彼が所有地のことで忙しいときには自分ひとりで、馬を乗りまわした。彼女はハリーが買つてくれた美しい馬のゆるやかな足なみをたのしみながら森の中や村の小径を走らせた。だが、この敏感な栗毛のプリンス・ホールでさえ、敵意にみちた老婆のそばを通るときは、おびえて鼻を鳴らすのが常だつた。

ある日、ルイズは勇気をふるい起して、思い切つた行為に出た。そのとき散歩していた彼女は、マーガトロイド老婆の存在に気づかぬふりをして一度そのそばを通りすぎたが、とつぜんくびすを返して、つかつかと老婆のところへ近づいた。

「どうしたというの？　一体どうしたというの？　何をお前さんは望んでいるの？」

老婆はチラリと彼女を見上げた。白髪まじりの髪の毛と、ただれた疑い深い眼をもつた、いかにもずるそうな、浅黒いジプシー顔をしていた。ルイズは、ひよつとすると彼女は酔つているのではないか、と思つた。

老婆は哀れつぽい、それでいてどこか脅かすような声で言つた。「あたしが何をのぞんでいるかつて、おききになるのかね？　ふん！　あたしから取り上げたものを返してもらいたいだけですよ。キングスディーン荘からあたしをたたき出したのは誰さ？　あたしは、娘のときからこの年まで、四十年近くもあそこに住んでいたんだよ。そのあたしを追い出すなんて、悪魔のようなやり方さ。そんなことをすれば、お前さんだってあの男だってろくなことはないよ！」

ルイズは言った。「でも、あんたはとてもきれいな小屋をもらったっていうじゃないの、それに――」

彼女は言いかけてやめた。老婆は腕を振り上げて叫んだ。「そんなものがあたしに何の役に立つかい？　あたしが欲しいのは、あたし自身の場所だよ。何年も何十年も坐りつづけてきたあたし自身の煖炉だよ。あたしは言っておくがね、お前さんたちはあの新しいきれいな家に住んでいたからって、決して幸福なことはないよ。来るのはまっ黒な悲しみだけさ！　悲しみと、死と、あたしの呪だけだよ。お前さんのきれいな顔なんか腐るがいいさ！」

ルイズはくるりと背を向けて、ころぶようにかけ出した。走りながら彼女は考えた――わたしはここから立ちのかなければいけない。わたしたちはあの家を売って、一日も早く立ちのかなければいけない！　と。

そのときは、こういう解決も容易なことのように、思われた。だが、ハリーの完全な無理解は、彼女をびつくりさせた。ハリーは叫んだ。

「ここを立ちのく？　家を売る？　あの気ちがい婆のおどかしにつられて？　君こそ気が狂つたにちがいないよ。」

「いいえ、わたし気が狂つてなんかいませんわ。でも、あのひとが――あのお婆さんがこわいのです。いまにきつと何かが起ると思いますわ。」

ハリー・ラクストンはにがにがしげに言つた。「マーガトロイドのことは僕にまかせておきたまえ。僕がいいように片づけるよ。」

いつとはなしにクラリス・ヴェーンと若いラクストン夫人の間には、友情が生ずるようになつた。この二人は、性格も趣味もちがつていたけれど、年配の点ではほぼ同じだつた。クラリスと一緒にいるときだけ、ルイズはなんとなく安堵をおぼえた。クラリスは自らたのむところの強い、しつかりした娘だつた。ルイズは彼女に、マーガトロイドの問題を話したが、クラリスはその事件をおどろくよりもむしろはがゆく感じたらしかつた。

「そんなこと、馬鹿らしいじやありませんの。」と彼女は言つた。「あなたつて、ほんとに困つたお方ね。」

「でも、クラリス、わたし、ときどき本当にこわくてたまらなくなるのよ。心臓がドキドキしてくるのよ。」

「ナンセンスだわ。そんなつまらないことで気をくさらせてはいけませんわ。あの婆さん、いまにくたびれて、やめてしまいますよ。」

ルイズは二、三分間黙つていた。

クラリスは「どうなさつたの？」とたずねた。

ルイズはなおも一分間ほど黙つていてから、急に一気にしやべり出した。「わたし、この土地がいやなのよ！　ここにいるのが、いやなのよ！　森も、この家も、夜のおそろしい静けさも、それから気味の悪いあのフクロの鳴き声も……。ああ、それからあの人たちも、それから何もかも……」

「あの人たちつて、どんな人たち？」

「この村の人たちよ。せんさく好きで、ゴシップ屋の、あのお婆さんたちよ。」

クラリスは鋭くたずねた。「その人たちは、なんて言ってるんですの？」

「知らないわ。別にこれってことはないけれど。でも、みんな意地わるだわ。あなただつて、あの人たちとすこし話していたら、誰一人信用できないつて——まつたく一人だつて信用できないつて、気持になるにちがいないわ。」

クラリスは強い調子で言つた。「あの連中のことはお忘れなさい。あの人たちは、他人の噂話でもする以外には、何もすることがないのですよ。それも大部分は、あの人たちの作りごとなのですからね。」

ルイズは言つた。「わたし、もう二度とこの土地へは来たくないわ。でも、ハリーはここをとても好いているのよ。」

彼女の声はやわらいだ。

クラリスは、彼女がどんなに彼を愛しているかを考えた。

彼女はとつぜん「わたし、もう帰らなければなりませんわ。」と言つた。

「じや、車でお送りするわ。またすぐいらしつてね。」

クラリスはうなずいた。ルイズはこの新しい友達の訪問によつて心が慰められたのを感じた。ハリーも彼女が前よりもずつと元気になつたのをよろこび、これからはクラリスにたびたび家に来てもらうようにと彼女にすすめた。

ある日のこと、ハリーは彼女に言つた。「ねえ、君、君のために良いニュースがあるよ。」

「まあ、なんですの?」

「僕はマーガトロイドのことを片づけたよ。彼女にはアメリカに息子が一人いるんでね、彼女がアメリカに行つて息子と一緒にくらすように、話を取りきめてきたよ。旅費は僕が払つてやるつもりだ。」

「まあ、そりやすてきですわ、ハリー。わたしも結局キングスディーンが好きになれそうな気がするわ。」

「好きになる? あたりまえさ、世界中でこんなすばらしい場所はほかにないよ!」

ルイズはかすかに身ぶるいした。彼女は自分の心に巣くつた怪しい恐怖から、そうたやすくのがれることができなかつたからである。

たといセント・メリー・ミードの婦人たちが、花嫁に彼女の良人の過去を知らせてやつたらどんなに面白いだろうと、ひそかに期待していたとしても、そのよろこびはハリー・ラクストン自身の機敏な行動によつて葬り去られることになつた。

ちようどミス・ハーモンとクラリス・ヴェーンの二人がエッジ氏の店にいて、一人はナフタリンの玉を買い、一人は硼砂の包を買つていたときに、ハリー・ラクストン夫妻がとつぜん入つてきた。

二人の婦人に挨拶してから、ハリーはカウンターの方を向いて、歯ブラシを注文しかけたが、急に中途で言葉を切り、なつかしそうに叫んだ。「おや、そこにいるのは誰かと思つたら、ベラじやないか、こりやおどろいた。」

混雑する店の仕事に手をかすために裏の部屋から急いで出てきたエッジ夫人は、大きな白い歯を見せて、ニコッと彼にほほ笑み返した。彼女は、昔にくらべるとずつと目方がふえ、顔の輪郭も品を失つてしまつたけれど、かつては暗色の髪の毛をもつた、美しい娘だつたし、今でもかなりの美人だつた。そして、「ベラですわ、まあハリーさん、お久しぶりでお目にかかれてうれしいですわ。」と答えたとき、彼女の茶色の大きな眼は、温かみであふれていた。

ハリーは妻の方を振りかえつた。「ルイズ、ベラは僕の昔の恋人だよ。僕はベラに首つたけだつたものさ。ねえ、そうだろう、ベラ？」

「あなたのきまり文句だわ。」と、エッジ夫人は言つた。

ルイズは笑いながら、言つた。「主人は古いお友達のかたがたにまたお会いできて、本当に仕合せですわ。」

「ねえ、ハリーさん」とエッジ夫人は言つた。「わたしたち、あなたのことを忘れたことないわよ。あなたが結婚して、あの古い、くずれかかつたキングスディーン荘のかわりに新しいお家を建てたなんて、まるでお伽噺のようですわ。」

「あんたはとても元気そうで、花のように美しいよ。」とハリーは言つた。エッジ夫人は笑つて、万事うまく行つていると答え、ところでこの歯ブラシはいかがですか、と言つた。

ミス・ハーモンの顔に失望の色を見てとつたクラリスは、勝ちほこつたように心の中で叫んだ。「まあ、でかしたわ、ハリー。あんたはあの人たちの砲口をみごとふさいでしまつたわ。」

ヘイドック博士はとつぜん姪に言つた。「マーガトロイドの婆さんがキングスディーンの附近を徘徊したり、拳をふり上げたり、新制度を呪つたりするなんて、まるでナンセンスじやないか？」

「ナンセンスじやありませんわ。本当なのです。そのためにルイズはすつかり気が顚倒してしまつているのですよ。」

「彼女に決して心配することはない、と言つておやり。マーガトロイド夫婦は、番人をしていたときから、いつもあの家のことをブツブツこぼしていたのだからね——あの夫婦は、亭主が大酒飲みで、ほかに仕事が見つからなかつたものだから、しかたなしにあそこに住んでいただけのことだよ。」

「そうルイズに話してみましよう。」とクラリスは疑わしげに言つた。「でも、彼女はきつと伯父さんの話を本当にしないと思いますわ。なぜつてあの婆さんはしんから怒りにもえて叫ぶそうですよ。」

「あの婆さんは子供のときのハリーをいつもとても可愛がっていたものだがな。わしにはどうもわからん。」

クラリスは言った。「いいわ――どっちにしても、あの二人はもうすぐあの婆さんからのがれられるはずだから。ハリーはアメリカまでの婆さんの船賃を払ってやることにしたんですって。」

それから三日後に、ルイズは彼女の馬からふり落されて、死んだ。

パン屋の荷馬車に乗っていた二人の男が、この事件の目撃者だった。二人はルイズが門内から馬に乗って出てくるのも見たし、老婆がとび上って道のまん中に立ち、腕をふり廻しながら、何ごとか叫んでいるのも見た。また、馬がおどろいて、老婆をさけ、それから狂気のようにその道路を駈け下って行き、ルイズ・ラクストンを頭ごしに投げ出したのも見た。

一人が、どうしていいかわからないながら、気を失った彼女の上にかがんでいる間に、もう一人が助けを求めに家へ走った。

ハリー・ラクストンが、真青な顔をして走り出てきた。彼らは馬車の扉をはずし、彼女のからだをその上にのせて、家の中へはこび入れた。彼女は意識をとりもどさずに、医師が到着する前に息絶えてしまった。

（ヘイドック医師の原稿終り）

ヘイドックは翌日来診したとき、ミス・マープルの頬に赤味がさし、その態度にもいきいきとした元気があらわれてきたのを見て、よろこんだ。

「ところで」と彼は言った。「評決はどうですね？」

「問題は何なのですか、ヘイドック先生？」と、ミス・マープルはやり返した。

「おや、マープルさん、それをお話しなければならないのですか？」

「たぶん、」とミス・マープルは言った。「管理人の奇妙な行動のことだろうと思いますが、なぜ彼女はそんなおかしなふるまいをしたのでしょうか？　世間の人々は、彼女が古い住家から追い出されたためだと思うかもしれませんが、でもあれは彼女の家ではありませんわ。それに事実、彼女はあそこに住んでいた間じゆう、いつも不平をいい、ブツブツこぼしていたものです。ええ、たしかにこれは怪しいですね。ところで、その後彼女はどうなりました？」

「リヴァプールへずらかつてしまいましたよ。あの事件でびつくりしたのですね。あそこで船を待つつもりだつたのだと思います。」

「ある人にとつてすべてがとても好都合に運んだわけですね。」とミス・マープルは言つた。「わたしは＜番人の行為の問題＞はわけなく解けると思いますわ。買収、じやなかつたのですか？」

「それがあなたの解決ですね？」

「彼女がそんな風にふるまうのが自然でなかつたとすれば、彼女は＜ふりをしていた＞にちがいありませんよ。これは誰かが彼女のそういう行為に対して報酬を支払つたということを意味していますよ。」

「すると、あなたは、その誰かが何ものかもご存じなのですね？」

「ええ、知つているつもりです。やはりお金じやないかと思います。それにわたしは、男というものがいつも同じ型の女を好くものだということを知つていますから——」

「さあ、わしにはどうもわからなくなつてきた。」

「いいえ、ちやんと筋道が立つておるのですよ。ハリー・ラクストンは、ご存じのように黒つぽい髪をした活潑なタイプのベラ・エッジが大好きでした。あなたの姪御さんのクラリスも同じタイプの娘さんですね。ところが、あの気の毒な可愛らしい花嫁は、それとはまつたくちがつた、おとなしい金髪型で——彼の好きなタイプではありませんでした。ですから、ハリーはお金のために彼女と結婚したにちがいありません。そして、やはりお金のために彼女を謀殺したのですわ。」

「えつ、あなたは＜謀殺＞という言葉を使いましたね？」

「ええ、彼はそういうタイプの男ですよ。女に対して魅力はあるが、まつたくの無節操漢。わたしの想像では、彼は妻の財産を手に入れて、あなたの姪御さんと結婚したかつたのだと思いますよ。エッジ夫人に話しかけたかもしれませんが、彼がいまでも彼女に引かれているとは思えませんね。もつとも、あの男は自分の目的をとげるために、あの気の毒な婦人にはそう思いこませたにちがいありません。そして、すぐ彼女を自分の思うままにおどらせたのだ、と思いますね。」

「ではいったい、どんな風にして彼は彼女を殺したのですか？」

「まず、絶好の時機——証人としてパン屋の馬車がいるとき——をねらつて行われたわけです。彼らは老婆の姿を見たので、むろん馬がおどろいたのはそのせいだと考えたにちがいありません。しかし、わたしの想像では、空気銃か、さもなければパチンコ——ハリーはパチンコが上手でしたから——たぶんパチンコを使つたのではないか、と思います。ええ、馬がちようど門を出てきたときにね。もちろんそのために馬はおどろいて駈け出し、ラクストン夫人は投げ出された、というわけです。」

ミス・マープルは眉をよせて、しばらく口をつぐんだ。

「彼女は落馬だけで死んだかもしれません。しかし、ハリーには確信がもてませんでした。それに、あの男はあらかじめ念入りに計画を組み立て、どんなことも偶然にまかせない、といつた人間のように見えます。結局、エッジ夫人なら、自分の必要とするものを、夫に知らせずに手に入れてくれるだろう、と考えたのです。でなければ、どうしてハリーがいまさら彼女などとかかり合うでしょう？　ええ、彼は何か強力な薬をもつていて、あなたが到着なさる前にそれを用いたのだと思いますね。だいたい、ある女が馬からふり落されて、重傷を負い、意識をとりもどさずに死んだ場合、医師は普通疑いを起さないものじやないでしょうか？　例えばショックとかそれに似た原因に帰してしまうのが普通でしよう。」

ヘイドック博士はうなずいた。

「では、なぜ先生は疑問をおもちになつたのですか？」と、ミス・マープルはたずねた。

「いや、それはなにもわたしが聡明だつたからではないのです。」と博士は言つた。「ごくありふれた、周知の事実——とかく殺人者は自分の手際のよさに有頂天になつて、適当な注意をおこたるものだという、ありふれた事実のおかげにすぎないのですよ。妻にさき立たれた良人におくやみの言葉を二こと三こと述べながら、本当に気の毒なことだと考えていた、ちようどそのときに——彼がちよつと演技を見せるためにドサッと長椅子に身を投げた拍子に、注射器が一つ彼のポケットからころがり落ちたのです。彼はすばやくそれを拾い上げると、わたしがおやと思うようなオドオドした様子を見せました。わたしは考えました。ハリー・ラクストンは薬には縁のない男です。丈夫そのもののような男です。いったい注射器を何に使ったのだろう? わたしは手がかりを得るために死体検査を行いました。そしてその結果、ストロファンシンを検出しました。あとは簡単でした。ラクストンの持物の中からストロファンシンが発見されたからです。警官の訊問をうけたベラ・エッジは泣きくずれて、彼にそれを都合してやったことを認めました。そして最後にマーガトロイド婆さんも、彼女に呪の妙技を演じさせたのはハリー・ラクストンだということを白状しました。」

「姪御さんはこの事件に打ち勝たれましたか?」

「ええ、姪はあいつに魅かれていたようですが、まだ深いところまでは行っていませんでしたので――」

博士は原稿を取り上げた。

「マープルさん、あなたは満点ですよ――それからわたしの処方も満点。あなたはもう、ほとんど全快したらしいですね。」

(村上啓夫訳)

青い帽子

フランシス・クレイン

伯母のスー、夫のパトリック・アボット、それからわたしはウォーバシュ河のほとりの魚料理屋で昼の食事をしていました。

わたし共のテーブルのそばの日よけのついた窓の下には、広々とした河が新緑の柳の岸の間をうねり曲りながら静かに流れていました。対岸にはイリノイの時々氾濫する原野があつたし、遠くには南イリノイ独特の低い丘がつらなつていました。

サービスは定食でした。わたし共はフィドラと、フランス風のポテトフライと、野菜サラダ、アップルパイと、コーヒーをいただきました。フィドラというのは若いナマズの類です。生ビールが出ました。それから国産のシャンパンもありましたが、シャンパンを取つていたのはレストラントのわたし共の奥のテーブルだけでした。

シャンパンを取つていた二人連れはわたしの好奇心を呼び起こしました。女は背が高く骨ばつた感じで、四十年前に流行していたような、ひだつきの黒いタフタの服を着ていました。リボンと花を飾つた青い帽子は新しいものかもしれませんが、首飾りや腕輪や手さげ袋や、黒い髪をひたいでちじらしているやり方などは、服と同じに大時代の物でした。右手には古風な細工の指輪が光つていました。左は真白なキッドの手袋で包まれていました。彼女はサラダを食べてしまつてから、ガツガツと魚にかぶりつきました。女の連れは年下で、クシャクシャの赤い髪と、角張つた日焼けした顔に、小さいまん丸の赤茶色の目をして、ガッシリした体を赤茶色のなめらかな仕上げのダブルの服に気持よさそうに包んで、キチンとボタンをかけていました。

二人がレストランを出て行くとき、わたしは女の青い目をした、けわしい顔の大写しを見ました。どうやら四十五かもしれないし、それともうまく化粧した六十女かもしれないと思いました。

スー伯母さんの鼻がうごめきました。「ライラックの香水だよ」と伯母は言いました。それからまた言いました……「なんてこつたろうねえ！」

「花嫁花婿さ」とパトリック・アボットが言いました。

「そういや、もうたしかにその頃だね」とスー伯母さんは言いました。

「ああ、こりやほんの冗談でした」とパトリックは言いました。用心していました。「あなたがあの連中を知つてるとは知りませんでしたよ、スー伯母さん」

「わたしが知つてるのは女のほうさ、男は知らないよ。あれはエミリ・マークスとエミリの運転手でしたよ」伯母は、こんなことは言いたくないといわんばかりの声で、言いました。

「エミリ・マークスですつて?」とわたしは言いました。

「まあ、パット、あの人は、あなたがきれいなゴシック式の汽船だと名付けた、あの家の持主だわ。ほら、エルム・ヒルの南のあすこよ……切妻や、バルコニイや、手すりや、張り出し窓や、ステインドグラス、雷文細工、渦巻き、風見鶏、避雷針、そういうものね」イリノイのエルム・ヒルはわたしの生れ故郷で、この魚料理屋から五十マイルほど北にありました。

「エミリ・マークス自身がゴシック式汽船の特作品みたいだぜ」とパットが言いました。

「つまり、あの切り下げた前髪や腕輪がでしよ? そうねえ。あの人を訪ねてみましようよ、スー伯母さん」

「エミリを訪ねる人なんかありませんよ、ジーン。訪ねたがる人なんかありません。それに、もし訪ねて行つても、ピシャンと目の前でドアを閉めるでしようね」

「だれが閉めるんですか?」とパトリックがききました。

「あの運転手」とスー伯母さんは言いました。

「なんて名前ですか?」

「ハリイ・ショールダーズ」とスー伯母さんは、まるであの大男には、たとえどんな名前にしろ、名前なんか持つ権利はないといわんばかりの口調で言いました。

「そうよ思い出したわ……エミリさんのお父さんは若い時ミシシッピー河の汽船で働いていたのよ」とわたしは言いまし

た。「そのお父さんが南部で多少形が遊覧船に似ているのでゴシック式汽船と呼ばれている建物を見たんです……そこで自分もそんなのを建てるようになつたんだわ」

「そのためにおかみさんの農場を抵当に入れたんだよ！」とスー伯母さんが鼻であしらいました。

「でもあの人たちは石油を手に入れたわ」とわたしは言いました。

「そりやあ二十年たつてからの話さ。エミリはもう大人になつていた。もちろん、いまだにその石油の収入を持つているのさ。大へんお金持の女だよ」

わたしは言いました。「あの人はキチンと決まつたスケジュールで暮しているのよ、パット。冬三カ月はマイアミ。夏は北ミシガンの避暑地にある持ち家。春六週間と秋六週間はあのゴシック式の汽船。残りの時間はそういう土地の間をドライブするのに使うのね。いつでも同じ道中を通つて、同じホテルに泊るの。ほんとに、ちよつとすばらしいわ」

「すばらしい？」と伯母は大声を出しました。「恐ろしいことだよ。エミリ・マークスをごらん。掃いて捨てるほどお金があつても、親身になれる子供は一人もなし。あんなおかしななりをしてさ。娘時代みたいにライラックの香水を匂わせる。あの運転手のほかはだれにも会わないんだよ！　エルム・ヒルでは顔も見せやしない。あの男が買出しに行くし、それから、みんなのうわさでは、家事もしているそうだよ。町の人にあの女が家に帰つたのがわかるのは煙突から煙が上るのが見えるときか、さもなきやあの運転手が町を得意そうに歩きまわりながらローストビーフや豚の腸詰めをふんだんに買つてるときさ。わたしやおしやべりをし過ぎたね」伯母は一息つきました。「エミリ・マークスが魚を食べたり、青い帽子をかぶつたりするなんて！　よござんすか！　なぜあの人が青い物を身につけないかというと……」

「花嫁は何か青い物を身につけるものでしよう」とわたしは言いました。

「その花嫁だなんて話は忘れてくれよ、ジーニ」とパトリックは言いました。「ぼくが大口をたたいたのさ」

スー伯母さんは言いました。「魚を食べるとエミリはきつとむかついたんだよ。でも娘の時は大へんきれいな青い目をしていたから、しよつちゆう青い物を身につけていたねえ……わたしやよく覚えてるけど、みんなで十九世紀の見送りをするのにあの家へ行つた晩さ。エミリはとてもきれいだつたねえ……青いタフタのドレスを着て、青いトルコ玉の耳飾りと指輪と……」伯母さんはふと言葉を切つて、やがて言いました。「あの女はその後で二三日セントルイスへ行つたけど、それからずつと——そうだね、おかしなようすだつたね。若く見えるじやないかねえ？ お金があると、いろいろごまかす手があるんだろうね」

パトリックは言いました。「あの人は西部に親類がいますか？」

「エミリには親類なんかありませんよ」とスー伯母さんは言いました。

レストラントを出るとすぐにパトリックは電話室に飛びこみました。わたし共は先きに行つて車の中で待つていました。どうせ彼は年中電話室に飛びこんでいるので、別になんとも気にかけずにいました。

エルム・ヒルではわたし共はスー伯母さんの娘マーガレット・マクリイとその夫ビルの所に泊つていました。その晩カクテルの時わたしはききました。「どうしてエミリ・マークスは青い物を身につけないの？」

ペグ（マーガレットの愛称）はニッコリ笑いました。「だつて自分でそう言つたんですもの。一時ね」

「あの人は青い目をしているわ」とわたしは言いました。

「そうよ。だから青に夢中だつたわ。それをひけらかしてさ。青ずくめで結婚する計画を立てたのよ。セントルイスへ行つたのは青の嫁入り衣裳を買うためだつたの。ところが結婚式もなかつたし、それつきり青も着なくなつたの。どうお、とてもロマンチックね？」

「ナフタリンくさいよ。エミリばあさんらしいや」とビルが言いました。

「あなたはナフタリンの匂いをかぐほどエミリに近づいたことなんかないじやありませんか」とペグが言いました。「あの人が結婚しようとしたのは、ルウ・ブラックフォードだつたのよ、ジーニ」

「学校の校長さん？」

「そうなのよ。二人は新年のパーティで婚約したので、あの人は着物を買いにセントルイスへ急いで出かけたの。それがオジャンで、結婚式の鐘も鳴らずよ」

「どうしてそのうわさが今までわたしの耳に入らなかつたのかしら、ペギイ?」

「土地の人はとつくの昔に、エミリに対する興味なんかなくしちまつたのよ。母さんが最近思い出して話してくれたからだけど、さもなかつたらあたしだつて知らなかつたわ。はつきり言えばあたしにはどうにも興味が持てないわ」

「おれが興味をひかれるのは、エミリはハリイ・ショールダーズに対してどんな役目をしているのか、それからハリイはエミリに対してどんな役目をしてるのかということさ」とビルが言いました。

「あなたにはわかりつこなくてよ、ねえ」とペグは言いました。「だつて、物語はともかくおあつらえどおり色あせたラベンダーの花と古びたレースで終つたのよ。エミリもルウも結婚しなかつたんです。おきのどくなルウ・ブラックフオード。隠退するはずだつたのに、お母さんのめんどうを見なきゃならなかつたのよ……お金使いの荒い、しようのないおばあさんだというわさだつたけど、やつと去年亡くなつたわ。あの人はひどく借金をしてるのよ。あたしはいつもあのおじいさんが好きだつたわ……あなたもそうだつたわね?」

わたしはうなずきました。パトリックが「エミリは今は結婚してますよ」と言いました。わたしはパットに首を振つてみせましたが、ペグは言いました。「ハリイ・ショールダーズと結婚したのね」

「なんてこつたい!」とビルが言いました。

「気をつけてね、パット。ここはせまい町よ」とわたしは言いました。

パトリックは言いました。「ぼくは許可証も見てないし、結婚式にも行かなかつたが、あの二人は結婚している。結婚したばかりさ。結婚の朝飯をサラダと、フィドラと、ポテトフライと、アップルパイと、シャンパンで祝つたのさ」

「ウワア!」とビルが言いました。

「花嫁は真新しいダイヤモンドと結婚指輪をつけていた」

「あなた! あの人は左手に手袋をはめていたでしょう」

「手袋はぼくらが入つて行くとあわててはめたんだよ。それでまずぼくは興味をひかれたのさ。ショールダーズがスー伯母さんを見つけてエミリに何か言うと、あの女は即座に手袋をはめたのさ」

「母さんはなんて言つたの?」とペグがききました。

「伯母さんは二人が出て行くまで全然見なかつたんだ」とパットが言いました。

「エミリばあさんはとてもしまりやなのよ」とペグは言いました。

「ショールダーズには別さ」とビルが言いました。

「あの男だつてそんなにうまくやつてないかもしれないわ、ビル。あやしげな帽子を耳の横つちよにかしげて、エミリの高価な車で飛びまわつて、大きなことを言つているわ。でもそれ以外はどうだかわかりやしないでしよ」

「あの女はどのくらい金があるんだろ?」とパトリックがききました。

「弁護士のチャーリイ・ジョーンズ以外はだれも知らないよ」とビルが言いました。

「正確なところハリイ・ショールダーズというのは何者だね?」

「土地の者だがうまく成功したのさ。十九か二十の時エミリの所の仕事にありついて、いまだにそのままだ。何かの理由で徴兵にも行かなかつた。今じやうまくやつてる。たぶん三十六七かな」

「四十一だ」とパトリックが言いました。「花嫁は六十二だ」

「あら、マアマア!」とわたしは言いました。

いとこ夫婦は、パトリックが二人の年をバカに正確に言つたのはホラだと思つて、ニヤリと笑いました。そしてビルはカクテルシェーカーを持つてみんなについでまわりました。するとパトリックが言いました。「ほんとに気になるのはエミリ・マークス・ショールダーズが魚を食べたり、青い物を身につけたりしていたことさ」

「全体のようすがあたしにも気になるわ」とペグが言いました。「あなた方は今夜食後にどうなさるつもり? いい映画があるのよ」

「きみとビルで行くさ」とパトリックは言いました。「ジーンとぼくはルウ・ブラックフォードを訪ねるつもりだ」
だれが話してもパットはあきらめませんでした。わたしはペグとビルをアバロン劇場で降ろしてやってからも、どうしてルウ・ブラックフォードを訪ねてはいけないかという理由を数え上げて、議論を続けました。あの先生はともかく隠退を計画しなければならなかつたのです。母親が死んでからは、鉄の柵と鉄の鹿のつなぎ柱のついている暗赤色のビクトリア風の家にひとりで住んでいました。サミイ・キングという黒人が雑用をしていました。ルウは不必要な訪問をさけるために電話を持つていませんでした。しかし彼は人気のある人物で、正しい考え方をする人たちは彼が学校時代に数えきれない苦労をした後でひとりでいたいと願つている気持に敬意をはらつていました。

それにもかかわらずパトリックはネオンの明るい郡役所の広場から街燈もまばらでおぼろげな暗い横町へ車を走らせました。彼はわたしの手を取つて車から出してくれてから、鉄の鹿のお尻をまんぞくそうにピシャリと叩きました。そんなことをしちやひどいわと、わたしは言いました。パトリックは、なぜエミリ・マークスがあんな青い帽子をかぶつて、ナマズをガツガツ食つていたかを聞き出さなければならない、と言いました。「サアぼくが言つたようにしておくれ！」と彼はガラス張りのドアにはめ込んだベルの頭を押しながら、うなるように言いました。

わたし共は待ちました。パトリックが三度も鳴らしてからやつと黒人がドアを開けました。言いつけられていたとおりわたしは大きな声で「あらまあ、サミイ」と言つておいて、パトリックを後にひきつれて、どんどんホールへ入つて行きました。

わたしが目を上げると、ルウ・ブラックフォードが紫がかつたビロードの上着に室内用のスリッパをはいて、金色のオークのドアの中に立つていました。髪は雪のように真白でした。角ぶちの眼鏡をかけ片手に一冊の雑誌タイムを持つていました。怒つてるようでした。

その時彼の黒い目の、馬みたいに長い顔が魅力的な微笑でくずれました。

「おや、ジーンだ！」と彼は叫びました。片手を差し出しました。「元気でいるかい？　こちらが旦那様だね？」二人は握手しました。ブラックフォード先生はサミイを台所へ戻らせて、わたし共を居間へ連れこみました。「どうもお客様があるような気がしてたんでね。火床にいくらか火がある。これで元気になれるよ。かけなさい。そのソファはとても気持がいい……尤もわたしの古なじみのモリス椅子（背部が自由に動く安楽椅子）は別だが、これは勝手ながらわたしが占領するよ。サアいいね。あなた方の話を聞かせてくれたまえ」

このおちついた暗い部屋は、エミリ・マークスの背景としてはなるほどふさわしくなかつたろうという気がしました。あの女にはケバケバしいゴシック式の汽船のほうがずつとふさわしかつたのです。

「先きにお電話すればよかつたんですけれど」とわたしは言いました。すまないような気がしました。

「電話はないんだよ」とブラックフォード先生は言いました。「さだめて非社交的に見えるだろうな。だがわしは昼間は毎日、それから夜もたいていは、子供たちと一緒に過ごさなけりやならん。わしの母親はつい去年亡くなつたばかりだが、平和で静かにしていなけりやならなかつた。そういうおきまりになつてしまつたので、わしはそれをそのまま守つているのさ」

「それをわたし共がこうやつて押しかけて来たんですわね！」とわたしは言いました。

「時と場合によるさ」とブラックフォード先生はニコニコしながら言いました。「煙草はどうだね？　わしはすわん、子供の親たちに悪いお手本を見せるといわれるからな。コーヒーを上がりませんか？　それともお茶は？」わたし共がことわると、先生は言いました。「葡萄酒やお酒は上げられませんよ。そんな物を家に置いておいたら、町中がいつの間にかそれを聞きだして、わしが酔つぱらいだと言うだろうからな」

パトリックはニヤリと笑つた。彼はブラックフォード先生が好きになりかけていた。

「あなたのお仕事には勇気がいりますね」と彼は言いました。

「勇気じやないよ。ずるさだ。ところで、あなたの仕事は——

ーあなたは探偵でしたな？　サア、それじゃ勇気がいるわけだね、アボット君」

「それもずるさですわ」とわたしは言いました。「それに探偵のやつかいな点は年中探偵してるということですわ。今日わたし共はインディアナのニューハーモニイの近くの魚料理屋でお昼の食事をしました。パットは二人連れに興味をひかれて、その人たちは結婚したばかりだということを発見しました。ところでそれがだれだつたとお思いになります、ブラックフォード先生？　エミリ・マークスと、運転手のハリイ・ショールダーズ！」わたしはたまらない気がしました。まさに古い赤いジュウタンの下へ沈みこんで行くような気がしました。

「そうかい？」とブラックフォード先生は言いましたが、エミリが昔の失恋の相手だとは夢にも思えないくらいでした。

「いや、そりやけつこうなことだ。それでうわさも静まるだろう。どこで結婚したのかな？」

「インディアナのポーズィビルで」とパトリックが言いました。アラ、まあ！「われわれが魚料理屋で二人に会つた一時間ほど前です、ブラックフォード先生。あの店は気に入りました。魚以外に大して食べる物はありませんが、大へん上等です」

「エミリには魚を食べられない時代があつた」とブラックフォード先生は言いました。「時代が万事を変えてしまうねえ。わしは昔エミリ・マークスと婚約した。二人は大へん若くて、元気だつた。彼女は大へんきれいだつた。わしはわずかずつ貯金をして、あの女の目にマッチするような青いトルコ玉を買つた。十八の時のエミリほどきれいな娘は見たことがないような気がするね」と先生は微笑しました。「あれはちようど世紀の変る頃だつた。ヤレヤレ」

「あの人はスー伯母さんと同じ年ですけれど、ずつと若く見えますわ」とわたしは言いました。

「わしは何年もエミリに会つていない」とブラックフォード先生は言いました。「あの女にはすまないような気がしている。その男が親切にしてやつてくれるといいな。長いあいだ女ひとりで暮してきたんだからね。両親は、金が手に入るようになりはじめた頃、急性肺炎で死んでしまつたので、それ以来あの女はあてのない生活をしてきた。もしショールダーズがあれの望む相手だとすれば、もっと早く結婚しなかったのがきのどくなくらいさ」

「あなたとエミリさんが結婚しなかったのはおきのどくですね、ブラックフォード先生」

先生はあのチャーミングな微笑をもらした。「わしには母親があった。それが第一にわれわれの結婚できなかった理由だ。わしには母親があったし、エミリは母が一緒に暮すのを望まなかったし、といってわしには母を別居させておくだけの金がなかった」

「でもあの人は金持です！」

「あの時はそうじゃなかった。ただあの赤い粘土質の農場を相続することになっていただけで、それも彼女の父親があの風変りな家を建てるために借金したのでひどい抵当に入っていた。後で石油の金が入ってきたので、あの家も助かったのさ……もし助ける値打があったとすればね。そしてエミリは金持になった。だがわしらにはもう手おくれだった。エミリはプライドが高かったし、わしもそうだった。マアそういうわけさ」

「その家の中が見たいもんですねえ」とパトリックが言いました。

「そりゃ小さな部屋と小じんまりした気持のいい場所をいくつもよせ集めたような家さ。風変りだよ」

「エミリさんはそれを売るでしょうか？」とわたしはききました。そうしろと言われていたからでした。

「あれを売る？」とブラックフォード先生は言いましたが、やがてひややかに言いました。「わしにはわからん。エミリが自分の物を手放すなどという話は聞いたことがないが、あんたがきいてみたらいい。もちろん彼女には会えまい。しかし弁護士のチャーリイ・ジョーンズからなら聞き出せる。いったいどうしてまたあれがほしいのですかね？」

「ぼくはあれにほれこみました」とパトリックは言いました。

「エミリ・マークスはカリフォルニアにだれか親類がいますか？」

「あの女には親類は一人もない」とブラックフォード先生は言いました。それから……「考えてみると、あれの父親には若い時の結婚でできた男の子が一人あつた。よくない男らしい。だがその男は一度もこの辺に来たことはなかつた」

「カリフォルニアに住んでたんですね?」

「なんともわからん」

わたし共は十分間他の話をいろいろおしやべりしてからおいとましました。ブラックフォード先生はしぶしぶわたし共を帰らせてくれました。わたし共は腕を組んで、四角な煉瓦でふちを取つた煉瓦の歩道を歩きながら、なんとなく先生のさびしさをしみじみ思い出していました。その思いは、わたしが入口の門を出て、ポツンと立つている鉄の鹿のそばの車の中に乗りこんでからも、続いていました。

パトリックは車を走らせて街のその一角を一まわりすると、ブラックフォード先生の入口の戸が見える所で車を停めて明りを消しました。二分ほどするとブラックフォード先生が出てきて、歩道を急いで、門の外で右に曲りました。パトリックはすぐに車をスタートさせ、駐車燈だけをつけて、先生の姿を見失わないようにゆつくり走らせました。ブラックフォード先生は弁護士チャーリイ・ジョーンズの家へ上つて行きました。

「すてきだ」とパトリックは言いました。「サアぼくらはエミリ・マークス・ショールダーズを訪ねよう」

わたしは足でドンとやりました。「あなた、そんなことはやめましよう。これだけでもずいぶん行きすぎてるわ。ここは小さな町よ。わたしの生れた町。こんな土地で自分の仕事でもないことに首を突っ込んでると、リンチにかけられるわよ」

「リンチでもなんでもこいさ!」とパトリックは言いました。アクセルを踏みました。それからふいにルグゾール薬品店のそばの歩道にシューと走りこみました。シェリフのサム・ラザフォードが立つていました。「やあ、サム!」と、パトリックは呼びました。シェリフは車の所まで出てきました。「エミリ・マークスの腹違いの兄弟のことを聞いたことがあるかね?」とパトリックはききました。

「聞いたことがあるな、だいぶ前だけど」とラザフォード氏は言いました。「その男は親たちの死んだころ東部へやつてきて、エミリさんを困らせるようなことをしようとした。だがどうにもならなかつた……あの農場は彼女が母親からもらつた自分の権利の物だつたからな。シルヴェスタ・マークという名前よ。そいつが後でおれに何度も手紙をよこしたので、それで知つているのさ」

「サンフランシスコからかい?」

「ロサンジェルスだつたよ、パット」

「ありがとう。きみは今夜このあたりにいるつもりかい?」

「しばらくここにいる」とシェリフは言いました。「それから牢屋へ帰るのさ」

わたし共は車を走らせつづけました。わたしはすつかり悩んでいました。これはわたしの生れた町なんですもの!「あなたは、あの人たちが結婚してることさえ知つてないんでしよう」とわたしは、パトリックが市の制限内を走り過ぎてはげしく速力をあげたときに、言いました。「あなたのは推測ね。この——この事件屋さん……」

「推測じやないよ。ぼくは二人が結婚したのは一番近くの郡役所だと見当をつけた。そこで、魚料理屋を出たときポーズィ郡の郡役所の書記に電話をかけたら、大当りだつた」

「あなたは気違いだわ!」

「そうかもしれない。だけどぼくは、エミリ・マークスがどうして急に魚をガツガツ食べたり青い帽子をかぶつたりするようになつたかをつきとめないうちは、一日も枕を高くしていられないような気がするな」

月が照つていました。白い月光をあびた真白な道が上下に揺れました。ゴシック式汽船の家は白塗りで、孤立した丘の頂上に立つていて、昔の幽霊の住家のように見えました。まわりの柵も白く塗つてあつたし、母家とは手入れしてない物置きの敷地をへだてた向こうに立つている、空家になつてる離れの建物もそうでした。昔は立木があつたのでしようが、いまはもうなくなつていました。

階上の一室のカーテンをひいたかげに薄暗い明りがついていました。それから一階の台所の一角に違いないあたりの窓に明りがさしていました。

パトリックは車の明りを消して大通りをはなれた所に駐車しました。「ここで待つていてくれ」と彼は言いました。わたしは手早く発火キイをつかんで、一緒に跳び出しました。

入口の門は使わなかつたためか、さびついて開きそうもありませんでした。パトリックは柵を飛び越えました。わたしも同じようにしなければならなかつたので、そうしましたが、ナイロンのストッキングを引つかけて、腹が立つたりウンザりしたりしながら追いついてみると、彼は二階の明りのさしている部屋を見つめながら立つていました。特にカーテンと敷居の合わせ目が二インチほど開いているスキマから見える或る物を見つめて……「あの帽子だ」とささやきました。

「あなた！」

「ごらん」と彼は言いました。「あのバルコニイには出入口がない！　飾りについているだけだ」彼は考えこみました。

「あすこへ上つてもドアがないんじやまずいな。すぐ登つて行つて、あの帽子を取れるんだがなあ」

「あなた！」

「ぼくは家のまわりをひとまわりしてくる。きみは車へ帰つてるんだ」

「いやよ」

ガラス窓のついている裏口のドアにはカーテンが引いてありませんでした。台所の中でハリイ・ショールダーズがカラと上着を取つて、石油ストーブで何か揚げ物をしていました。古風なポンプを据えつけた流しの棚の上にのつている、柄のついた小さな石油ランプから光がさしていました。

パトリックは大きな音を立ててノックしました。ショールダーズは飛び上つて、ストーブのそばを離れ、上着を着ると、右手を上着のポケットに突つこんで戸口に出てきました。ピストル！　わたしは身ぶるいしました。

「こんばんは」とパトリックは陽気に言いました。「明りが見えたんです。この家が売り物だと聞いたので、ぜひ伺いたいと……」

「だれがそんなことを言つたね？」

「すると、そうじやないんですか？」

「つまりそうさ。出て行け」

「承知しました」とパトリックは言いました。「ほんとにすみません」

男は一足進み出てわたしのほうをのぞきこみました。わたしの立つていた所は大へん薄暗かつたが、男は言いました。

「おまえさんたちにはどこかで会ったなあ」

パトリックは顔を輝かせました。「ぼくもどこかでお会いしましたね。マイアミだったかな？ ローニ・プラザのあたりでしたかな、ねえ？」

「そうかもしれねえ？」大男はそういう一流のすばらしい場所で見られたというのを喜んでいました。しかしストーブの上のフライパンから煙が出ていました。「魚がこげついてる」と男はいいわけをしました。

「すみません」とパトリックは言いました。男はゆっくりドアを閉めかけました。パトリックは流しのそばのポンプに指を振ってみせました。「水を一杯いただけないでしょう……」

「飲めねえんだよ」と男が吠えるように言うと、ドアが閉まりました。パトリックはわたしをまっすぐ車の所へ連れて行きました。わたし共は南へ四分の一マイル行ってから、引き返してゆっくり車を走らせました。彼は明りを消して、大通りのあの家の向かい側に車を停めました。二三分すると二階の部屋の明りがうすれて消えました。階下のホールで、入口のドアが見えていました。ドアの中央には、カットグラスの角片で丸くふちをとった、ルビイのように真赤なガラスがはめてありました。ルビイ色のガラスが明るくなりました。こんどはルビイ色のガラスの真中にきざまれた模様が見えてきました。ガラスが暗くなりました。見えなくなりました。

だれかがランプをさげて下へ降りてきて、台所へ行ったのです、きっと魚を食べるために……。

パトリックは道具箱からねじまわしを取りました。「こんどはここにじっとしていたまえ！ 発火装置にキイを入れておいてくれ。運転台にいるんだ、走り出す用意をして」

「でも……」

「シーッ！」

彼は飛び出しました。柵を飛び越えて、手入れしてない芝生を足早に渡りました。黒い蜘蛛のように家の横手を伝って渦巻き形の集っている所を次ぎから次ぎへすばやく這い進んで行きました。サア、さっき彼が帽子を見た窓に一番近い、窓もドアもないバルコニイに乗っていました。彼が帽子をねらっているのはわかっていました。わたしは胸をおどらせながら坐っていました。月光はすばらしい明るさでした。彼がバルコニイの手すりに足を掛けて、帽子のそばの窓へ体を弓なりに振り動かすのが見えました。

彼は片手を出張りにかけて体をささえながら、もう一方の手で窓を開けようとしました。なんとかしようとしていました。窓はビクともしませんでした。

わたしの胸がはずみました。のどがカラカラになりました。彼が足をひつかけている木造部はごく古びていました。重みで折れそうでした。首を折るかもしれません。物音がしたらあの乱暴者が出てきます。乱暴者はピストルを持っていました。

わたしは、彼が落ちて、メチャチメャになり、射たれて、死んでいる姿を頭に画きました。

それでもいま彼はねじまわしで仕事をしていました。手足を伸ばして、白い家を背景に無気味な黒い線のように浮き上つた彼はタップリ時間がありそうなかつこうで悠々と仕事を続けて、帽子を手に入れるため窓をこじ開けようとしていました。五分間が永遠のように思われました。窓は開きそうもありませんでした。

わたしは狂気のようになりました。ふいに入口のドアのルビイ色のガラスがまたパット明るくなりました。いつの間にかその明りが強くなつたかと思うと、やがて下から上へ光が移つて行つたのはランプを持つた女が急な階段を登つて行つたのでしよう。

パトリックはまだねじまわしで窓をいじつていました。わたしはうろたえました。警笛に手をふれなければなりませんでした。軽くふれるつもりだつたのです。それが牛のように吠え立てました。

ホールのランプがバッタリ立ち止まりました。包まれたような人声がひびきました。

それからガラスがガチャンと割れて、パトリックが地面に落ちてきました。立ち上つてわたしのほうへ駆け出してくるのが見えました。わたしはモーターをかけました。入口のドアがサッと開きました。背の高い女がランプの光の中に立つて、短い真黒なピストルで、パトリック目がけて射ちました。パトリックは車に飛びこみました、わたしは車のギアを入れて町へ向かいました。

「手に入れたよ」とパトリックは言いました。

「何を手に入れたの？」

「帽子さ。いつたいなんだつて警笛なんか鳴らしたんだ？」

「だつて、だれかが来そうだつたから……」

「そりやわかつてたよ。ぼくは窓を破らなければならなかつた。いまいましいな、もう二秒あつたら奴らが知らないうちに手に入れられたのになあ。ともかくしばらくは知られずにさ。サアひどいお返しがあるぞ。チクショウ——女というものは……」

「そんなこと言わないでよ」とわたしは言いました。

彼は巻煙草を口にくわえて、ライターを出しました。小さな炎の下で帽子のラベルを検査しました。「サアむだ口をきいてるひまはないぞ」と彼はのどを鳴らしました。「長距離電話をかけたいんだ。まずいけど、エルム・ヒルからかけなきやならないよ、一刻もむだにできないから」

「でも……」

「まつすぐペグの所へやつてくれ」

「パット、わたし……」

「じやましないでくれ」

「あなた、長距離なんてどうするつもり？」

「ロサンジェルスとセントルイスの探偵を呼び出さなきやならない。ウン、きみの生れた町だということは知つてる。でもぐずぐずしちやいられないんだ」

「オーケー」とわたしは降参して、言いました。「ハリイ・ショールダーズの奥さんは威勢のいい自動拳銃を持つてたわね、どうお？」

「それでこそおまえだ！」とパトリックは言いました。

スー伯母さんはマクリイ家でラジオを聞いていました。そこでパトリックは二階へ行つてないしよで聞けるほうの線を使わなければなりませんでした。スー伯母さんはラジオを切つて、エミリ・マークスは顔がきれいになつたのか、それともよく本に出ているホルモンのせいなのかと、打明け話でもするようにききました。わたしは、たぶんあれは上等の白髪染めとパンケーキのおかげでしようと言いました。スー伯母さんは自分のきれいな白髪にさわつて、溜息をつきました。パトリックが二階から降りてきて、仲間入りをしました。ひどく黙りこんでいました。彼の痩せた、美しい顔は大へん厳然としていました。スー伯母さんはベチャクチャしやべり立てようとしました。一日中わたしやエミリ・マークスのことを考えてたよ、と言いました。パトリックはちよつと晴れやかになつて、エミリがマイアミにいたときは家を借りていたのですかと、ききました。スー伯母さんは、あの女はマイアミとミシガンの避暑地に自分の家を持つてるはずだと、答えました。エミリはいつもひとりで引きこもつていたのさ。マイアミと、エルム・ヒルと、北ミシガン以外はどこへも行つたことがないのですかと、またパトリックがききました。わたしの知つてるかぎりじや一度もなかつたよ、とスー伯母さんは言いました。なんという生活でしよう！　ですが、もちろん、自分でえらんだ生活だわ。

電話のベルが鳴りました。

パトリックはコッソリ電話を聞こうとして矢のように二階へ駆け上りましたが、すぐ降りてきて、アバロン劇場の映画がすんでビルとペグが迎えを待つていると言いました。そうなるとつまりわたしが行かなければなりませんでした。スー伯母さんは、わたしも途中で家の前でおろしてもらえるねと、決めてしまいました——そこでわたしが迎えに行つて戻つてくるまでにはタップリ二十分もかかりました。するとパトリックはマクリイ家の植民地風に背の高い柱がならんでいる家の正面に立つて、シェリフのラザフォードと親しげに話しこんでいました。

「よつぽど用心しなきやならんね」とシェリフがドラ声で言つていました。浅黒い顔をひそめていました。「ルンペンがうろついていたつて、ええ？　いまにだれかがあの古い風変りな家を焼いちまうぜ」それから、「いいとも。来てくれたまえ……そうだな、いつでもいい」

パトリックはわたし共の後から居間へ入つてきました。わたしは言いました。「あなた、あなたはあのルンペンがだれだつたか、シェリフに話しちやつたの？」

「言い忘れたよ」とパトリックは言いました。

「だれがどこをうろついていたの？」とペグは知りたがりました。

「わたしたちがマークスの古い家のまわりをうろついたの

よ」とわたしは言いました。「パトリックが登って行って、窓をこわして、帽子を盗んだの。それをこの人はシェリフにあすこにルンペンがうろついていたなんて話すんですもの」

法律をよく守る良民のマクリイ夫婦は目をみはって立っていました。パトリックはまたしばらく大きな居間をアチコチとうろつきまわりました。ビルはウイスキーを持ち出しました。パットはうろつきつづけました。ペグはブリッジをやろうと言い出しました。パットがまるで気がなかったので、ポーカーをやることになりました。パトリックがみんなに十五ドルほど負けたときやつと電話が鳴りました。

彼はホールの引込線で電話を受けました。わたし共は耳をすましていました。

「ウン……きみは魔法使いだぞ、こんな夜中にそれだけの情報をつかんだのか。……なるほど……じや、請求書を送ってくれたまえ。どうもありがとう……ウン、かなり重大だと思うな……一九〇〇年、一月三日……証人が一人だけまだセントルイスに生きている。どうもありがとう。いや、さしあたりそれでたくさんだ。くれぐれもありがとう。すぐこっちから便りする」

彼は居間に入ってきて、炉のそばに立ちました。巻煙草に火をつけました。

「ルウ・ブラックフォードとエミリ・マークスは一九〇〇年一月三日にセントルイスで結婚してる」と彼は言いました。

こんどはイトコ夫婦が腰をおろして目をみはりました。

「ぼくはそうじやないかと思っていたんだ」とパトリックは言いました。「気の強い同志さ。どっちも譲ろうとしない。そこでエミリは相手に結婚させたらうまく行くだろうと決心した。ルウを誘ってセントルイスで会うことにした。二人は結婚した。だが彼女は譲歩してブラックフォードの母と一緒に住む気にはならなかったし、彼は母親のそばにへばりついていた」

「じや、きっとあの人は離婚したのね?」とわたしは言いました。

「そうじやないよ」

「どうして?」

「ブラックフォードが今夜言っていた……エミリは一度自分

の物になつたものを手放したためしがないんだぜ。かなりにがにがしげに話していた。たぶん自分のことを考えていたのさ」

「マア」とペグが言いました。「あの人は二重結婚をしたの、パット？」

「それはこれから調べてみる」

「あら、パット！　そつとしておきなさいよ！」とペグは言いました。「そんなことをして何になるの？　ルウ・ブラックフォードはさんざん苦労をしてきたのよ」

「ぼくはブラックフォード自身がこのままそつとしておくまいと思うね、ペグ。あの男はぼくらが辞去したとたんに弁護士——あの女の弁護士のところへまつしぐらに駆けつけた。女がショールダーズと結婚した話をして聞かせた後でだよ」

「ブラックフォードのじいさん、うまくいくといいがなあ」とビルが言いました。

わたしは言いました。「それにしてもわたしたちが話すのはよしましようよ。ブラックフォード先生に話させておきましようよ、パット」

「そりや時と場合によるさ」とパトリックは言いました。そしてあごがギュッと引きしまりました。

電話が鳴つた。

こんどは彼はドアを閉めて、ないしよで電話を聞いていました。受話器を返したときチインとベルの鳴る音が聞こえました。もう一度それがチインと鳴つたのはほかの電話をかけたのでした。それがすむと彼は帽子とレインコートを持つて入つてきました。ラザフォードといつしよにマークス家へ出かけるつもりだと言いました。ビルが、一緒に行つてもいいかと、ききました。パトリックは、ついこの間まで全米チームのタックルを勤めていたビルを見てニッコリ笑うと、ぜひ来てくれと言いました。二人が出て行つた後、わたし共はがつかりしていました。でも半時間たつと二人は帰つてきましたが、シェリフは新婚の夫婦を牢へぶちこむのに忙しかつたので同行してきませんでした。

わたしは、ビルがウイスキーをまわしてくれたとき、言いました。「ねえ、これがうちのパットらしいとこよ、みなさん。この人はにせのエミリが青い帽子をかぶつて魚に目がないというので、すぐくさいなとかぎつけたのよ」

「それが理由じやないんだよ」とパトリックは言いました。

「もちろん、そうじやないの！」とわたしは言いました。

「エミリ・マークスはけつして青い物を身につけないし、魚きらいだつたと、スー伯母さんが言つたわね」

パトリックの低い声がちよつとするどくなつた。

「ジーン、赤ちやん、おまえはあんまり観察力がないね」ビルが口をはさみました。「ぼくはショールダーズにちよいと同情したよ。きのどくな乱暴者さ」

「ぼくもさ」とパットは言いました。「あの男が望んだものはみんな今まで持つてたものだけだからなあ」

「じや今まで何を持つていたの？」とペグがききました。

「あの男の言つてたとおりのいい暮しさ。食い物はたんまり。小遣いはたんまり。仕事は大してなし。女の子はいくらでも。夜になつてエミリさんが引きこもつてからはりつぱな車でドライブ。そいつがだしぬけに終ろうとは夢にも思わなかつたのさ。エミリはそれほどの年じやなかつた。体は丈夫だつた。万事が楽しかつた」

「ところがエミリが死んじまつたんだ」とビルが言いました。「そこで彼は姪に連絡したのさ」

「どうしてあの男はエミリさんに姪があるのを知つたのかしら？」

「姪というのは、腹違いの兄シルヴェスタの娘だつた。二人も亭主の葬式を出した、ガッチリしたあばずれさ、……二年前マイアミに行つて叔母の気を引いて、お相手役を勧めながら遺産の相続人にしてもらおうとした。叔母が相手にしなかつたので、姪はパサデナへ帰つて作戦をめぐらしながらハリー・ショールダーズと連絡していた。そこでばあさんが四日前急性肺炎で極楽往生すると、ハリイは姪に電話をかけて相談した。すると彼女は、そつちへ行くまで待つているようにと言いつけておいて、まつすぐセントルイスへ飛行機でやつて来た。ハリイは車を持つてセントルイスへ迎えに行つた」

「パサデナではすてきな新しい青い帽子を買うひましかなかつたのね」とわたしは言いました。「叔母さんのエミリが一度も青い物を身につけたことがないのを知らなかつたのね」

パトリックはわたしの顔を見ました。ビルが言いました。

「ここへ着くと、姪はハリイに、自分を正式の妻にしろと要求した。あわれな男はとほうに暮れていた。叔母さんの死体は地下室に置いてある。ほんとうにどうしていいかわからなかった」

「彼女は叔母さんの身代りになろうと言い出したのさ」とパトリックは言いました。「今までどおり彼に自動車の運転をさせ、同じようにいい暮しをさせようと約束した。そこで男もまあ彼女と結婚するのも悪くあるまいと決心した。まだ楽しくやれそうなものじゃないか？　そうしたらいいじゃないか？　そこで彼は地下室に死体を埋めた――」

「それでパットは、あの男が台所のポンプの水は飲めないと言つたとき、あやしいと思つたのね」とわたしは得意になつて言いました。

「――そこで姪は、パールという名前だが、エミリ叔母の一番上等の黒のタフタやその他の戦利品をすつかり着こんで、エミリのライラックの香水をあびるほどふりかけたが、帽子だけは自分のをかぶつて、二人の結婚をするために出発した」

「この帽子よ」とわたしは言いました。パトリックがそれをみんなにまわして見せてくれました。

「あの指輪はどうしたの？」とペグがききました。

「結婚指輪や婚約指輪はほんとに十銭ストアの物だつた」とパトリックが言いました。「ところで二人が結婚許可証を手に入れたとき、姪のパールは頭をはたらかせて、自分の年令四十九ではなく、叔母の六十二という年令を書き入れさせた」

「なんてりつぱなんでしよう、ほんとに」とペグが言いました。「でもショールダーズがエミリさんを殺さなかつたのはたしかですか？」

「検屍でわかるよ」とパトリックは言いました。「でもあの男の話はほんとだと思うな。エミリが医者を呼ばせなかつたと言つている。それで死んでしまつた。姪は自分がどこまでも叔母のふりをしてやつていけるという考えを男の頭に植えつけた。彼女はエミリに似ていた。金は権利金で入つてくる。彼女は小切手のエミリの署名を偽筆するつもりだつた。法律的な仕事はみんな弁護士のチャーリイ・ジョーンズがあつかっているが、そのうちにこの弁護士をおっぱらうつもりだった。ともかくエミリは一度も弁護士に会っていなかった。郵便で通信していた。たしかに何かあったときだけ相談していたのさ」

「ああいう人たちはいつも何かしらまちがいをするわね」とわたしは言いました。「あの女のまちがいは青い帽子を買ったことだわ」

パトリックがかみつくように言いました。「青い帽子じゃないったら！」

「たしかにそうですったら！　第一に、あれは青だったでしよう。第二に、あなたはあの帽子を盗んで、ラベルにパサデナとあるのを見つけたので、その結果彼女の父親の名前がシルヴェスタだとわかったし、それでロサンジェルスの探偵に何を調べさせるか見当がついたんだわ。だから青い帽子が——」

「あの帽子じゃないったら！」

わたしはカッとなった。ゆっくり十数えました。

ビルは万事をきれいにしておきたいたちなので、こう言いました。「あの連中はたしかにおびえていた。ぼくらが駆けつけたときは、車に荷物を積みこんで走り出すばかりだった。花嫁はラザフォードにピストルを射ちかけた。彼はお返しをして、女の腕に傷をおわせ、タイヤに一発ぶちこんだ。するとショールダーズがオイオイ泣き出して、ぼくらを死体の所に案内したのさ。たぶんルウ・ブラックフオードがエミリの金を受けとるようになるだろうね」

わたしはビルが言い終ってしまうまでゆっくり待った。

「いいわ！　もし帽子じゃなければ、何だというの？」とわたしはパトリックにかみつくように言いました。

「オイ！」と彼は言いました。ひくい恐ろしい声でした。

「どうしておまえはいつでも自分の小さな頭を使うことをおぼえないんだ？　考えてごらん！　ようく考えてごらん、ジーニイ。そして言ってごらん……なぜエミリ・マークスのようなゴシック式の汽船に住んでいる女——気違いに近いほどきまりきった習慣を続けている女——マイアミ、フロリダ、エルム・ヒル、イリノイ、それと北ミシガン以外にはどこへも行ったことのない女——そういう女が、どうしてカリフォニアの土地っ子みたいに、サラダから先きに食べはじめたりすると思うんだい?」

(村崎敏郎訳)

名探偵とその親たち

雑誌の名はわすれたが、イギリスの週刊誌だつたことは、間違いない。なにげなくページをくつていたら、探偵小説についてのエッセイが、目にとまつた。

クラブでふたりの紳士が話をしている。「最近なにか面白い探偵小説をお読みになりましたか?」と、ひとりが訊くと、相手はうなずいて、「ええ、《ムーン・ストーン》というのを読みましたがね。なかなか面白うございましたよ」これは遠い昔のはなしではない。一九五五年のことなのである——と、そのエッセイは書き起していた。探偵小説の読者とはそんなものだし、また、それが読者の正しい在り方なのだと、やたらに新人を追い駆けまわして、専門知識を振りかざす批評家を、軽く皮肉つているのだろう。

どうやらイギリスの読者は、あきつぽくはないと見える。そのせいか、新しいタイプの探偵小説を書く作家が輩出する中にまじつて、クリストファ・ブッシュやジョン・ロードのような老大家が、いまだに現役活動をつづけている。ロードの今年に入つてからの作品には "Delayed Payment" というのがあるが、ただし、書評はあまり香しくない。この作家、作風も地味だし、その創造した探偵、プリーストレイ博士にも、目を奪うような特色がないので、日本ではこの叢書に入つている『プレード街の殺人』以外には紹介されていないが、作品の数は多い。前記の新作には、書評で見たところでは、プリーストレイ博士は登場していないようだ。

マージェリイ・アリンガムも、日本に紹介された長篇は、本叢書の『幽霊の死』一篇だけだが、クリスティー女史と並ぶ女流の大家として、現在の名はロードよりも大きいようだ。アリンガム女史の創造した名探偵アルバート・キャムピオン氏は、いかにもイギリスの紳士らしく、おだやかな人柄で、名探偵としては派手な存在ではないが、わすれられない魅力を持つている。こうしたタイプの名探偵の系列は、ドロシイ・セイヤーズのピーター・ウィムジイ卿に始つて、キャムピオン氏から、アメリカのエリザベス・デイリイが生みだした書物きちがい、ヘンリイ・ガーメジ氏に至つているようだが、三人が三人、女流作家のつくりだした人物であることは面白いと思う。

キャムピオン氏の短篇における活躍は、単行本としては "Mr. Campion, and Others" (これはイギリスのペンギン・ブックに入つているから、簡単に手に入る) にまとめられているだけだが、長篇ではアリンガム女史の全作品にわたつて、活躍している。

*

女流探偵小説の大家といえば、アメリカではまず、マリイ・R・ラインハート女史をあげなければなるまい。理詰めに謎を解いてゆく興味の淡いところから、《知つてさえいたら》派などと悪口も言われて、どちらかと言えば風俗小説に近いようなところもあるが、探偵小説の世界はお花畠とおなじことで、いろいろと咲く花の種類が、多ければ多いほどいいのだから、それはそれで文句をつけることはないだろう。

スーザン・デアの創造者ミニオン・G・エバハート女史は、そのラインハートの流れをくむ作家の中での大きな存在だ。今年に入つてからも、ランドム社から "Postmark Murder" という長編を発表して、活動はさかんだが、日本では戦前の新青年に短篇が紹介されただけで、長篇はまだ訳が出ていない。どういうものか、イギリスの女流作家がクリステー、セイヤーズはもとより、昨年“Tour de Force”という傑作を書いたクリスチアナ・ブランドに至るまで、本格派が多いのにくらべて、アメリカの女流作家には雰囲気派、心理派が多いようだ。本格といえるものを書いているのは、ちよつと思い浮かべてみて、笑いというデコレーションをかけているクレイグ・ライスに、ひねつた狙いが売り物のパット・マガアぐらいなものだろう。

＊

そのパット・マガアも、犯人がわかつていて被害者がわからなかつたり、探偵が誰だかわからなかつたりの、ひねりように種のつきた感じだが、どうにかして新機軸を出して行かなければならないのだから、探偵小説とは因果なものだ。その観念を見事にひつくりかえして登場したのが、いわゆるハードボイルド派で、これはまつたく革命といつていいものだろう。

E・S・ガードナーによれば、最初にハードボイルド・スタイルの探偵小説を書いたのはキャロル・ジョン・デイリイという作家だそうだが、ハードボイルド探偵小説の創造者としての王冠が、ダシエル・ハメットの頭上に輝いているのは、彼によつてハードボイルド探偵小説が正しい姿をととのえたからで、それはレイモンド・チャンドラーによつて完成され、現在、ジョン・ロス・マクドナルドによつて受けつがれているわけだ。

ハメットは、エラリイ・クイーンの言葉を借りれば、新しい探偵小説をつくつたのではなく、新しい探偵小説の書き方をつくつたのだが、その書き方でふたりの探偵をつくりあげた。この探偵のタイプが、チャンドラーのフィリップ・マーロウ、J・R・マクドナルドのリュウ・アーチャーはもとより、昨年、評判のいい作品を書いたトーマス・B・デュウイーの私立探偵マック、エド・レイシイの私立探偵バーニイ・ハリスにまで影響しているわけだが、そのひとりはすでに御紹介ずみのコンチネンタル探偵局の一員、いわゆるコンチネンタル・オプで、これはいまだに名前がわからない（前記、デュウィーの創造したチンピラやくざあがりの私立探偵が、シカゴのマックとだけで、ハッキリした名前も苗字もわからないところなど、明らかにこの影響だろう）残るひとりがここに御紹介するサム・スペードなのだ。

サム・スペードの登場する作品は四つしかない。ひとつは長篇『マルタの鷹』あとの三つは短篇で、題名を列記すると、

A Man Called Spade（本集所載作品）
They Can Only Hang You Once
Too Many Have Lived

だから、登場作品の数ではコンチネンタル・オプには敵わないわけだが、『マルタの鷹』は解説者の考えによれば、ハメットの最高傑作――いや、現在までに発表されたハードボイルド探偵小説の中でも、チャンドラーの“The Long Goodbye”と双璧をなす傑作だから、その主人公たるスペードも、また偉大な人物と言うべきだろう。ハメットはもうひとり私立探偵アレック・ラッシュという印象的な人物をつくりあげているが、“The Assistant Murderer”という短篇にだけしか出てこないから、問題にならない。

このサム・スペードやマーロウの人となりは、一般に冷酷非情で、金銭づくで、好色な人物と解されているが、“The Long Goodbye”の中でマーロウがもののはずみに、「おれはロマンチックな人間なんだ」と、本音を吐いているように、実は情緒豊かな人間なのだ。そのへんを詳しく説明していると、ハードボイルドの根本精神まで説きあかさなければならなくなつて、あとに控えた名探偵たちに文句を言われそうだから、またの機会に譲るこ

とにするが、サム・スペードがハンフリイ・ボガードによつて、映画のスクリーンからも、日本の観客に顔を見せていることは、附記しておきたい。ジョン・ヒューストン監督の『マルタの鷹』は、ハードボイルドというものをよく把握した佳作であつた。

＊

いつぽう当りまえの探偵小説の世界では、新しい主人公をつくりあげようとして、尼さんの探偵（H・H・ホームズのウルスラ尼）が現れたり、奇術師の探偵（クレイトン・ロウスンの大メルリーニ）を出してみたり、幽霊に探偵をさせたり（ガイ・カリンフォードの“Post Mortem”J・B・オサリヴァンの“I Die Possessed”）、はてはロボットの探偵（アイザック・アシモフの未来探偵小説“The Caves of Steel”）まで飛び出したりして、大変な騒ぎだが、そのひとつとして、自分の国の人間でない人物を探偵にする、という手は、いろいろな作家が試みている。

エルキュール・ポワロにしてからがベルギー人なのだから、これは珍しくもないとも言えるが、ムッシュウ・ヨンケルは、アメリカ人の作家が、フランス人を探偵に使つた例だ。作者のM・D・ポーストについては第二集に解説されているから、くりかえさないが、イギリス作家がフランス人を探偵にした例は、これも第二集で紹介したA・E・W・メイスンのアノー警部がある。

この傾向はさらに押しすすめられて、ビガーズのシナ人探偵チャーリイ・チャンになり、ジョン・P・マーカンドの日本人モト氏にまでなつた。インディアンの探偵まで出てきているのだから、そのうちにエスキモーかピグミイ土人の探偵なんてのが、現れないとも限らないだろう。

前記J・P・マーカンドは今は探偵作家を卒業して、ピュリッツア賞受賞の純文学作家になつてしまつたからミスタ・モトの活躍する作品は、アメリカでは古本を註文するより手はないかも知れないが、イギリス版ならRobert Hale社のポケット・エディションで、二つの作品を再版している。蒐集家のために附けくわえておく。もうひとつ、映画ではピーター・ローレが、このモト氏シリーズに主演していることも、附けくわえておこう。この巻の収録作品以外のことだが、日本人のことなので、つい余計にお喋りをしてしまった。

＊

外国人探偵のほかには、学者の探偵というのがずいぶんある。ポジオリ教授は犯罪心理学者だから、どんな事件にタッチしても当り前のようなものだが、探偵小説史上に特筆されるべきことは、ポジオリ教授は、その唯一の短篇集“Clues of The Caribbees”の最後の一篇、“A Passage to Benares”で無実の罪で、一九二九年一月二十日、異国の絞首台の露と消えている点なのだ。シャーロック・ホームズはいちど死んだと思われたが、生きていた。カーの『火刑法廷』のゴードン・クロスは最後に死ぬが、あれはあれ一冊きりの名探偵だつた。そのほかにいつの間にか死んだことになつている探偵たちは多いが、いくつもの短篇に活躍してきた名探偵が、こうした悲劇的な最後をとげている例は、長篇の場合のエラリイ・クイーンのドゥルリイ・レーンと並んで、ほかに例を見ない。もつとも、それから十六年後の一九四五年、エラリイ・クイーンズ・ミステリ・マガジンの懇請によつていくつかのポジオリものが執筆され、作品の数は増えてはいるが……。

オハイオ州立大学の犯罪心理学教授ヘンリイ・ポジオリの創造者、T・S・ストリブリングは、専問の探偵作家ではない。歴史小説の大家で、やはりピュリッツア賞の授賞者なのだ。

＊

小説家がワトスン役をつとめる例はずいぶんあるが、主人公の探偵をつとめて、しかもそれが作者の名をその名としている。そういう例は、ちよつと見あたらない。エラリイ・クイーン氏のほかには、イギリスのトッド・クレイモアという作家が、その珍しい例のひとつだと記憶している。

作者のエラリイ・クイーンについては、いまさらくりかえして解説するまでないだろうが、小説家探偵のエラリイ・クイーン氏のこととなると、探偵小説を書いていることはわかつているが、作中で彼の書いた小説の題名が人の口にのぼつたことがないのは、考えてみれば不思議と言えよう。長身で、知的な顔に鼻メガネを光らせて『ローマ帽の秘密』で登場したてのころは、お父さんのクイーン警部に犯罪現場へ引ッ張りだされて、古本屋歩きが出来なくなつたと、ぼやいていたが、探偵小説を書きだして、ネタが必要になつてからは、自分から喜んで飛びだして行くようになつた。この叢書に入つている『靴に棲む老婆』で、美しい秘書は得たが、その後、この秘書はあまり活躍せず、エラリイと恋に陥つた気配もなく、彼氏、いまだに独身のようだ。

探偵エラリイ・クイーンは、作家エラリイ・クイーンのすべての作品に登場していたが（ドウルリイ・レーンの四部作は、最初バアナビイ・ロス名儀で発表したものだから、例外とする）今のところいちばん新しい長篇である "The Glass Village" 1954 において、はじめて他の主人公に席を譲つた。

＊

エラリイ・クイーンのお父さんはニューヨーク警察の警部だが、警部というと思いだすのは、パリ警視庁のメグレ警部と、そして、往年の名画『モンパルナスの夜』でメグレになつたアリ・ボールの面影だろう。この映画の原作は本叢書の『ある男の首』だが、同じ原作で戦後、アメリカ映画が『エッフェル塔の男』というのをつくつている。日本には輸入されなかつたが、メグレにはチャールズ・ロートンが扮し、インキジノフのやつたラデイックにはフランチョット・トーンがなつた。それで戦後フランスで再版されている『ある男の首』は、『エッフェル塔の男』と改題されているから、原書でシメノンを読まれる方は、御注意が肝心。本家のフランス映画ではアリ・ボール亡きあと、ミシエル・シモンがメグレをやつているそうだが、どうもアリ・ボールのイメージが焼きついて放れない。

それほどメグレ警部という人は、架空の人物放れがして、実在するように思われるのだ。メグレ警部の解決した事件は、おびただしい数にのぼつているが、作者のシメノンはメグレもの以外も無数に書いているのだから、世界一、二の多作家だろう。しかも、それだけ多作をしながら、高い水準を保持している点は、E・S・ガードナーと好一対で、ただただ驚嘆のほかはない。

＊

この二人に数では及ばないが、やはり長の歳月、すぐれた作品を世に送りつづけているアガサ・クリスティーを、女流探偵作家の第一人者といつても、どこからも苦情は出ないだろう。

クリスティー女史はいくたりかの名探偵を創造しているが、およそ探偵小説の読者として知らなければ恥みたいな存在は、ベルギー人の小男エルキュール・ポワロと、ここに御紹介するミス・マープルだ。ミス・マープルは、長篇では本叢書中の『予告殺人』『ポケットにライ麦を』『牧師館の殺人』などに登場しているが、短篇は十三しかないらしい。すなわち短篇集“Miss Marple and The 13 Problems”である。

おなじ女流作家でも、フランシス・クレインは、アメリカ人で、日本にはぜんぜんお馴染みのない名前だろう。もう作品の数はずいぶん多いのだが、手頃な短篇がないために雑誌にも紹介されなかつたのだ。

彼女の作品には、ふたつの大きな特長がある。そのひとつはこの集に訳出された短篇でもわかる通り、題名にかならず色が入つていることだ。『紫水晶のメガネ』とか『ピンクの日傘』とか『金色の箱』とかいう具合になつている。

もうひとつの特長は、舞台が一作ごとに変ることだ。アボット夫妻がおもむくところ犯罪あり、というわけで、背景になる土地がアメリカ国内を転転と変つて、文体までもがその土地の雰囲気を出すにふさわしいように、一作ごとに工夫してある。一種の旅行記探偵小説で、なかなか凝つた作家と言えるだろう。一作ごとに舞台を変える探偵作家は、ほかにも三人ばかりいる。まず今は大衆歴史小説ですつかり偉くなつてしまつて、スリラーはたまにしか書かないヴァン・ウィック・メースン。ノース大佐というのが主人公で、上海、シンガポール、サイゴン、ヒマラヤと一作ごとに舞台が変る。いちばん新しいスリラーの題名は『タンジール行きの二枚の切符』

それからイギリスのスリラー作家ハモンド・イネスも、愛読者には今度はどこが舞台になるだろうと待たれている。メースンと同じアメリカ人では、この叢書に『泥棒成金』が入つているデイヴィッド・ドッジも、旅行記探偵小説といえる作風だつた。だつた、と過去形を使つたのは、近ごろ旅行記探偵小説の旅行記のほうが大きくなつて、探偵小説は消えてしまい、もつぱらユーモラスな紀行で、人気を集めているからである。

（三一・五　編集部・M）

HAYAKAWA POCKET MYSTERY BOOKS No. 253

この本の型は，縦18.4センチ，横10.6センチのポケット・ブック判です．

検印
廃止

〔名探偵登場《めいたんていとうじよう》④〕

1956年6月15日初版発行　2003年9月30日3版発行

編　者　早川書房編集部
発行者　早　川　浩
印刷所　星野精版印刷株式会社
表紙印刷　大平舎美術印刷
製本所　株式会社川島製本所

発行所　株式会社　早　川　書　房
東京都千代田区神田多町2ノ2
電話　03-3252-3111（大代表）
振替　00160-3-47799
http://www.hayakawa-online.co.jp

（乱丁・落丁本は小社制作部宛お送り下さい
送料小社負担にてお取りかえいたします）
ISBN4-15-000253-3 C0297
Printed and bound in Japan

ハヤカワ・ミステリ〈話題作〉

1667 幻の森

レジナルド・ヒル
松下祥子訳

〈**ダルジール警視シリーズ**〉ある日、発見された古い人骨と、第一次大戦で戦死したパスコーの曾祖父の謎。ふたつの事件の関係は？

1668
1669 正義〔上〕〔下〕

P・D・ジェイムズ
青木久惠訳

〈**ダルグリッシュ警視シリーズ**〉有能な女性刑事弁護士が刺殺された事件の謎。ミステリ界の女王が、法曹界を舞台に描く本格大作。

1670 よそ者たちの荒野

ビル・プロンジーニ
山本光伸訳

カリフォルニアの田舎町ポモに、よそ者が現われたとき、殺人事件がおこった！　田舎町の人間模様を描く、巨匠のMWA賞候補作。

1671 泥棒はボガートを夢見る

ローレンス・ブロック
田口俊樹訳

〈**泥棒バーニイ・シリーズ**〉バーニイが恋におちた！　ボガート・ファンの美女との恋の行方は？　ロマンティックなシリーズ第七作

1672 過去の傷口

スティーヴン・グリーンリーフ
黒原敏行訳

〈**私立探偵ジョン・タナー**〉市警警部補でタナーの親友チャーリーが、殺人を犯し、逮捕されてしまった！　シリーズ最大の衝撃作。

ハヤカワ・ミステリ〈話題作〉

1673
闘う守護天使
リザ・コディ
堀内静子訳

女子プロレスをクビになったエヴァは、運よく大金の詰まったカバンを失敬！　だが、今度は怪しげな連中が身辺に出没しはじめた。

1674
ステラの遺産
バーバラ・ヴァイン
富永和子訳

癌に冒された老女ステラが、ケア・アシスタントに告白する過去。彼女の人生には、どんな謎が隠されていたのか？　傑作サスペンス

1675
血の流れるままに
イアン・ランキン
延原泰子訳

〈リーバス警部シリーズ〉市長の娘が誘拐された。解決に心血を注ぐリーバスは、その過程で市政を腐敗させる汚職を嗅ぎつける……

1676
罪と過ちの夜
アリソン・テイラー
松下祥子訳

問題児矯正施設から脱走した少年が、他殺体で発見された。警察は、入所者に対する性的虐待の噂を重要視するが……警察小説の秀作

1677
虚飾の果てに
ジョン・モーガン・ウィルスン
岩瀬孝雄訳

脚本家志望の青年が殺害されたのは、ゲイ同士の痴情のもつれのためだったのか？　前作『夜の片隅で』の甘くせつない世界が甦る。

ハヤカワ・ミステリ〈話題作〉

1678
聖なる森
ルース・レンデル
吉野美恵子

ウェクスフォードの愛妻ドーラが、バイパス道路建設反対運動の仲間とともに誘拐されてしまった！　はたして、彼女は無事なのか？

1679
ノクターン
エド・マクベイン
井上一夫訳

〈87分署シリーズ〉かつて名声を誇った女性ピアニストが射殺された。金が盗まれていたため、単なる物取りの犯行と思われたが……

1680
グラブ街の殺人
ブルース・アレグザンダー
近藤麻里子訳

書店主とその家族が殺された。同じ家で斧を手にした男の姿が目撃される……盲目の名判事が活躍する、まったく新しい時代ミステリ

1681
告発者
ジョン・モーティマー
若島　正訳

第二次大戦中の大量虐殺の告発——古き因縁で結ばれた二人の男が、事件の真偽をめぐって対決する。歴史の闇に隠された真相とは？

1682
逃げるが勝ち
フィリップ・リード
三川基好訳

中古車を買い叩かれたので取り返してほしいという美女の頼み。気軽に引き受けた中年男は、ぬきさしならぬ泥沼へとはまりこむ……

ハヤカワ・ミステリ〈話題作〉

1683 扉の中 デニーズ・ミーナ 松下祥子訳
〈英国推理作家協会賞受賞〉酔って帰宅した自宅に恋人の惨殺死体が！ 真相を知るため彼女はつらい過去の記憶を手繰り寄せる……

1684 十二人の評決〔改訳版〕 レイモンド・ポストゲート 宇野輝雄訳
様々な思惑を秘めて、異様な殺人事件を裁く十二人の評決の行方とは？ ミステリ史上に燦然と輝く傑作法廷小説を改訳決定版で贈る

1685 首吊りの庭 イアン・ランキン 延原泰子訳
〈リーバス警部シリーズ〉歴史に消えた底知れぬ謎と、一触即発の暗黒街抗争――そのさなか、リーバス自身に思いもよらぬ悲劇が！

1686 死者と影 ポーラ・ゴズリング 山本俊子訳
ブラックウォーター・ベイ郊外の森で病院の女性職員が惨殺され、町は騒然となった。正体不明の殺人鬼が、森を跋扈しているのか？

1687 迷路 フィリップ・マクドナルド 田村義進訳
実業家殺害の容疑者は十人の男女。錯綜した証言から真相は浮上するのか？ 読者にフェアプレイの勝負を挑む、黄金時代の名作登場

ハヤカワ・ミステリ〈話題作〉

1688 表と裏
マイクル・Z・リューイン
田口俊樹訳
スランプの中年作家ウィリーは、探偵気どりで殺人事件の調査の真似事に没頭し始めるが……巨匠が放つ、脱ハードボイルドの異色作

1689 寄り目のテディベア
エド・マクベイン
長野きよみ訳
〈ホープ弁護士シリーズ〉著作権訴訟の渦中にある玩具メーカーの社主が射殺された。容疑者の女性デザイナーには意外な秘密が……

1690 ベウラの頂
レジナルド・ヒル
秋津知子訳
〈ダルジール警視シリーズ〉ダムに水没する村で、三人の少女が失踪した……十五年後、村人が移り住んだ村で再び少女失踪事件が！

1691 ビッグ・バッド・シティ
エド・マクベイン
山本　博訳
〈87分署シリーズ〉連続空き巣〝クッキー・ボーイ〟を追う一方、キャレラたちは公園で修道女が絞殺された事件の捜査に奔走する。

1692 泥棒は図書室で推理する
ローレンス・ブロック
田口俊樹訳
〈泥棒バーニイ・シリーズ〉貴重なサイン本を狙い、大雪に閉ざされたカントリーハウスへ。だがまたしても奇怪な殺人事件に遭遇！

ハヤカワ・ミステリ〈話題作〉

1693
死せる魂
イアン・ランキン
延原泰子訳

〈リーバス警部シリーズ〉アメリカで連続殺人を犯した男が帰ってきた。その狙いは？リーバスの捜査が、思わぬ過去を掘り当てる

1694
悔恨の日
コリン・デクスター
大庭忠男訳

未解決の看護婦殺害事件。療養休暇中のモースは上司のたっての頼みで出馬する……人気シリーズ完結！　モース主任警部最後の事件

1695
ラスト・ダンス
エド・マクベイン
山本　博訳

〈87分署シリーズ〉寝室で首を吊った老人。自殺と思われたが、遺体からは多量の睡眠薬が検出された……記念すべきシリーズ第50作

1696
最後の希望
エド・マクベイン
長野きよみ訳

〈ホープ弁護士シリーズ〉失踪した夫の身分証明書をもった別人の死体が発見された。87分署キャレラ刑事の協力で事件を追うホープ

1697
すべての石の下に
ポーラ・ゴズリング
山本俊子訳

強力な対立候補の出馬で、ブラックウォーター・ベイの保安官選挙に苦戦するマット。郵便配達人殺害事件で、ますますの窮地に……

ハヤカワ・ミステリ〈話題作〉

1698 真珠の首飾り
ロバート・ファン・ヒューリック
和爾桃子訳
平民は入れない皇室の離宮から、貴重な首飾りが忽然と消えた。途方に暮れた皇女の密命を受け、ディー判事の名推理が冴えわたる！

1699 憎悪の果実
スティーヴン・グリーンリーフ
黒原敏行訳
〈私立探偵ジョン・タナー〉 傷ついたタナーを立ち直らせた若い娘が惨殺死体に！ 真相を解明すべく、彼は単身南の町へと乗り込む

1700 蹲る骨
イアン・ランキン
延原泰子訳
〈リーバス警部シリーズ〉 自治行政の心臓部から古い人骨が……マスコミが騒然となるなか、さらに殺人が発生し、事態は混沌の渦へ

1701 魔の淵
ヘイク・タルボット
小倉多加志訳
雪に閉ざされた山荘の交霊会で次々起きる不可能犯罪。クイーンが唸り、ホックが脱帽した、カーの『三つの棺』に匹敵する幻の傑作

1702 女占い師はなぜ死んでゆく
サラ・コードウェル
羽地和世訳
インチキ臭い占い師が小さな村をトラブルに巻き込んでゆく……現代の安楽椅子探偵ヒラリー・テイマー教授、十年ぶりの華麗な推理